读客®

读客外国小说文库

激发个人成长

恐怖部

[英]格雷厄姆·格林 著　钱满素 秦文华 译

江苏凤凰文艺出版社
JIANGSU PHOENIX LITERATURE AND
ART PUBLISHING, LTD

译本前言

格雷厄姆·格林（Graham Greene，1904—1991）被认为是英国当代最重要的小说家。他一生发表了长篇小说、短篇小说集、剧本、电影剧本、评论集等多达几十种，其中长篇尤为出色。格林最著名的作品有《权力与荣耀》《命运的内核》《第三人》《安静的美国人》《人性的因素》等。

记者出身的格林对社会问题具有特殊的敏感和关切，他的题材具有国际背景，常常是他周游列国，实地考察重大事件的结果。作为一个天主教徒，他偏重于表现人们灵魂中的善恶之争，这是他从小在清教式环境中接受的价值观，也是西方传统的价值观。格林从不在作品中宣扬教义，他讨厌别人称他为"天主教作家"，自认为只是一个"碰巧是天主教徒的作家"。格林的作品情节生动，引人入胜，具有广泛的读者。他曾把自己的作品分为严肃与消遣两类，《恐怖部》便属于后一类，但读者可以发现，格林在消遣文学中也同样注入了对人类的严肃思考。

1941年，第二次世界大战正越打越烈，当时格林在伦敦情报部工作，同年冬天由机密处派往西非工作。格林在单调的编制和破译密码之余，开始创作《恐怖部》以自娱。小说以德国空袭中的伦敦为背景，描写了纳粹间谍组织第五纵队的恐怖活动。主人公阿瑟·罗在义卖游园会上无意中对准暗号，赢得一块蛋糕，岂料其中竟藏有军事秘密的胶卷，于是灾难接踵而至。为夺回胶卷，恐怖部人员对罗紧追不放。罗虽一再遭到暗算，但终于幸免于难。最后，代表正义的英国方面摧毁了这个法西斯的恐怖部。

　　格林在描写正义与非正义之争的同时，有意探索了两个深层结构的问题。第一个是关于怜悯，罗在少年时曾因不忍目睹受伤老鼠的痛苦而把它打死。故事发生前，他又因同样原因毒死了患不治之症的妻子。他是怜悯妻子还是怜悯自己呢？格林认为，怜悯是一种强烈而可怕的感情，人们可以因怜悯而去毁灭。罗因"慈悲谋杀"而自责，孤立于众人和社会，只能在对童年的回忆中追寻失去的天真，在短暂的丧失记忆时感到平静和幸福。第二个问题是关于理想。格林认为如果理想不以人道为基础，那么完全可能成为恶，或为恶所利用，乃至把世界变成一个大恐怖部。这些忧虑使小说尽管悬念起伏，扣人心弦，却处处流露出忧戚悲愤之情。

目　录

第一部

不幸的人

第一章 自由母亲基金会

非经获准不得通行。

——《小公爵》[1]

---

1 《小公爵》（The Little Duke），英国儿童文学作家夏洛特·M.永格（Charlotte M. Yonge，1823—1901）出版于1854年的小说。——编者注（本书注释如无特别说明，均为编者注）

1

　　每年的游园会上都有某种东西以不可抗拒的力量把阿瑟·罗吸引过去，使他不由自主地成为远处乐队的吹奏声和木球敲击椰子的咚咚声的俘虏。然而，这一年没有椰子，因为战争正在进行。从布卢姆茨伯里住宅区的断垣残壁中也可以看出这点——一个壁炉的凸出部分被炸掉了，留在墙壁中间的那部分看上去就像画在廉价玩具屋上的壁炉，墙壁上还残留着许多镜子和绿色墙纸。这是一个阳光明媚的下午，从某个拐角处传出扫玻璃碴儿的声音，如同沐浴着海水的卵石海滩发出的懒洋洋的响声。广场倒是被一面面自由国家的国旗和许多彩旗装饰得格外绚丽，从节日那天起，显然有人坚持——让这些旗帜在这儿一直飘扬。

　　阿瑟·罗凭栏远眺，思绪万千。栏杆倒还没被炸掉。游园会在他的记忆中是无邪的，使他想起了童年，想起了牧师住宅中的花园，身穿白色夏装的姑娘们，花坛中草木的芳香以及某种安全感。他不想嘲笑这些幼稚的、以某种借口而精心设计的赚钱方法。总有一个牧师在主持一种输赢不大的赌博，寻宝游戏后面则站着一位穿着拖到脚后跟的印花裙子的老太太，她那顶宽边软帽在寻宝摊（像儿童乐园那样大小的一块地方，四周立上界桩，标明为寻宝摊的范围）上方神气活现地抖动着。夜幕降临了，由于灯火管制他们不得不早早结束，还有一些体力活，需要泥瓦匠去干。在游园会的一个角落里长着一棵梧桐树，树下摆着个算命摊，就像一个临时搭成的露天厕所。在这个夏末的星期天下午，一切似乎完美无缺。"我把自己的宁静献给你，这不是尽人皆知的宁静……"人们好不容易请来的那支人数很少的军乐队，又奏起那支被人遗忘的上次大战中流行的曲子。"不论发生什么事，我将常常想起那个阳光普照的山坡……"阿瑟·罗听后，泪水涌进了眼眶。

他绕着栏杆，朝自己的厄运走去。一便士硬币顺着一条倾斜的弯道，滚到一块方格板上——硬币并不很多。游园会冷冷清清：只有三个小摊，人们都避开它们。他们如果非得花钱不可，便宁可往方格板上滚硬币，争取赢几个钱，或者在寻宝摊上赢几张储蓄券。阿瑟·罗沿着栏杆往前走，迟疑不决，既像一个不速之客，又像一个多年流放在外的人重返家园，不知道自己是否会受到欢迎。

他身材细长，背部佝偻，黑发已经发灰，脸庞瘦削，鼻梁有点弯，嘴巴过于敏感。他的衣服质地很好，可是给人的印象是他对衣服并不爱惜。要不是那种仿佛是结过婚的样子，你准会以为他是个单身汉……

"交费，"门口的中年妇女说，"一先令，不过这好像不太公道。你要是再等五分钟，就可以按减价票进来了。我每次看见人们这么晚才来，总觉得应该提醒他们一下才对。"

"你想得真周到。"

"我们不想让人们感到受骗——哪怕是为了干好事，你说呢？"

"我还是不等了吧。我要马上进去。到底是什么好事？"

"为自由母亲们——我指的是所有自由国家的母亲们——募捐[1]。"

阿瑟·罗高兴地回想起童年时代和少年时代。当时，每年这个时候在牧师住宅的花园里总有一次游园会。花园离特兰平顿路不远，在临时搭成的舞台那边是剑桥郡平坦的原野，原野的尽头是一条小溪，溪中游着刺鱼，岸上长着修过枝的树，然后是几个斜坡，上面是石膏采石场。在剑桥郡，这些斜坡被人们称为小山。他每年都怀着一种奇怪的兴奋心情来参加这些游园会——似乎什么事都可能发生，似乎熟悉的生活方式即将在那天下午永远改变。乐队在暖和的夕阳下欢奏，铜管乐器发出的声音像烟雾似的颤抖，一些陌生少妇的脸和掌管百货店与邮局的特罗普太太、主日学校教师萨维奇小姐以及老板娘和牧师太太们的脸混在一起。小时候，他跟着母亲围着这些小摊转——童装摊、粉红色的毛衣摊、艺术陶器摊，最后见到的是游园会中最好的货摊——白象摊。在白象摊上好像总能找到一枚魔球，它能满足你的三个愿望，让你称心如意。然而奇怪的是，他当天晚上

---

1 指为"自由母亲基金会"筹款。——译者注

回家时，却只带着一本旧的夏洛特·M.永格的《小公爵》，或一本印有玛莎威特茶广告的过时的地图册。但他一点也不觉得失望，因为他还带来了铜管乐吹奏的声音、光荣感和一个比今天美好的未来的预感。到了少年时代，兴奋的根源就不同了，他想象着也许能在牧师宅邸中碰到一个从未见过的少女，他将向她大胆地倾诉衷肠；晚上，草坪上将举行舞会，人们将闻到紫罗兰的气味。不过由于这些梦想从未兑现，所以他还保留着一种无邪的感觉……

同时，还有兴奋的感觉。他不能相信：当他进门来到梧桐树下那片草地上的时候，竟然什么也不发生。虽然他现在需要的不是少女，也不是魔戒，而是更加不可能的事情——抹去这二十年来发生的所有事件。乐队在演奏，他的心怦怦乱跳，这个消瘦的、饱经世故的人回到了童年。

"过来试试你的运气吧，先生。"牧师说，他的声音显然是联欢会上的男中音。

"但愿我能有些硬币。"

"一先令十三次，先生。"

阿瑟·罗投进的一个个便士顺着那条狭窄的斜槽滑下去，他看着它们在方格板上摇摆。

"今天怕不是你的好日子，先生。再来一先令怎么样？就当是做好事，再试一下好吗？"

"我想到前面去试试。"他记得母亲总是一路赌下去的，她小心翼翼地把她的钱平分给各个赌摊，而把椰子和赢得的东西留给孩子们。在有些摊子上，简直很难发现什么东西，哪怕是送给用人的东西。

在一个有小遮篷的摊子上，放着块蛋糕，旁边围着一小群热情的游客。一位女士在解释："我们把配给的黄油凑在一起，泰瑟姆先生弄到了小葡萄干。"

她转身对着阿瑟·罗说："你不想买张票，猜猜这个蛋糕有多重吗？"

他把蛋糕举起，随口说："三磅五英两。"

"猜得真准，你太太一定常教你。"

他从人群里退了出来："啊，不，我没结婚。"

战争使摆摊人的任务变得格外困难了。一个摊子上摆着大量供军人阅读的企鹅出版社印行的旧书。另一个摊子上零零星星地放着一些最奇怪不过的旧衣服——多年前的旧衣服：带兜的长裙，有骨撑的花边高领衫。人们把它们从爱德华七世时代的抽屉里翻了出来，最后给了自由母亲。还有上面缀着叮当作响的饰物的女用紧身胸衣。童装只占了很小一部分，现在毛线实行配给制，旧毛衣在朋友间十分需要。第三个摊子是传统的白象摊，尽管说它是黑的可能更确切，因为许多在印度侨居过的英国家庭都交出了他们收集的乌木象。还有铜烟灰缸，绣花的火柴套——它们已经很久没有放过火柴了——几本放在书店里嫌寒酸的书，两本明信片簿，一套完整的狄更斯香烟画片，一只电镀煮蛋器，一个粉红色的长柄烟斗，几个来自瓦拉纳西[1]的雕花别针盒，一张上面有温斯顿·丘吉尔夫人签名的明信片，

---

1 印度北部邦城市，位于恒河河畔。

一盘各国铜币……阿瑟·罗翻阅着旧书，当他看到一本肮脏不堪的《小公爵》时，心中感到一阵痛楚。他花了六便士买下这本书，继续往前走。他觉得这一天尽管尽善尽美，但似乎有什么在威胁着他：透过为寻宝摊遮阴的梧桐树，他可以望到广场被毁的那部分。仿佛上帝专门领他到这个地方来，向他显示今昔之别。这些人可能在一场只对他一个人有好处的花费甚大的道德剧中扮演角色……

当然，他不能到寻宝摊上去转转，尽管他在知道奖品是什么东西后感到很扫兴。后来，值得看的地方只剩下算命摊了——这是一个算命摊，而不是公厕。一块布帘在入口处晃来晃去，布料子是从阿尔及尔带回来的。一位女士抓住他的胳膊说："你应该去算个命。你真的应该去。贝莱太太神机妙算，她告诉我儿子……"她又抓住一个从面前经过的中年妇女，气喘吁吁地接着说，"我刚才正和这位先生说起神机妙算的贝莱太太和我的儿子。"

"你的小儿子？"

"是的，他叫杰克。"

罗趁机溜开了。夕阳西下，广场花园渐渐冷落起来了，趁着天还没黑，灯火管制还没开始，警报还没拉响，赶紧收起"宝物"回家吧。一个人在乡村的篱笆后面，在班船客舱里的纸牌上算过那么多次命，可游园会上的这个业余算命人却仍能使他入迷。一个人总会有那么一段时候对出海旅行、皮肤黝黑的陌生女人以及带来喜讯的书信半信半疑。有个人曾经拒绝给他算命——当然只是故作姿态，以加深他的印象——然而缄默确实比其他任何预言都更接近真理。

他掀起帘子，摸索着走了进去。

帐篷里面很暗，他很难辨认出贝莱太太。这位太太腰圆体胖，裹着一件像是寡妇穿的旧丧服，或者是一种农民服装。他没想到贝莱太太的声音会这么深沉有力：一种令人信服的声音。他原以为这位喜欢水彩画的女人讲起话来声音是发抖的。

"请坐，请用一枚银币在我手心里画个十字。"

"真暗。"

他现在总算勉强把她看清了：她身上穿的是一件农民服装，头上裹着一块大头巾，肩上披着一条轻纱，末端甩在背后。他找出一枚银币，在她手心里画了个十字。

"把你的手伸过来。"

他伸出手，她牢牢地抓住，像是说：别想得到什么怜悯。一盏电灯发出微弱的亮光，照着他掌心的爱情纹，一条条细小的横纹大概代表儿女满堂，生命线很长……

他说："你挺会赶时髦，我指的是你这儿装上了电灯。"

她不理会他说话这么无礼，开口就算命："先谈谈你的性格，再说说你的过去。根据规定，我不准预言未来。你性格刚毅，富有想象力，对痛苦十分敏感。有时你觉得怀才不遇。你想干一番大事业，不想整天沉溺在空想中。其实没什么。不管怎么说，你已经使一个女人得到了幸福。"

他想把手抽出来，但她抓得很紧，像是在和他比手劲。她说："你在一次幸福的婚姻中得到了真正的满足。不过，你还得再耐心点。现在我要给你算算你的过去。"

他赶紧说："**别算我的过去，请算算我的未来。**"

他这样一说好像揿了个按钮，把机器关上了。随之而来的寂静令人纳闷，使他颇感意外。因为他并不想让她住口，虽然怕她会说出什么使他忧伤的事来，即使说得不确切，也会像真事一样使他痛苦。他再次试图缩回手，这次成功了，这只手又成了他自己的。他局促不安地坐在那里。

贝莱太太说："听着，这是我的指示：你需要把蛋糕拿到手，你得说它的重量是四磅八英两半。"

"它果真这么重吗？"

"这无所谓。"

他苦苦思索，目不转睛地看着贝莱太太被灯光照着的左手：手掌方方正正的，煞是难看，手指又短又粗，戴满了硕大的镶宝石银戒指。这个指示她是从谁那儿得来的？难道她请示过那些熟悉的神仙了？如果是这样的话，她为什么偏偏挑选他去赢那块蛋糕呢？也许这只是她自己的猜测而已？她大概已经瞎说了好几个重量——他一边在暗中窃笑，一边想——希望至少能从赢者那里分到一片蛋糕。蛋糕，美味的蛋糕，现在市面上不多了。

"你可以走了。"贝莱太太说。

"非常感谢。"

阿瑟·罗想，无论如何，去碰碰运气并无害处，她得到的指示也许是可靠的。于是他便回到蛋糕摊。尽管游园会的人快走光了，只有几个帮忙的伙计还在，但蛋糕周围却还围着一小群人。这个蛋糕的确很诱人。他一向喜欢蛋糕，特别是丹迪糕点厂自制的高级蛋糕和带有某种黑啤酒香味的家制棕色水果蛋糕。

他对管摊子的太太说："我要是再花几个钱试试，你不会觉得我嘴馋吧？"

"不会的，请吧。"

"好，我猜这个蛋糕的重量是四磅八英两半。"

他觉察到一种古怪的沉默，好像他们一下午等的就是这个答案，但没想到会出自他的口。稍后，一个在摊外来回走动的胖女人发出一阵由衷的欢笑。"瞎猜，"她说，"谁都看得出来，你是个光棍。"

"不，"摊后的太太严厉地打断她的话，"这位先生赢了。他说得一点不差，猜中了。"她讲话的样子颇为神经质，令人纳闷。

"四磅八英两，"那胖女人说，"哼，你小心点吧。它会像铅一样重。"

"正相反，它真的是用鸡蛋做的。"

胖女人冷笑着朝衣服摊子走去。

蛋糕递过来的时候，他又一次感到这种奇怪的沉默。人们全都围上来观看，其中包括三位中年妇女和那位牧师——他已离开了方格板。罗抬起头，瞥见吉卜赛人的帘子掀开着，贝莱太太的目光正盯着他的脸。他宁可听那个在摊外转悠的胖女人的讥笑声，那是正常的，能使人感到轻松。身边这些人却个个神经紧张，好像正在参加当天下午举行的最主要的仪式。他刚才重新体会到的童年时代的心情仿佛发生了一个奇怪的变化：无邪的感觉消失了。剑桥郡中还从来没有发生过类似的事情。暮色苍茫，摊主们准备收摊了。那胖女人拿了件胸衣，朝门口走去（物品一概不准包在纸里）。阿瑟·罗说："谢谢，太感谢了。"他心里很清楚，自己被包围了，他怀疑是否有人会闪开，让他出去。牧师闪到一边，伸出一只手，在他胳膊上轻轻捏了一下。"老朋友，"他说，"老朋友。"

寻宝摊主正在匆匆收拾物品。阿瑟·罗这回没在这儿赢得任何东西。他手里拿着蛋糕和《小公爵》，站在摊前观望。"我们收摊收晚了，太晚了。"那个戴着宽边软帽的老太太埋怨道。

虽然天色已暗，但是还有人感到值得花钱进来。一辆出租车风驰电掣般地驶到这里，一个男人下车后，匆匆奔向吉卜赛人的帐篷，犹如一个犯了大罪的人怕马上死掉而赶忙跑进忏悔室一样。这究竟是又一个相信神机妙算的贝莱太太的人，还是贝莱太太的丈夫赶来把她从这种亵渎神明的仪式中带回家去呢？

阿瑟·罗这样思索着，觉得很有趣。他几乎没有发现参加寻宝游戏的人差不多都走了，最后一个顾客也已向门口走去，只剩下他一人和摆摊人一起待在大梧桐树下。当他意识到这点时，感到很尴尬，如同餐厅里的最后一位顾客，突然发现侍者沿墙站成一排，都在注视着他似的。

他还没走到门口，刚才那个牧师就开玩笑似的拦住他的去路："别忙着把奖品带走啊！"

"该走了。"

"你难道不想为了做件好事而把蛋糕留下吗？在这种慈善游园会上，这样做也差不多是惯例啦！"

在牧师的举止里有某种东西使罗感到不快——一种难以捉摸的教训姿态，仿佛一个仁慈的贤人正在向一个新学童交代校规。"你们这儿肯定不会再有人来了吧？"

"我的意思是，你应该把蛋糕还给我们这些仍留在这儿的人。"他又轻轻捏了捏罗的胳膊。"我自我介绍一下吧，我名叫辛克莱。你瞧，我是来试试有没有本事占别人一点便宜的。"他咯咯一笑。"你看那边的那位女士——弗雷泽夫人——就是弗雷泽的太太。这样一次友好的小买卖能使她有机会拿出一镑钱来，爽爽快快地捐出来。"

"我却觉得很不爽快。"

"他们那帮人好极了。我想让你认识一下，先生……"

罗固执地说："不让人带走奖品——不能这样办游园会。"

"嗯，你到这儿来不见得是为了占便宜吧？"辛克莱先生的话里有话，可能还包含着更难听的意思。

"我不想占便宜。这儿是一镑钱，你拿去吧，可我喜欢这个蛋糕。"

辛克莱先生向其他人做了一个绝望的手势，他的动作粗暴，毫不掩饰。

罗说："你们也想把《小公爵》拿回去吗？这样弗雷泽太太大概可以同样爽快地再拿出一镑钱来。"

"实在没必要用这种口气说话。"

这个下午算给糟蹋了，在这种讨厌的龃龉中，铜管乐再也引不起罗的联想了。"再见。"罗说道。

可是人家还不让他走。有一些人出来给辛克莱先生帮腔，寻宝摊的太太也在篷车里凑热闹。她忸怩地笑着说："我恐怕带来了坏消息。"

"你也想要这个蛋糕吧？"罗说。

她的微笑带着一种上了年纪的人所特有的急躁情绪。"我必须把这个蛋糕拿走。你要知道，这里面出了个错，重量搞错了，它不是你所说的那样。"她看看一张字条。"那个胖女人讲得对。这个蛋糕的实际重量是三磅七英两。那位先生猜对了，"她朝蛋糕摊方向指了指，"他赢了。"

他就是那个最后乘着出租车赶到游园会、径直走进贝莱太太帐篷里去的人。他一直藏在蛋糕摊旁的暗处，让那些女士们为他去争输赢，贝莱太太给了他一个更好的提示吗？

罗说："这可真怪，难道他真的猜得那么准？"

她一时语塞，这个问题使她猝不及防，就像证人在庭审中被难倒了一样。"噢，他猜得不完全准，但相差不超过三英两。"她似乎又有了把握。"他猜的是三磅十英两。"

"要是这样的话，"罗说，"蛋糕还是我的，因为，你知道，我第一次猜的是三磅五英两。这儿是我出的一镑钱。再见。"

这一回他真使他们出其不意，他们一言不发，甚至没有感谢他捐了一镑钱。他从人行道上往回望，看见蛋糕摊周围的那群人拥上前去，和那儿的人站在一起。他挥了挥手。栏杆上的一条标语写道："为自由国家母亲基金会捐款。蒙王室恩准……将举行一次筹款游园会……"

2

阿瑟·罗住在吉尔福德街。空袭一开始，马路中央就挨了炸，两边的房子全遭了殃，可是罗安然无恙。楼房一夜之间成了瓦砾，他却幸存了下来。家家户户的窗上都没有玻璃，而是钉着木板，门关不拢了，夜里只好用东西顶着。他在二楼租了一间起居室和一间卧室，接受珀维斯太太的照顾，因为这是她的房子。珀维斯太太在那次空袭中也平安无事。罗租的房间家具齐全，用不着他再费神另作安排了。他仿佛是一个在沙漠中露营的人。屋里的书不是买的便宜货，就是从公共图书馆里借的，只有《老古玩店》和《大卫·科波菲尔》除外，他反反复复地阅读这两本书，就像人们读《圣经》一样，他甚至能背出每章的题目和书中的警句。这倒并非由于他喜欢它们，而是因为他在孩提时期就读了这两本书，所以它们不会引起任何有关成年的回忆。屋里的画全是珀维斯太太的，包括一幅风格粗犷的水彩画，画的是日落时分的那不勒斯湾，还有几幅铜版画。屋里还有一帧珀维斯先生从前的照片，穿着一身一九一四年流行的古怪制服。那把难看的扶手椅、那张铺着厚呢台布的桌子和窗台上那几个花盆都是珀维斯太太的，收音机是租来的。只有壁炉台上的那包香烟以及卧室里的牙刷和刮胡刀是属于罗的（肥皂是珀维斯太太的）。在一个卡片盒里，还有他的安眠药，起居室里甚至连一瓶墨水、一件文具也没有——罗从来不写信，报所得税时就上邮局填单。

所以，你也许会说，这个蛋糕和这本书大大丰富了他拥有的财物。

罗到家后，按了按铃，把珀维斯太太找来。

"珀维斯太太，"他说，"我在广场游园会上赢来了这个漂亮的蛋糕。你有没有一个这么大的铁盒子？"

"如今这种岁月，这个蛋糕可真算是大的了。"珀维斯太太说。她见了蛋糕垂涎欲滴，并不是战争使她变馋了，而是因为她从小就喜欢蛋糕，有几次她还坦率地对罗说过。她又小又瘦，邋里邋遢，丈夫死后，就对自己放任起来，从早到晚，你都可以看见她在吃甜点心，楼梯上能闻到一股点心店里特有的味道，她把黏糊糊的装点心的小纸袋随便扔在角落里。你要是在屋里找不到她，那她准在排队买果味口香糖。"这个蛋糕很重，准有两磅半。"珀维斯太太说。

"有三磅半左右。"

"哦？不可能。"

"你称称看。"

等她走后，罗往扶手椅里一坐，闭上了眼睛。游园会已经结束，又一个无所事事的星期展现在他眼前。他的本行是新闻记者，但两年前他不干了。俗话说得好：来日方长，何必着急呢。军队不要他，他在民防系统中干了一阵子以后，谁也不要他了，他比往常更加孤单。有些军火厂要人，但他又离不开伦敦，也许要等跟他有关系的每一条街都被炸毁后，他才会毫无牵挂地离开这儿，在特兰平顿[1]附近的工厂里找个活儿干干。每次空袭过后，他都要出去看看，但愿又有某个餐厅或商店成了废墟——好比监狱里的铁栅门又开了一扇。

珀维斯太太把蛋糕装在一个大饼干盒里。"三磅半！"她鄙夷地说，"永远也不能相信这些慈善团体。连三磅还不到。"

他睁开眼睛。"奇怪，"他说，"真奇怪。"他思忖了一会儿。"让我吃一块吧。"他说。珀维斯太太立刻同意了。蛋糕的味道不错。罗说："把它放进铁盒里藏起来吧。这种蛋糕放得越久越好吃。"

"会走味的。"珀维斯太太说。

"噢，不会的，它是用真鸡蛋做的。"他受不了她切蛋糕时那种垂涎欲滴的样子。"你也吃一块吧，珀维斯太太。"他说。只要别人迫切想得到一样东西，他们就准能在他这里得到满足。看到别人难受，他就会心神不安，就会为他们干任何事情，毫无例外。

3

第二天，一个陌生人住进珀维斯太太的四楼的一间小屋。次日傍晚，罗在光线暗淡的楼梯上碰见了他。那人正压低嗓门，激动地和珀维斯太太说话。她背靠墙站着，脸上露出一副胆战心

---

1 位于英国剑桥郡的一个乡镇。

惊的表情。"总有一天，"那人说，"你会明白的。"他又黑又矮，肩膀宽大而畸形，因为他得过小儿麻痹症。

"噢，先生，"珀维斯太太舒了一口气，对罗说，"这位先生想听听新闻。我对他说，也许，你会给他讲的……"

"进来吧。"罗一边说一边打开房门，请陌生人进屋——这是他的第一个客人。这时是傍晚，屋里很暗，窗户上钉着的人造纤维板挡住了最后一线日光，仅有的一盏电灯还上了灯罩，以防震碎。那不勒斯湾在墙纸中消失了。收音机调谐板后面的小灯亮着，使人感到甚为亲切，仿佛是一个怕黑暗的孩子夜里在卧室里点的夜明灯。一个故作高兴的声音在说："晚安，孩子们，晚安。"

屋里有两把小椅子，陌生人挑了一把坐下，伸出手，开始搔头皮，头屑纷纷往下落。你会感到"坐"是他的自然姿势。他坐着的时候，威风凛凛，那个罕见的宽肩膀更加显眼，而他的矮小身材则被掩盖。他说："我来得正是时候。"他也不先把烟盒递给罗，而是径自点燃一支烟。粗烟丝的苦味和黑烟随即在整个屋里弥漫。

"来块饼干吗？"罗一边问，一边打开食品柜。他和大部分单身汉一样，认为自己的习惯是人所共有的。他从来没想到别人也许不在下午六点吃饼干。

"你们要蛋糕吗？"珀维斯太太问道，她在门口迟迟不走开。

"我看最好先吃饼干。"

"现在的蛋糕，"陌生人说，"简直不值得吃。"

"可是这个蛋糕是用真正的鸡蛋做的，是罗先生抽彩赢来的。"珀维斯太太说。她为罗感到骄傲。正好这时，新闻广播开始了——"由约瑟夫·麦克劳德播报。"陌生人靠着椅背听广播，他的动作带着某种高傲的派头，似乎他在听的这些事情的真相只有他一人知道。

"今晚的消息比较令人乐观。"罗说。

"是在哄我们。"陌生人说。

"你们要不要蛋糕？"珀维斯太太问道。

"哦，也许这位先生更想吃块饼干……？"

"我很爱吃蛋糕，"陌生人开门见山地说，"如果是块好蛋糕的话。"就好像他的口味是唯一的标准。他把香烟在地上踩灭。

"既然这样，珀维斯太太，去把蛋糕拿来吧，再沏一壶茶。"

陌生人的畸形身躯在椅子里直起，眼睛盯着那个拿进来的蛋糕。他无疑很喜欢这个蛋糕，因为他的视线简直离不开它。他似乎屏住了呼吸，直到蛋糕安全地放到桌上为止。然后他急不可耐地从椅子探出身来。

"刀在哪儿，珀维斯太太？"

"哎呀，哎呀，晚上这种时候，"珀维斯太太解释道，"我总是丢三落四的，都得怪警报。"

"没关系，"罗说，"用我的刀好了。"他从口袋里小心翼翼地掏出他剩下的最后一件宝贝——一把很大的学生多用刀。他情不自禁地向这个陌生人介绍这把多用刀的各个组成部分——开塞钻，镊子，只要按一下就会自动开关的刀片。"现在只有在一家商店里还能买到这种多用刀，"他说，"那家店离干草市场[1]不远。"但陌生人并不理会他说的话，只是迫不及待地瞧着刀插进蛋糕。这时，安在伦敦远郊的警报器像每天晚上一样，开始尖叫。

陌生人的声音说："你我都是聪明人，有些事……咱们打开天窗说亮话吧……"罗不明白他的意思。一架敌人的轰炸机从泰晤士河口飞来，在他们头顶两英里的高度轰鸣。它的引擎发出不规则的响声，仿佛一遍又一遍地问："你在哪里？你在哪里？"珀维斯太太离开他们，拿着铺盖下楼。楼梯上传来了她的脚步声，然后大门砰的一声关上了：她出了门，钻进了她喜爱的防空洞。"像你我这样的人犯不着为那些事情动怒。"陌生人说。

他那畸形的宽肩膀伸进了灯光中。他靠近罗，身子只搭着一个椅子边。"这场战争太愚蠢了，"他说，"为什么你我这些……聪明人必须……"他说，"他们在侈谈民主，对不对？可是你我不会去听那种废话。如果你想要得到民主——我没说你要，而是说如果你想要的话——你就必须到德国去。你到底想要什么？"他突然问道。

"和平。"罗说。

"很好，我们也一样。"

"我不认为我要的是你们那种和平。"

但陌生人只顾自己说话，不理会旁人。他说："我们能给你和平，我们正在争取和平。"

---

1 位于伦敦威斯敏斯特市圣詹姆斯区的一条街道，聚集了众多餐厅和剧院。在伊丽莎白时代为出售饲料和农作物的街道集市。

"我们指的是谁？"

"我的朋友们和我。"

"有良心的拒绝服兵役者？"

畸形的肩膀烦躁地扭动着。他说："人们可能对自己的良心考虑得过多了。"

"我们还能做些什么呢？不表示一下抗议，就让他们把波兰也拿走吗？"

"你我对这个世界很了解。"当陌生人往前靠的时候，椅子也随着往前滑了一点，所以他像一架机器似的向罗步步逼近。"我们知道，波兰是欧洲最腐败的国家之一。"

"我们应该对谁做出判断？"

椅子的嘎吱声更近了。"正确地说，应该对我们过去的……和现在的政府进行判断……"

罗慢吞吞地说："战争与任何别的罪行一样，把无辜百姓也卷了进去。不能以主要受害者是某某人做借口……这不是不诚实，便是法官喝醉了……"

陌生人打断了罗。陌生人说的每句话都充满了令人无法忍受的自信。"你完全错了。唉，即使是杀人犯，有时也能得到宽恕。这类案例我们都知道，不是吗？"

"杀人犯……"罗慢慢而痛苦地思索着。他从来没有像这个人那样，对任何事情都充满自信。他说："人们不是常说，只有不作恶，才能有善报吗？"

"哼，胡扯，"这个小个子陌生人冷笑了一下，"基督教义。你是聪明人，现在我问你，你难道真的按照这个处世为人的准则去做了？"

"没有，"罗说，"没有。"

"你当然没有这样做，"陌生人说，"难道我们没有调查过你吗？不过即使没调查过，我也能看出……你很聪明……""聪明"这个词似乎是进入某个专门小团体的暗号。"我一见你就知道你不是……那种无能鼠辈。"这时附近广场上突然响起枪声，把他吓了一大跳。枪声震动着房子，同时海滨又传来另一架飞机的嗡嗡声。枪炮声越来越紧，但飞机的响声却一直是那么平稳和死气沉沉。最后，人们又听到"你在哪里？你在哪里？"的声音掠头而过，近处枪炮齐射，房子震得咯咯直响。飞机扔下的炸弹发着嗡嗡声直冲他们而来，仿佛有意要摧毁这幢无足轻重的楼房。不过，炸弹在半英里外的地方爆炸了，人们觉得地面好像塌了下去。"我刚才说……"陌生人说，可是他忘了刚才到底说了什么，他的自信也不知到哪里去了。现在他不过是个吓得半死的畸形人。他说："真倒霉，今晚我们遇上了轰炸，但愿飞机马上飞走……"

嗡嗡的引擎声重新响起。

"再来块蛋糕吗？"罗问道。他不禁可怜起那人来了。不是勇气，而是孤独，使罗摆脱了恐惧。"少来一点……"他等了一会儿。呼啸声停了，炸弹爆炸了，这次很近，可能就在旁边那条街的尽头。那本《小公爵》被震倒了……他们以为会有一连串炸弹落在他们头上，可是飞机再也没有投弹。

只是到这时，那人才说道："不，谢谢——我是说，谢谢，再来一点。"那人吃蛋糕时有个怪癖，要把蛋糕全部捏碎，大概是神经紧张的缘故。罗心想，身体畸形的人在战时可真倒霉，他感到自己又萌生了那种要不得的恻隐之心。"你说你们调查了我，但你们到底是些什么人？"罗给自己切了一块蛋糕，他觉得陌生人的眼光始终盯着他，宛如一个饿汉透过厚玻璃橱窗盯着餐厅里吃东西的人。屋外一辆救护车呼啸而过。又来了一架飞机。如今每天晚上都有喧闹声，都要发生火灾，都会死人，一直要到早晨三四点才能安宁——轰炸机驾驶员的八小时工作这时结束。罗说："我刚才正向你介绍这把多用刀……"空袭期间，注意力高度集中在飞机上，很难顺着一条思路有头有尾地说下去。

陌生人打断罗的话，伸出一只手，握住他的腕部。这只神经质的手瘦得皮包骨头，但胳膊却很粗。"你知道吗？出了个差错，这个蛋糕根本不是给你的。"

"明明是我赢的嘛！你这话是什么意思？"

"不应该让你赢。弄错人了。"

"现在提出这点未免太晚了，对不对？"罗说，"我们差不多已经吃了一半。"

可是，那个畸形人却不理会罗的话。他说："他们派我来取回蛋糕。我们会合情合理地付钱的。"

"他们是谁？"

但罗知道他们是谁。这很滑稽。他仿佛看见几个无能为力的家伙穿过草地向他走来。其中有那个几乎可以肯定是画水彩画的头戴宽檐软帽的老太太，还有那个主管抽彩的神情怪诞的女人，以及善于神机妙算的贝莱太太。罗淡然一笑，把手抽回来。

"你们在玩什么花招？"他问。以前从来没有一次抽彩搞得这么正经。"这块蛋糕现在对你们还有什么用处呢？"

那人忧郁地望着他。罗想使气氛变得轻松一些。"我看，"他说，"这大概是个原则问题。忘了它吧，再喝杯茶。我去拿茶壶。"

"别麻烦了，我想谈谈……"

"没什么可谈的。这一点也不麻烦。"

陌生人一边剔着指甲里的头屑，一边说："那么，没什么可说的了？"

"没有了。"

"既然如此……"陌生人说。又一架飞机朝这儿飞来，伦敦东区的高射机枪随即打响，他听到这些，如坐针毡。"我也许应该再喝杯茶。"

当罗端着茶回到屋里时，陌生人正在倒牛奶，并且又给自己切了一块蛋糕。他把椅子靠近了煤气取暖炉，像是在自己家里似的。他朝罗的椅子挥了挥手，好像他才是主人，而且看来已经忘掉了他们俩的交锋。"你出屋的时候，"他说，"我在想，只有像我们这样的知识分子才是自由人。我们不为习俗、爱国激情、感伤心理……所束缚，我们在这个国家里没有一般人所说的利害关系。我们没有股票，公司垮台与我们无关。我们的这个形象真不错，你说呢？"

"你为什么要说我们？"

"噢，"畸形人说，"我看不出你有积极参与我们的活动的迹象。我们当然知道这是为什么，不是吗？"他突然俗不可耐地眨了眨眼睛。

罗呷了一口茶,太烫了,喝不下去……他感到茶的味道很怪,唤起了他的某种痛苦的记忆。他吃了块蛋糕,想把这味道中和掉。他抬起头,看见那人正用焦虑的眼光盯着他,等着他说话。他又慢慢啜了口茶,终于感觉出来了……生活如同一只蝎子,在背上咬了他一口。他的主要感觉是惊讶和愤怒:居然有人对他来这一手。他把杯子扔在地上,站了起来。那人脚上像装了轮子,当即转过身子,背对着罗——宽大的肩膀和长而有力的胳膊都准备好了……这时,炸弹响了。

这次他们没有听见飞机的声音,墙上出现了一条裂缝,它像条绿色的绸带,缓缓向下滑动,最后,墙塌了。他们甚至连响声也没有听到。

爆炸是件奇特的事,它既像是人对人的严厉报复,又像是一个叫人窘迫的梦。它把你赤身裸体地抛到大街上,或者把你睡在床上或坐在马桶上的样子暴露给邻居。罗的脑袋里嗡嗡直响,他觉得刚才一直是在梦中行走。他以一种奇怪的姿势躺在一个奇怪的地方。他爬了起来,只见满地都是平底锅。那个像一辆破旧汽车里扭歪了的发动机的东西原来就是冰箱。他抬起头,发现一张扶手椅高悬在离他头顶三十英尺的地方,北斗七星透过扶手椅在熠熠发光;他往下望,脚下的那幅画着那不勒斯湾的水彩画安然无恙。他觉得自己是在一个陌生的国度里,找不到一张地图可以帮忙,只好利用星星辨别方向。

三颗照明弹缓缓落下,美极了,如同圣诞树上掉下来的闪光金属片。他的面前突然出现了自己的影子,他感到自己暴露了，就像一个被探照灯照着的越狱者。空袭的可怕之处在于它的持续不断，你个人的灾难也许早已发生，可空袭并不停止。他们用机枪发射照明弹，其中两颗爆炸了，发出砸碎盘子一样的声音，第三颗掉在拉塞尔广场上。顷刻之后，复归黑暗，一种既使人寒心又给人安慰的黑暗。

罗借着照明弹的亮光搞清了几件事：明白了自己所在的地方——是地下室的厨房；头顶上那张扶手椅是在二层他自己的房里；正墙和屋顶全没了；那个畸形人躺在扶手椅旁边，一条胳膊软绵绵地往下垂着；那块他还没捏碎的蛋糕正好掉在罗的脚边。民防队员在街上喊道："这儿有人受伤吗？"罗突然怒气冲冲地嚷道："这哪里是开玩笑，这哪里是开玩笑！"

"还用得着你说吗？"民防队员从炸得七零八落的街面上俯身对他大声说道。另一架飞机从东南方飞来，在他们俩头顶上呼啸而过，仿佛在问："你在哪里？你在哪里？你在哪里？"简直像孩子们梦中的巫婆。

第二章 私人侦查处

痛苦早已过去，
伤痕仍然很深。

——《小公爵》

1

奥索太克斯侦查处是伦教历史最悠久的私人侦查处，它仍然在没被炸毁的法院巷的末端开展业务。这个侦查处靠近一家书籍拍卖店，左右两侧是一个小酒店和一个正规书店。那个小酒店在战前是以供应便餐出名的。侦查处设在一栋楼房的五楼上，楼里没有电梯。二楼住着一位公证人，三楼是《合理与自由》月刊的办公室，四楼是一个套间，目前没人住。

阿瑟·罗推开一扇上面标着"侦查处"的房门，可是里面没有人。桌上是一本翻开的电话号码簿，旁边放着一个盘子，里面有一个吃掉一半的香肠卷饼，这个卷饼显然已经在那儿搁了好几个星期。看来，主人是慌慌张张地把这个侦查处抛弃的。它现在如同国王仓皇出逃后的宫殿，游客们看到的杂志还翻在王室几年前逃走时的那一页呢！阿瑟·罗等了一会儿，继续找人。他敲开了另一扇门。

一个秃顶男人赶紧把一个酒瓶放进公文柜里。

罗说："对不起，那边好像没人。我要找雷尼特先生。"

"我就是雷尼特。"

"有人介绍我到这里来。"

秃顶男人疑惑地注视着罗，他的一只手按在公文柜上。"谁让你来的？我能问一下吗？"

"多年以前的事了。是一个名叫凯泽的人。"

"我不记得他了。"

"我自己也快记不得了。他不是我的朋友，我是在火车上碰到他的。他告诉我，一些信件使他遇到了麻烦……"

"你应该先约个时间。"

"对不起，"罗说，"看来你们不想接待委托人。我告辞了。"

"噢，噢，"雷尼特先生说，"别发脾气嘛。我是个忙人，做什么事总得有个规矩。你要是说得简单些……"他仿佛是在处理一件不体面的事，一件跟淫书或非法手术有关的事。他以一种鄙视的态度对待这位顾客，似乎不是他想卖，倒是别人急着要买。他径自在桌前坐下，事后才想起说："请坐。"他在一个抽屉里乱摸了一阵，匆匆把找到的东西又塞了回去，最后他拿出一本便笺，一支铅笔。"讲吧，"他说，"你是什么时候开始发现事情不对头的？"他让身子往后一仰，用铅笔尖剔着牙齿。他呼吸时，参差不齐的牙齿间发出阵阵轻微的嘘声。他看上去与另外那间屋子一样被抛弃了——他的衣领已经磨损，衬衫不大干净。可是，罗心想，既然有求于人，那就不必挑挑拣拣了。

"你叫什么名字？"雷尼特先生接着问，好像刚想起来似的。"现在住在什么地方？"他使劲撕下一张纸，把罗的回答写下来。当他听说罗住在一家旅馆的时候，他抬起头，板着脸说："你在目前状况下，应该更小心一点。"

"我想，"罗说，"也许我最好从头开始讲。"

"老兄，"雷尼特先生说，"你可以假设我知道这件事的开头部分，我干这一行已经三十年了，整整三十年！每个委托人都认为自己的案子是独一无二的，可是实际上跟别的案子一模一样。我只需要你回答我几个问题，其余的事情用不着你操心，我们自己来办就行了。现在开始吧，你是什么时候发现事情不对头的？妻子是从什么时候开始对你冷淡的？"

"我还没结婚。"罗说。

雷尼特先生厌恶地瞥了他一眼，罗后悔不该这么回答。"那么是毁约吗，嗯？"雷尼特先生问道，"写过什么信没有？"

"跟毁约也没有关系。"

"敲诈？"

"不是。"

"那你何必上我这儿来？"雷尼特先生气冲冲地问。接着他又加上一句口头禅："我是个忙人。"可是谁也不像他这样明摆着闲得没事干。在他的桌上有两个文件格，分别标着"来函"与"待发"的字样。"来函"文件格空着，"待发"文件格中只装着一本仅供男士看的杂志。要是罗还知道别的侦查处，要是他对雷尼特先生的同情没有超过厌恶，那他早就起身走了。雷尼特先生显然很生气，因为他来不及把桌子整理一下。他显然在强忍着不发火，他在强忍着！做出了自我牺牲，显示出一种被迫受挫的高贵气派。

"一个侦探就光是处理离婚和毁约的案子吗？"

雷尼特先生说："这是一种体面的事务，历来如此。我不是夏洛克·福尔摩斯，你总不见得想让我这样一个有地位的人拿着显微镜在地上乱爬，到处寻找血迹吧？"他生硬地说，"如果你碰到的是这类事情，我建议你去找警察。"

"听着，"罗说，"你讲点道理吧。你要知道，你能对一个委托人做的事，我也一样能对你做。我会给你酬金的，很高的酬金。放明智一点，把柜子打开，咱们一起喝一杯吧。空袭把人弄得神经紧张极了。得来点什么……"

雷尼特先生回头仔细打量着罗，他的生硬态度慢慢和缓下来了。他伸手摸摸光秃秃的脑袋说："也许你说得对，大家都人心惶惶，我从来不反对把酒当兴奋剂喝。"

"现在谁都需要喝两杯。"

"昨晚珀利区的情况糟透了。扔下的炸弹倒不多，可是等呀等的，心都等烦了。我们也吃了苦头，降落伞扔下的薄壳炸弹……"

"我住的地方昨天全被炸毁了。"

"不至于吧，"雷尼特先生无动于衷地说，同时打开公文柜，把刚才那个瓶子拿出来。"上星期……在珀利区……"他完全像在谈生意，"还不到一百码远……"

"咱们俩都该喝两杯了。"罗说。

僵局打破了，雷尼特先生像解冻似的顿时变得坦率起来。"我刚才说的话大概尖刻了一点。我过于激动了。战争使我们这一行简直干不下去。"他解释道,"至于说调解,哎,你简直不相信人性会变得这样忤逆。此外,登记制度当然使事情变得更困难了,人们不敢像往常那样去住旅馆。而你在小汽车里是什么也证实不了的。"

"你的事情真够难办的。"

"需要坚持,"雷尼特先生说,"在逆境中坚持下去,直到停战为止。到那时,就会有一大批离婚、毁约案件找上门来了……"他打量着酒瓶,以一种含含糊糊的乐观精神思量着未来的局面。"请原谅,只好用茶杯了,行吗?"他说,"停战以后,我们这种联系甚广的古老职业将成为一棵摇钱树。"他接着忧郁地补充道,"这只是我对自己的劝慰。"

罗一边听一边想:这个稀奇古怪的世界用不着认真对待。他平时也常常这么考虑的,可是,事实上他总是认真得要命。那些庄严的名词跟雕塑一样恒久不变地固定在他的脑海中,例如"公正"和"惩罚",尽管它们全都压缩成一个雷尼特先生,或几百个雷尼特先生。不过,如果你相信上帝——还有魔鬼——事情当然就不会这样滑稽可笑了。因为魔鬼——上帝也一贯利用可笑的人、没出息的人、卑微的郊区居民、残废者和脾气古怪的人来为他的目的服务。当上帝利用他们时,你就认为是"高尚"的;而当魔鬼利用他们时,你就说是"狡诈"的。其实,在两种情况下,被利用的人是同样乏味和卑贱的。

"……新秩序。但这个世界不会变。我希望如此。"雷尼特先生说。

"怪事照样会在这样一个世界里发生,"罗说,"我就是为此而来的。"

"哎，是啊，"雷尼特先生说，"咱们先把杯子倒满，然后再谈正事。真对不起，我没有苏打水。现在告诉我吧，你碰到了什么麻烦事……你可以把我当作你最好的朋友。"

"有人想杀死我。当然这种事现在听起来并不严重，因为每天晚上我们当中都有很多人被杀……可是这使我愤怒。"

雷尼特先生的目光越过杯口，凝视着他："你刚才说，你还没结婚，对吗？"

"这件事和女人没关系，"罗说，"是由一个蛋糕引起的。"他向雷尼特先生描述了游园会的情况，有人如何急切地想要回蛋糕，陌生人的来访……然后是炸弹。"要不是那杯茶有股怪味，"罗说，"我是不会多想的。"

"这也许仅仅是你的想象而已。"

"不，我知道那是什么东西的味道，是……东莨菪碱[1]。"他不大情愿地说了这句话。

"那人死了吗？"

"他们把他送进了医院，可是我今天去看时，他已经被接走了。他不过是脑震荡，他的朋友们让他回去。"

"医院里会有他的姓名地址的。"

"他们留有一个姓名地址，可是我查了伦敦姓名地址录以后，发现那个地址根本不存在。"他抬头望着桌子对面的雷尼特先生，想在他脸上看出一些惊讶的表情，因为，即使在古怪的

---

1 一种莨菪烷型生物碱，可用于麻醉镇痛、止咳、平喘等，用药过量可引起中毒。

世界里，这也算得上一个古怪的故事。然而，雷尼特先生却不动声色地说："这可以有许多种解释。"他把手指插进背心，思考着。"比如说，"他说，"可能是一种骗局。那帮人随时都会想出新的花招。他要把蛋糕从你这儿拿回去，有可能是为了挣一大笔钱。他大概告诉你说，蛋糕里藏着宝贝吧？"

"里面藏着东西？"

"爱尔兰沿岸西班牙珍宝隐藏地的详图。非常富于浪漫色彩。他需要你给他一个信物作为交换，比方说二十英镑，或者某件值钱的东西，然后他才去银行。当然，他会把蛋糕留给你的。"

"真叫人纳闷……"

"噢，一切都会搞清楚的。"雷尼特先生说。他真了不起，能把什么事都看得那么简单，甚至认为空袭也只局限在珀利区。

"如果你对茶的看法是对的话，"雷尼特先生说，"那么，也可以有另一种可能性。不过，请你注意，我并不相信。他主动上你家去，大概是想抢劫。他很可能从游园会开始就一直在跟踪你。你有没有把钱拿出来过？"

"他们想把蛋糕要回时，我给了他们一英镑。"

"一个愿意拿出一英镑来换一个蛋糕的人，"雷尼特先生舒了口气说，"肯定是个富翁。小偷一般不投毒，可是那人看来有点神经质。"

"那么，蛋糕是怎么回事？"

"纯粹是胡扯。他不是真为蛋糕而来的。"

"你能再做一种解释吗？你刚才说，可以有很多解释……"

"我总是选择最明确的一种。"雷尼特先生说。他伸出手指，上上下下地抚摸着威士忌酒瓶。"蛋糕也可能是真的搞错了，他到你那儿去真的是为了要回蛋糕。也许蛋糕里面藏着一件奖品……"

"毒药也只是我的想象吗？"

"这是最直接的解释。"

雷尼特先生用沉着的口吻说出了他的怀疑，罗大为震动。他不满地说："你当了很长时间的侦探。在你的整个侦探生涯中，你曾经遇到过谋杀案吗？和凶手打过交道吗？"

雷尼特先生的鼻子在杯子上方抽动了一下。"坦率地说，"他说，"没有，我没有遇到过。你知道，生活并不像侦探故事里描绘的那样。凶手是难得碰到的。他们属于特殊的一类。"

"这使我很感兴趣。"

"他们当中可以被称为绅士的人极少，"雷尼特先生说，"小说里不写他们。你也许可以说他们属于社会的最底层。"

"也许，"罗说，"我应该告诉你，我就是一个凶手。"

2

"呵呵。"雷尼特先生淡淡地笑了两声。

"这正是叫我大发雷霆的原因，"罗说，"他们应该马上把我抓起来。他们完全是一帮外行。"

"你是内行啰？"雷尼特先生勉强地微笑了一下。

罗说："是的，我是内行。如果你在动手之前整整盘算了两年，每天夜里都梦到它，最后终于下了决心，从没有上锁的抽屉里取出毒药，使自己成了一个……然后你坐在被告席上，试图揣摩出法官在想些什么。你注视着每一个陪审员，猜他们是怎么想的……有个戴夹鼻眼镜的女人老是拿着把伞……在这以后，你就离开被告席，连续等好几个钟头，直到陪审团回来。狱卒努力鼓起你的信心，但你心里明白，如果世上还有什么公正的话，那只能有一种裁决……"

"对不起，稍停一下好吗？"雷尼特先生说，"我好像听见我的人回来了……"他在桌后站起身来，快步走出罗所坐椅子后面的那扇门，动作敏捷得惊人。罗照旧坐在那儿，两手夹在膝间，试图控制自己的思绪和语言……"啊，上帝，别让我乱讲，别让我乱开口……"他听见隔壁发出一阵铃响，便循声而去。他看见雷尼特先生在打电话。雷尼特先生用怜悯的目光看看罗，又看看香肠卷饼，似乎它是能伸手拿到的唯一武器。

"你是给警察局，还是给大夫打电话？"罗问。

"给剧院打电话，"雷尼特先生绝望地说，"我刚才想起了我的太太……"

"你经历了这么多事，居然也结婚了，是吗？"

"是的。"雷尼特先生面部肌肉抽搐着，他极不愿和罗讲话，因为电话里响起了一个微弱的声音。他说："两张……前排的。"他砰的一声放下了电话。

"剧院？"

"剧院。"

"他们甚至不问你的名字？干吗不明白点！"罗说，"不管怎么样，我得告诉你，你必须知道全部的事实，否则就不合乎情理。你要是愿意接受我的委托，这些事就得考虑进去。"

"考虑进去？"

"我的意见是……这些事可能和那件事有联系。这是他们审问我时我发现的道理，每件事都可能和那件事有联系。有一天我独自在霍尔本餐厅吃午饭，他们问我，你为什么一个人去吃饭。我说，有时我喜欢一个人待着。你真该看看他们对陪审员们点头的样子。这是有关系的。"他的手又开始抖动起来。"好像我真的要一个人过日子似的……"

雷尼特先生干咳了一声。

"甚至我妻子喂养小鸟这件事……"

"你结婚了？"

"我杀死了我的妻子。"他发现很难把事情说得有条有理。人们不该问那些不必要的问题。他并不想故意把雷尼特先生吓一跳。他说："你不必操心，这些警察局全知道。"

"你被无罪开释了？"

"我是在陛下大赦期间被羁押的。那次大赦为时很短。你瞧，我没发疯。他们只好找个借口。"他不乐意地说，"他们可怜我，所以我现在还活着。所有报纸都把它称作出自好心的谋杀。"他的手在脸前挥动，仿佛有个蜘蛛网在碍他的事。"可怜她，还是可怜我，他们没说，我甚至到现在也不知道。"

"说实话，我觉得，"雷尼特先生说道，刚说了半句就喘了口气，他和罗之间隔着一张椅子，"我无法接受你的委托……这超出了我的业务范围。"

"我可以多给钱，"罗说，"事情总要归结到钱上，不是吗？"在这个积满灰尘的小屋里，面对着碟子、吃了一半的香肠卷饼和破烂的电话号码本，他马上发现雷尼特的贪财心已经被激起来了。他知道他成功了。雷尼特先生没有本事多挣些钱。罗说："凶手和贵族很像——为了自己的名声，他不得不多破费些。他试图微服私行，但往往暴露身份……"

第三章 正面出击

事情很难办，因为他没有
一个可靠的同伴和朋友。

——《小公爵》

1

罗离开奥索太克斯侦查处后，直接来到"自由母亲基金会"。他已经和雷尼特先生签订了一个合同，在四周的时间内，每周付给雷尼特先生五十英镑作为酬金。雷尼特先生解释道，侦查处的开销很大，因为它只雇用最有经验的侦探。罗在离开办公室前见到的那个人显然是个经验丰富的侦探。（雷尼特先生介绍说，那人叫 A2，可是不久又说走了嘴，把他叫作琼斯。）琼斯是个矮个儿，乍看并不显眼：瘦削的尖鼻子，戴一顶系有褪色缎带的棕色软帽，穿一身灰色套服，几年前这套衣服很可能是一种颜色完全不同的上衣。口袋里插着铅笔和钢笔。然而，你只要再看他一次，就能发现他的经验很丰富：那双狡黠、闪烁的小眼睛，那两片善于狡辩的薄嘴唇，额头上那些焦虑的皱纹都说明这一点。他曾在无数旅馆的走廊里待过，他曾贿赂过侍女，惹怒过经理。他有受了侮辱不抱怨，受了威胁不在乎，许了诺不兑现的经验。他的这些经验都是二手货，说不出口，见不得人，只好遮遮掩掩，鬼鬼祟祟。与这种经验相比，杀个人倒是更正派些。

一场争论随即发生。琼斯没有介入。他手拿棕色旧帽，靠墙站着，仿佛当初站在旅馆门外那样看着，听着。雷尼特先生显然认为，罗让他进行这种侦查，纯属精神失常、想入非非、一时狂热，因此他不让罗本人参加。"我和 A2 负责办这件事，"他说，"如果这只是个骗局……"

他不相信罗的生命受到过威胁。"当然，"他说，"我们要查阅关于毒品的书籍……但这并不是说一定会发现什么问题。"

"我当时发了脾气。"罗又说了一遍，说他查过了，那人神色慌张。他脑子里闪过一个念头，激动地说："是同一种毒药。人们也许会说这是自杀……是我设法藏了一些……"

"如果事情真像你说的那样，"雷尼特先生说，"那么蛋糕准是给错了人。我们只要找到那个应该得到蛋糕的人就行了。这是简单的追查工作。我和琼斯对追查十分在行。我们将从贝莱太太身上着手，是她把蛋糕的分量告诉你的。她为什么要告诉你呢？因为她在黑暗中把你错当成另一个人了。你和那个人必定有某种相似之处……"雷尼特与琼斯交换了一个眼色，"事情的关键在于找到贝莱太太。这并不难。琼斯会去办的。"

"我自己到'自由母亲基金会'里去找她吧，这是最简便的方法。"

"我看还是让琼斯来考虑具体做法吧。"

"他们会怀疑他是个侦探的。"

"不能让当事人自己去调查，绝对不行。"

"如果我说的事情无关紧要，"罗说，"他们就会把贝莱太太的地址给我。要是我说的事情全对，他们就会想法杀死我，因为蛋糕虽然已经没有了，可是我知道曾经有过这么一个蛋糕，知道有人要得到它。琼斯会有事可干的，他应该留心看着我。"

琼斯局促不安地揉着手中的帽子。为了引起他的雇主注意，他清了清嗓子。雷尼特先生说："什么事，A2？"

"不行，先生。"琼斯说。

"不行？"

"违反职业习惯，先生。"

"我同意琼斯的看法。"雷尼特先生说。

然而，罗仍旧不顾琼斯的反对，一意孤行。他来到外面那条被炸得不成样子的街道上，皱着眉头，在霍尔本餐厅的废墟中行走着。他在孤独的状况下向别人说出自己的身份，像是要寻求友谊。以前，即使是处在看守的岗位上，这事每次都被发现，就像胆小鬼一样，或迟或早总要露馅的。多变的命运经常捉弄人，谈话采取绕圈子的方式，有些人对名字具有长时间的记忆力，这一切都非同一般。伦敦的商店已经夷为平地，只残留着一些断垣残壁，与庞贝城相仿。他是被毁掉的一部分，因为他不再是过去的一部分了——在乡下度过的漫长的周末，傍晚时分小巷里传出的笑声，聚集在电线上的燕子，和平，都已经成为过去了。

八月三十一日，和平突然结束，世界开始等待新的一年。他像一块石头，在其他石子中移动。他涂上了一层保护色，他觉得内心有一种邪恶的骄傲，不时引起自责。地球的表面上有各种各样的斑点，他像一只金钱豹，置身在这些斑点中，彼此十分和谐，只是他更强有力而已。他在杀人之前从未犯过罪，只是在那以后他才开始习惯于把自己想成是有罪的。这些人竟敢试图杀死他——一个曾经一下子摧毁了美丽、善良和宁静的人。太无礼了。有时，他觉得全世界的罪行都是他一人干的；有时，他看到一些微不足道的东西——一只女用手提包，下楼时看到乘电梯上楼的某人的一张脸，报上的一张相片——自豪的心情就会突然消失。他意识到了自己行为的愚蠢，他不想看见这些东西，他要大哭一场，他想忘记自己曾经幸福过。一个声音会轻轻地对他说："你说你是出于怜悯才杀人的，那你为什么不怜悯自己呢？"真的，为什么不怜悯自己呢？大概是因为杀你所爱的人要比杀你自己容易点吧？

2

"自由母亲基金会"在海滨一座白色的现代化大楼里占用了一间空办公室。他仿佛走进了一个机械化的停尸间，每个楼门都有一个单用电梯。罗不声不响地乘着电梯到楼上去。电梯上行了很长一段时间，玻璃上结着霜。到了五楼，一个戴着夹鼻眼镜的人走进电梯，手里拿着个文件夹，上面注着"特急"。他们继续往上，来到八楼。一扇门上标着"为自由国家的母亲们捐款，问讯处"。

他开始相信，不管怎么说，雷尼特先生是对的。坐在打字机旁的那个刻板而能干的中产阶级妇女显然为人清廉，不取报酬。她佩戴着一枚小小的圆徽章，表明自己是义务效劳。"你有什么事？"她精明地问道。他的全部愤怒和骄傲顿时消失殆尽。他设法回想那个陌生人说的话，蛋糕不是给他的。据他现在记忆所及，那句话确实并无恶意。至于那种味道，他半夜醒来时，舌头上不是常常能感到吗？

"什么事？"那妇女紧接着又简洁地问道。

"我到这儿来，"罗说，"是想打听一下贝莱太太的地址。"

"这儿的工作人员中，没有一位女士叫这个名字。"

"她和游园会有关。"

"噢，游园会上的那些人全是自愿帮忙的。我们不能公布志愿者的地址。"

"那天显然出了个差错，"罗说，"我得到了一个不该归我的蛋糕……"

"我来问一下。"这位刻板的女士说。她走进里屋。罗有了足够的时间来考虑他的行为是否明智，他应该把A2带来。然而一切都恢复正常了，他在那儿才是唯一不正常的。这位义务效劳的女士站在门口说："请你进来一下，好吗？"他从打字机旁走过时，匆匆扫了一眼她打的东西。他看见上面打的是："未亡人克拉布鲁克夫人感谢J.A.史密斯——菲利浦斯太太盛情馈赠的茶叶和鲜花……"随后，他走进里屋。

他从来不习惯滥用感情，只有当意中人无法得到时，爱情才是完美的。屋里这位姑娘头发的颜色和纤巧的身材——你也许会说，这种身材不可能给人造成痛苦——足以使他一进门便迟疑起来。这位姑娘刚开口说话——她稍带一点外国口音——他就着实吃了一惊，如同一个人在聚会上听到自己所爱的女人正操着外国腔对一个外国人说话似的。没有其他相似之处。不过类似的情况常常发生：他的爱人消失了，但他随时都有可能在人群中重新发现她。因此，他只要看见有人和她有一点儿相像之处，他便会跟着那人走进店门，或在街角傻等。

她说："你是为了那个蛋糕来的吗？"

他仔细地瞧着她：她们之间相似处很少，差异很大，有如天壤之别。他说："昨晚有一个男人来找过我……我想是这个办公室派他去的。"

他笨嘴拙舌地想找几个合适的词儿，因为，认为这个姑娘和犯罪活动有牵连，就像认为真理也会出错一样荒谬，除非她是一个受害者。"我在你们的游园会上赢得一个蛋糕，不过这中间好像出了差错。"

"我不明白。"

"我还没来得及问清楚他的来意，一颗炸弹就投下来了。"

"他不可能是从我们这儿去的，"她说，"他长得什么样子？"

"是个矮个儿，双肩扭曲，是个畸形人。"

"这儿没有这样一个人。"

"我想，要是我能找到贝莱太太的话，也许……"这个名字似乎没有引起任何反应，"她是在游园会上帮忙的人之一。"

"他们全是自愿服务的，"姑娘解释道，"我想，我们可以通过组织者为你找到她的地址。可是，果真有这么——重要吗？"

这个屋子被一道屏风分隔成两半。他以为屋里就他们两人，谁知姑娘说话时，却从屏风后走出了一个年轻人。他的相貌和那姑娘一般俊俏，她介绍道："这是我的哥哥，先生你……"

"我是罗。"

"有人去找过罗先生，打听有关一个蛋糕的事。我不大清楚这件事。他好像是在我们的游园会上赢到那个蛋糕的。"

"让我想想，那个人可能是谁。"年轻人说一口漂亮的英语，只是有点咬文嚼字，显出他是个外国人。他好像生长在一个旧式家庭里，讲话必须口齿清楚，措辞得当。他这么讲究言辞并不叫人觉得学究气，反倒很可爱。他站在那里，一只手温存地轻轻搭在妹妹肩上，好像他们是个维多利亚式的标准家庭。"他是你的本国人吗，罗先生？你知道，我们这个办公室里大都是外国人。"他微笑着，把罗当作知心朋友。"健康状况和国籍的原因不允许我们去为你们战斗，但我们总得做点什么。我妹妹和我，按国籍说是奥地利人。"

"那个人是英国人。"

"他准是个自愿帮忙的人。我们有很多这样的人，他们中有一半我连名字也叫不上来。那么，你是想退还一个奖品吗？要退还一个蛋糕？"

罗谨慎地说："我想了解一些情况。"

"啊，罗先生，如果我是你的话，我才不管那么多呢，我会紧紧抓住蛋糕不撒手。"他用了一句俚语，你甚至可以听出来，他在这句俚语的前后轻轻地加上一个带有歉意的引号。

"糟糕的是，"罗说，"蛋糕已经没有了，我的房子昨晚被炸了。"

"真遗憾，我的意思是为你的房子被炸而感到遗憾。你现在肯定不会再认为蛋糕有那么重要了吧？"

他们很可爱，显然也很诚实，但他们一下子就抓住了他说话前后不一的地方。

"我要是你的话，"那姑娘说，"就算了。"

罗犹豫不决地打量着他们。但是，人生在世，不能没有信任，自我封闭是最糟糕的监禁。罗在这样的监牢里已经待了一年多时间——没有牢房可换，没有活动场地，也没有新的看守来打破单独禁闭的乏味生活。有的时候，一个人会认为有必要不顾一切去越狱。他现在就是这样，想方设法得到自由。这两个人也经历过恐怖，但他们的心理状态没有带上丑恶的伤痕。他说："其实使我发愁的并不仅仅是那个蛋糕。"

他们坦率而友好地瞧着他，对他很感兴趣。你能感觉到，尽管他们的青春已经所剩无几了，但他们的身上仍然散发出青春的活力，他们还在期望生活会赐给他们一些除了痛苦、厌烦、怀疑和仇恨以外的东西。小伙子说："你怎么不坐下来跟我们谈谈呢？"这使他想起了爱听故事的孩子们。他们不可能积累起五十年的经验。他觉得自己太老了。

罗说："我有这种印象，凡是想得到这块蛋糕的人，都准备……嗯，使用暴力。"他对他们讲了陌生人的来访，那人的急切心情，还有那杯茶的怪味。小伙子的淡蓝色眼睛由于好奇和激动而闪闪发亮。他说："这事可真吸引人。你认为有谁在幕后操纵吧？或者是……贝莱太太是怎么参与进去的呢？"

他真后悔刚才到雷尼特先生那儿去了一趟：这两个人才是他需要的助手，而不是邋遢的琼斯和他那疑神疑鬼的雇主。

"贝莱太太在游园会上给我算了个命，还把蛋糕的分量告诉了我，但她说的分量不对。"

"真有意思。"小伙子兴冲冲地说。

姑娘说："莫名其妙。"她接下去说的话差不多和雷尼特说的一模一样，"很可能是一场误会。"

"误会，"她哥哥说，然后说出了一句带引号的俚语，"胡说八道！"他笑眯眯地对罗说，"我们这个协会，罗先生，包括秘书在内，都是为你效劳的。这真太有意思了。"他伸出手来，"我姓——我们姓希尔夫。我们应该从哪里着手？"

姑娘默默无言地坐着。罗说："你妹妹不同意。"

"噢，"小伙子说，"她会改变主意的，她到末了总是会同意的。她觉得我是个浪漫主义者，她不得不帮助我摆脱一个又一个困境。"他一刹那间变得严肃起来了，"她帮助我离开了奥地利。"可是，没有任何东西能使他长时间抑制住自己的热情。"那是另一码事。我们从贝莱太太开始，好吗？你对这些事有什么看法吗？我们的坚韧不拔的志愿者在隔壁那间屋子里，我把他们叫来帮忙追查。"他开门叫道，"亲爱的德莫迪女士，你能不能找到一个名叫贝莱太太的志愿者的地址？"他向罗解释道，"难就难在她可能只是一个朋友的朋友，而不是一贯给我们帮忙的人。你去问问卡农·托普林。"他向德莫迪女士建议道。

随着小伙子的热情越来越高，整个事件也变得更加离奇了。罗开始以雷尼特先生的眼光来观察这一切：德莫迪女士、卡农·托普林……

他说："也许，说到底你妹妹是对的。"

但小伙子并不轻易罢休。"她可能对，当然，她可能是对的。然而，要是她对的话，那就太乏味了。我倒宁可认为其中有个大阴谋，除非我们弄清并非如此……"

德莫迪女士在门口探了探头说："卡农·托普林把地址给我了，是新月公园五号。"

"她如果是卡农·托普林的朋友……"罗开口说道，这引起了希尔夫小姐的注目。她悄悄向他点点头，似乎是说——现在你算是想对了。

"噢，咱们现在去把那人'揪出来'。"小伙子说。

"可以找出一千种理由。"希尔夫小姐说。

"肯定不会有一千种，安娜。"她哥哥嘲讽道。他问罗："你记得什么别的事情可以说服她吗？"他的热心比她的怀疑更叫人灰心丧气。整个事件成了个游戏，叫人无法认真对待。

"什么也没有了。"罗说。

小伙子站在窗口，向外望着。他说："到这里来一下，罗先生。你看见下面那个小个子，那个戴旧棕帽的家伙了吗？他是紧跟着你到这儿来的，似乎一直待在那儿……来回走动。他在假装点香烟，可是这样做的次数太多了。他已经买了两份晚报。你看，他从来不正面朝着这儿走。看样子你被跟踪了。"

"我认识他，"罗说，"他是个私人侦探，受雇照看我的。"

"啊！"小伙子说——甚至他的感叹也带有一点维多利亚式的味道——"你倒认真了。你现在知道我们是站在你这边的——你别对我们'留一手'，好吗？"

"有件事我刚才没提。"罗犹豫了一下。

"是吗？"希尔夫赶紧走回来，又把手搭在妹妹的肩上，神情焦急地等待着。"这件事会连累到卡农·托普林吗？"

"我觉得蛋糕里藏着东西。"

"什么？"

"我不知道。他把拿到手的每一块蛋糕都弄碎了。"

"可能是习惯。"希尔夫小姐说。

"习惯！"她哥哥取笑她。

她突然怒气冲冲地说："这是你仔细研究过的古老的英国特点之一。"

罗设法向希尔夫小姐解释："这与我无关。我不想要他们的蛋糕，但是他们打算杀我，我敢肯定他们打算这么做。我知道，大白天讲这事，似乎是无稽之谈。不过，要是你亲眼看见那个讨厌的畸形男人一边冲牛奶、弄碎蛋糕，一边等待、观望的样子……"

"你真的相信，"希尔夫小姐说，"是卡农·托普林的朋友……"

"别听她的，"希尔夫说，"为什么就一定不是卡农·托普林的朋友呢？再也没有罪犯统统出自某个阶层的说法了。我们可以告诉你这点。奥地利有很多那样的人，你会说他们不可能……嗯，不可能干出那些我们看见干的事。有教养的人，举止文雅的人，午宴时坐在你旁边的人。"

"奥索太克斯侦查处主任雷尼特先生今天告诉我，"罗说，"他从来没有遇到过凶手。他说这种人极少，他们不是好人。"

"嘿，他们现在可不罕见了，"希尔夫说，"我就起码认识六个凶手。一个是内阁大臣，一个是心脏病专家，另一个是银行经理兼保险公司代理人……"

"别说了，"希尔夫小姐说，"请你别说了。"

"差别在于，"希尔夫说，"如今是付钱去杀人，凡是需要付钱去做的事情，都能叫人肃然起敬。有钱的堕胎郎中可以成为妇科医生，富裕的小偷可以成为银行经理。你的朋友已经落后于形势了。"他继续温和地解释着，他那双淡蓝色的眼睛既不显出震惊，也不能使别人震惊。"你的那个旧式凶手可能是出于恐惧、仇恨甚至爱，才去杀人的，罗先生，极少是出于实际利益。这类动机中没有一个是……值得尊敬的。还有的人为了谋取某种地位而杀人——这就不一样了，因为一旦你得到这个地位，那就谁也没有权利来批评你所采取的手段了。要是这个人地位很高，那谁都想拜见你。你想想吧，你们的政治家中有多少人握过希特勒的手啊。可是当然，卡农·托普林是不会为了恐惧或爱情去杀人的。如果他杀了自己的妻子，他就会丢掉自己的肥缺。"他对罗笑笑，认为自己说的话是天经地义的。

当他离开那个并不能称为监狱的地方，当陛下的旨意立即得到正式贯彻时，罗觉得自己进入了一个完全不同的世界——一个秘密的世界，人们互不认识，用的全是假名。这个世界充斥着他不想看见的面孔，充斥着那些一看见别人进了酒吧间就溜掉的人。他们住在最不会被人打听到的地方，住在家具齐全的屋子里。那些参加游园会的人，那些早上去做祷告的人，那些到乡下度周末、玩桥牌赌钱和在食品店赊账买东西的人，对这个世界是一无所知的。它并非真是一个罪恶的世界，虽然你在这个世界的昏暗寂静的走廊中踯躅时，很可能会接触到一些从未受过控告的文质彬彬的伪造文件者，或者少年儿童的教唆犯。有的人在上午十点和一些闲得无聊的穿雨衣的人一起去看电影，有的人坐在家里，整个晚上阅读《老古玩店》。他最初相信有人想谋害他时，在吃惊之余，曾经感到十分愤怒。他认为，谋杀行为只是他的个性特征，他逃离的那些历来与世无争的地方的居民是不会杀人的，而贝莱太太、戴软帽的女士以及那个名叫辛克莱的牧师则显然是那些地方的居民。一个凶手只有觉得自己不会被这些人当中的一个干掉时，才会感到安全。

可是现在这位阅历甚丰的年轻人却对他说，世界并不能截然分开，这使他十分惊讶。石头底下的昆虫有权感到本身是安全的，因为靴子踩不到它。

希尔夫小姐对他说："你不要听……"她带着一种仿佛充满同情的目光注视着他。但她不可能同情他。

"当然，"希尔夫轻松地说，"我有点夸大其词了。可是最近几天你还是做好准备——可能会有犯罪活动出现，到处都有可能。他们把犯罪称为有抱负，他们甚至把谋杀说成是最仁慈的事情。"

罗迅速抬头一看，可是那双淡蓝色的理性的眼睛里似乎并没有包含什么特别的意思。"你指的是普鲁士人？"罗问。

"是的，如果你愿意的话，是普鲁士人。或者是纳粹分子，法西斯分子，激进分子，白色分子……"

希尔夫小姐桌上的电话响了。她说："是邓伍迪女士。"

希尔夫立即斜着身子凑上去说："太感谢你的帮助了，邓伍迪女士。毛衣是绝不会嫌多的。噢，你要是不愿意把它们送到办公室来，我们可以去取……你派司机来？谢谢你。再见。"他苦笑着对罗说："像我这种年纪的人以向年老的女慈善家募集毛衣的方式来参加战争，可真算奇怪的了，对不对？但这是有用的，这样做不会被拘留，我是得到许可的。不过，你能理解，你的事使我很兴奋。它似乎给了我一个机会，嗯，可以轰轰烈烈地干一番。"他对妹妹笑笑，温柔地说："当然，她认为我太浪漫主义。"

奇怪的是她什么也没说。看样子她不仅不同意他，而且认为他全错了，除了募集毛衣外，她在任何事情上都不和他合作。在罗看来，她似乎缺乏她哥哥的可爱和自如。她哥哥经历了这些事情后，变得充满风趣和玩世不恭，但她却陷入了深沉的、痛苦的思索。他认为他们俩的心头还有创伤。他只是这么认为，而她却感觉到了这种创伤。罗看着她，仿佛自己在不幸之中找到了一个朋友，他再三地发出信号，但没有得到答复。

"现在，"希尔夫说，"该干什么？"

"算了吧。"希尔夫小姐直接对罗说——终于有了一个答复，但这个答复却是说交谈到此结束。

"不，不，"希尔夫说，"我们不能那样做。现在是战争时期。"

"即使暗地里真有名堂的话，"希尔夫小姐说，还是只对着罗，"你怎么知道除了偷盗、贩毒外，还有别的事呢？"

"我不知道，"罗说，"我也不在乎。我只是感到愤怒。"

"关于那个蛋糕，"希尔夫问道，"你是怎么想的？"

"里面可能藏着什么情报，你们说呢？"

希尔夫兄妹沉默了一会儿，似乎应该认真考虑这个看法。接着希尔夫说："我和你一起到贝莱太太那儿去。"

"你不能离开办公室，威利，"希尔夫小姐说，"我和罗先生一起去吧，你和人家约好了……"

"噢，只是和特伦奇定好了时间。安娜，你可以帮我和特伦奇交涉，"他兴高采烈地说，"这件事才是重要的。可能还会出现麻烦呢。"

"我们可以带上罗先生的侦探。"

"去警告这位夫人吗？侦探在一码外的地方盯着我们。不，"希尔夫说，"我们应该巧妙地甩掉他。摆脱特工人员的跟踪我很在行，从一九三三年起就学会了。"

"可我不知道你想对特伦奇先生说些什么。"

"再拖他一下，就说我们将在月初解决。罗先生，我们在谈业务，请你原谅。"

"为什么不让罗先生自己去呢？"

罗想，也许她一直认为事情很蹊跷，也许她为哥哥担心……她说："你们俩可别上当，威利。"

希尔夫对妹妹的话完全置之不理，径自对罗说："稍等一会儿，我去给特伦奇留个字条。"他走进屏风后面去了。

他们通过另一扇门，一起离开了办公室。甩掉琼斯不费吹灰之力，因为他丝毫没有怀疑他的当事人竟会设法避开他。希尔夫叫了一辆出租车。当他们行驶在街上时，罗看到那个可怜的家伙还守在那里，又点燃一支烟，眼睛斜睨着富丽堂皇的入口处，如同一条忠实的猎犬无休止地守候在主人的门外。罗说："我真想告诉他一声……"

"最好别告诉他，"希尔夫说，"我们可以完事后再找他。不会很久的。"汽车开过去，那人的身影从视野中消失了。他消失在汽车和自行车中，被伦敦街头闲逛的无精打采的人群遮掩了，即使认识他的人也看不见他了。

第四章 在贝莱太太家度过的晚上

这儿有恶龙，到处有恶龙，

它们喷着毒液——正如我的小说描写的那样。

——《小公爵》

贝莱太太的家颇具特色——这意思是说，破旧不堪，未加修理。它位于坎普登山的图莱特坡地上，门前有一个干燥贫瘠、杂草丛生的小花园。一道不厚的荆棘篱笆墙后面有一尊仿佛用整块浮石雕成的雕像，它由于无人照管而表面发灰，出现了道道裂缝。早期维多利亚式门廊中安有电铃，你一按铃，似乎能听到铃声涌进里屋，传入住在里面的那些人耳中。其实，残存的生命现象在过道上是看不见的，女仆前来开门，她雪白的领口和围裙令人吃惊。房子年久失修，女仆倒颇为注意自己的外表，尽管看上去她已经接近老年。她的脸上布满皱纹，但敷了一层粉，神情严峻得像个修女。希尔夫问道："贝莱太太在家吗？"

　　年迈的女仆用一种只有在修道院才能学会的机警目光打量他们片刻，然后说道："你们约好了吗？"

　　"当然，"希尔夫说，"我们刚给她打过电话。我是卡农·托普林的朋友。"

　　"对不起，"女仆做了解释，"今晚太太有事。"

　　"是吗？"

　　"如果你是圈子里的人……"

一个年纪更老的男人沿着过道走上前来。此人气宇轩昂，满头白发。"晚安，先生，"女仆说，"请您直接进去好吗？"他显然是圈子里的人，因为女仆把他领到右边的一扇门边，他们听见她通报说："福里斯特医生。"然后她又回来守门。

希尔夫说："如果你把我的名字向贝莱太太通报一下，或许我们也会变成圈子里的人。我叫希尔夫，是卡农·托普林的朋友。"

"我去问问看。"女仆疑惑地说。

结果极好。贝莱太太亲自来到这间窄小的门厅。她身穿自由式闪光绸上衣，头戴小圆帽，朝他们俩同时伸出双手表示欢迎。"只要是卡农·托普林的朋友……"她说。

"我叫希尔夫，是'自由母亲基金会'的。这位是罗先生。"

罗凝视着她，打算发现一个能认出她来的特征。但他什么也没发现。她那张白皙的大脸仿佛来自一个不属于他们俩的世界。

"尽管你们以前不属于我们的圈子，"她说，"我们对新来者一向是欢迎的。我们不和任何人交恶。"

"噢，是这样，是这样。"希尔夫说。

她在前面领路，把他们俩带进客厅。这儿挂满了橙色的帷帘，摆满了蓝色的坐垫，不过，从二十年代起，客厅应该就是这么布置的，以后一直没变。蓝黑色的灯罩使客厅显得很昏暗，如同一家东方咖啡馆。盘子和临时摆上的桌子中有些迹象表明，贝莱太太从瓦拉纳西采购了一些东西来为这次聚会做准备。

客厅里有五六个人，其中一位立即引起了罗的注意——一个个子高大、身材魁梧、长着一头黑发的男人。他一开始不知那人为什么会吸引他，后来才明白，这是因为那人毫无特色。"科斯特先生，"贝莱太太说，"这位是……"

"罗先生。"希尔夫报出了名字。彼此互做介绍，循规蹈矩，走走形式。有人奇怪希尔夫怎么会在这儿，和风度翩翩的饕餮之徒福里斯特医生在一起。潘蒂尔小姐是一位肤色黝黑、看上去颇为年轻的中年妇女，她的头发乌黑，眼睛里射出饥饿的目光；纽维先生——弗雷德里克·纽维先生（贝莱夫人强调了这位先生的姓）——趿拉着凉鞋，没穿袜子，长着一头蓬乱的黑发；莫德先生是一个眼睛近视的年轻人，紧紧挨着纽维先生，恭恭敬敬地把面包和黄油递到他手中。至于说科利尔，则显然属于另一阶层，他想尽了办法才钻进这个圈子，别人对他摆出一副屈尊俯就的模样，但同时又非常器重他。他的生活圈子要大得多，大家都很感兴趣。他曾经是旅馆的侍者、流浪汉和司炉工，但他也出版过一本书——贝莱太太对罗耳语道。这本书语言粗俗，但诗意盎然，妙趣横生。"他用的那些辞藻，"贝莱太太说，"以前的诗歌中从来没用过。"他和纽维先生似乎有某种龃龉。

神情严峻的女仆用清香淡雅的中国茶招待客人，罗在传杯递盏中搞清了全场的情况。

"罗先生，"贝莱太太问，"你是干什么的？"她刚刚轻声柔气地把科利尔向大家做了介绍，把他称作庶民科利尔，因为他是个演员，不是绅士。

"噢。"罗说，他的目光越过茶杯的上缘，打量着她，试图弄清楚她周围的这帮人到底是干什么的。他想把她当作一个危险角色，但未成功。"我整天坐着思考问题。"

这个回答似乎是对的，也符合事实。贝莱太太立即对他热情相待，并且用一条温暖的玉臂钩住他的胳膊。"我应该把你称作我们的哲学家，"她说，"我们已经有诗人、评论家了……"

"科斯特先生是干什么的？"

"他做大生意，"贝莱太太说，"在市里工作。我称他为我们的神秘男人。有时我觉得他为人很刻薄。"

"潘蒂尔小姐呢？"

"她在描绘内心世界方面有特殊的本领。她把内心世界视作五彩缤纷的圆圈，节奏感强烈的改编曲，有时是椭圆形……"

要认为贝莱太太——或者她这个圈子里的人——竟会和犯罪有什么关系，那简直是胡思乱想。如果不是为了希尔夫的话，他准会找个借口离开的。这些人——不管希尔夫会怎么说——和他要调查的事情没有关系。

他不着边际地问了一句："你们每星期都在这儿聚会吗？"

"每星期三，无一例外。当然，由于空袭，我们聚会的时间很短。纽维先生的太太希望他在空袭开始前回到韦林市。结果不佳，原因大概就在这儿。不能强迫他们，这你是知道的。"她淡然一笑，"我们也不能答应给一个陌生人任何东西。"

他不明白这话是什么意思。希尔夫仿佛已经和科斯特离开了客厅。贝莱太太说："噢，这些阴谋分子。科斯特先生老在动鬼主意。"

罗贸然提了一个试探性的问题："有时结果不佳吗？"

"我可以说很坏……这当时就能知道。不过，另一些时候结果极佳，简直出乎你的意料。"

另一间屋子里响起电话声。贝莱太太说："谁这么讨厌？我所有的朋友都知道，星期三不能给我打电话。"

年迈的女仆走了进来。她用厌恶的口吻说："有人打电话找罗先生。"

罗说："莫名其妙。没人知道……"

"劳驾，"贝莱太太说，"快去快回好吗？"

希尔夫在那间屋里和科斯特谈得正热烈。他问："你的电话？"显得甚为惊讶。罗皱着眉头，一声不响。他们看着他跟女仆走了出去。他觉得自己好像在教堂里惹了点事，现在正被人家带走。背后的声音他什么也听不见，传进他耳朵的只有推开茶杯发出的叮当声。

他想，可能是雷尼特先生，但他是怎样找到我的呢？或者是琼斯吧？他进入一个摆满家具的小餐厅，走到贝莱太太的桌子跟前，拿起了电话。"喂。"他还在纳闷，别人怎么会知道他在这儿，"喂。"

不是雷尼特先生。他一时没听出来是谁。这是一个女人的声音："罗先生吗？"

"是的。"

"就你一个人吗？"

"对。"

声音变得模糊不清了，仿佛对方在话筒上蒙了一块手绢。他听出来了，心想：她准不知道，谁也不会把她的声音和别的女人的声音混同起来。

"劳驾，请你尽快离开那儿，可以吗？"

"你是希尔夫小姐，对不对？"

那声音不耐烦地说："对，对，不错，是我。"

"你想和你哥哥讲话吗？"

"请别告诉他，你快离开，快点。"

他诧异了片刻。在贝莱太太这儿待着会有危险的想法是荒谬的。他明白他几乎已经跟雷尼特的想法一致了。然后他又回忆起希尔夫小姐也是同意那些观点的。某种情况使他改变了看法，走向了反面。他说："那你哥哥呢？"

"如果你走了，他也会走的。"

这个故意压低的声音咄咄逼人，使他心烦意乱。他发现自己正徐徐绕着桌子走动，直到正对着门为止。后来他又挪动脚步，背对着窗。"你为什么不告诉你哥哥呢？"

"他会在那儿待得更久的。"这是真的。他很奇怪，墙壁怎么会这么薄。屋里摆满了乱七八糟的家具，叫人很不舒服。要走动，要开展活动，就必须有空间，小姐让他出去是令人信服的。他问："琼斯——就是那个侦探——还在外面吗？"

沉默良久。她大概走到窗前去了。稍后，那个声音又冲进他的耳朵，而且声音响亮得出乎预料——是她把手绢从话筒上拿开了。"外面谁也没有。"

"你能肯定吗？"

"是的，谁也没有。"

他觉得自己被人抛弃了，非常恼火。琼斯为什么不再监视了？发生了什么事？有人沿着过道往下走，越走越近。罗说：

"我必须把电话挂断了。"

"他们打算趁黑把你逮起来。"电话里的声音说。门忽然打开了。是希尔夫。

他说:"快走。都在等着你呢? 是谁呀?"

罗说:"来这里之前你记笔记的时候,我给德莫迪女士留了句话——要是有人急着见我……"

"有人要见你吗?"

"有,是琼斯,那个侦探。"

"琼斯?"希尔夫问。

"对。"

"琼斯有重要消息吗?"

"不完全是这么回事。他担心会失去我。嗯,雷尼特先生现在要我到他的办公室去。"

"雷尼特倒是挺认真的。咱们过一会儿直接到他那儿去。"

"什么时候?"

希尔夫的眼里射出激动和凶恶的目光。"有些事我们不能错过,无论如何也不能错过。"他压低嗓门补充道,"我开始觉得咱们错了。很好玩,而且没危险。"

他伸出手,推心置腹地挽着罗的胳膊,客客气气地劝说道:"罗先生,你要尽可能保持一本正经,不应该笑。她是卡农·托普林的朋友。"

他们回来时发现房间显然已经另作布置,别有他用了。椅子马马虎虎地围成一个圆圈,每人都露出焦急的神色,但都很有礼貌地克制着。"请坐,罗先生,请坐在科斯特先生旁边。"贝莱太太说，"过一会儿我们将关灯……"

做过噩梦的人知道，碗柜的门会忽然打开，眼前会出现一些十分可怕的东西，简直不晓得是什么……

贝莱太太又说："请你坐下，这样我们才好关灯……"

他说："很抱歉。我要走了。"

"哦，你现在不能走，"贝莱太太大声说，"希尔夫先生，他能走吗？"

罗向希尔夫瞥了一眼，但希尔夫并没有理解，他那双浅蓝色的眼睛回看了罗一眼。"他当然不应该走，"希尔夫说，"我们俩在这儿等着。我们是为什么来的？"贝莱太太目光一闪，悄悄锁上门，把钥匙塞进上衣里面，握了握他们俩的手。"我们向来要把门锁上，"她说，"为了使科斯特先生满意。"

在梦中你永远也逃不掉：双脚像铅一样沉重，门一直在不知不觉地转动，在这扇不吉利的门跟前你无法离开。生活中也同样。有时逢场作戏比去死还困难。他想起了另一个女人，她拿不定主意，不想逢场作戏，最后伤透了心，喝下一杯牛奶……他穿过人群，在科斯特左边坐下，有如一个罪犯坐到了他应该坐的地方。他的左边是潘蒂尔小姐。福里斯特医生在贝莱太太的一边，希尔夫在另一边。灯灭之前，他没来得及看清其他人在什么地方。"现在，"贝莱太太说，"咱们大家挽起手来。"

遮掩灯光的帷幕放下来，室内几乎一片漆黑。科斯特的手热烘烘、汗津津的，潘蒂尔小姐的手也是热烘烘的，但没有汗。这是他始料未及的第一次招魂术表演，但他并不害怕鬼魂。他希望希尔夫待在他身边，在整个招魂术表演期间他都知道，在身后那间屋子的黑洞洞的空间中，任何事情都可能发生。他试图松开手，但他的双手被人紧紧握着。室内鸦雀无声。他的右眉梢冒出一滴汗珠，滚了下来，他无法伸手去揩汗。汗珠挂在他的眼睑上，弄得他很痒。另一间屋里传来了留声机的声音。

乐声不断，旋律柔和，近似人声。是门德尔松的曲子，好似浪涛拍击海边岩洞发出的回声。乐声停顿了片刻，唱针放回原处，旋律重新响起。同样的波涛无休无止地拍击着同一个海边岩洞，一次又一次。他听着音乐，从周围人的呼吸声中感到了他们的情绪：有人焦虑，有人紧张，有人激动，有人屏息静气。潘蒂尔小姐的肺部发出一种奇怪的嘘声，科斯特的呼吸沉重而有规律，但不如黑暗中另一个人那么沉重，罗说不出那人是谁。他一直听着，等着。他能听见背后响起的脚步声并及时把自己的手抽出来吗？他再也不怀疑那句警告的紧迫性了："他们打算趁黑把你逮起来。"这就是危险所在。另一个人从前也有过这种紧张心情，他日复一日地审察着自己的惋惜情绪，悔意逐渐增长，达到了足以采取行动的可怕程度。

"喂，"一个声音突然说道，"喂，我听不见。"潘蒂尔小姐的呼吸更为急促，门德尔松波涛似的乐曲从渐弱到停止。远处的一辆出租车鸣着喇叭，震动着空旷的世界。

"讲得响一些。"那个声音说。这是贝莱太太的声音，和以前不同，这是一位被一种意念、一种臆想中的接触麻醉了的贝莱太太的声音。他们坐在一个黑洞洞的狭小空间里，但贝莱太太似乎已逸出这个空间，和神祇接触了。罗对这些丝毫不感兴趣，他所等待的不是神祇，而是人的某种动作。贝莱太太用沙哑的声音说道："你们当中的一个人是敌人。他不愿意我们把招魂术施展到底。"某样东西——椅子？桌子？——咯吱响了一声，罗本能地捏紧潘蒂尔小姐的手。不是鬼魂。是人在击鼓，或是撒花，或是模仿孩子的小手在摸脸——这事真可怕，可是他的手被别人抓着。

"这儿有一个敌人，"那个声音说，"他不相信这些，他的动机是罪恶的……"罗能感到科斯特紧紧捏住他的手指。他不知道希尔夫是否还对眼前的事情不以为然，他想向希尔夫呼救，可是理智就像科斯特的手一样把他制止了。接着，又是木板发出的咯吱咯吱的声音。他想：为什么要举行这个可笑的仪式？他们是否全在这儿？不过他知道周围有许多自己的朋友，可是不知道到底谁是他的朋友。

"阿瑟。"

这不是贝莱太太的声音。她拽着他的两只手。

"阿瑟。"

这呆板而无生气的声音也许真的是从墓地的石板下发出的。

"阿瑟，你为什么要杀死……"这声音渐渐变成呻吟后消失了，他想把自己的手从她手中挣脱出来。他并没有认出那声音：既可能是他妻子的声音，也完全可能是任何别的女人的声音。这个声音消失在无穷的失望、痛苦和责备中。是这个声音认出了他。一道亮光射向天花板，沿着墙向前移。罗叫道："不，不。"

"阿瑟。"那声音轻轻地说。罗忘却了一切，他不再等着听暗中的行动和木板的嘎吱声。他只是哀求："停止吧，请停止吧。"他感到科斯特从他旁边的座位上站起身来，拉了拉他的手后又把它松开，并使劲一甩，好像要扔掉一件他不愿抓在手中的东西。甚至潘蒂尔小姐也放开了他，他听见希尔夫说："没意思，开灯吧。"

灯突然亮了，他感到晃眼。他们手拉手全坐在那里，注视着他：圆圈在他这儿断了。只有贝莱太太好像什么也没看到，她垂着头，双眼紧闭，呼吸沉重。"好了，"希尔夫说，试着笑了笑，"表演得真不错。"可是纽维先生说："科斯特，快看看科斯特。"罗和其他在座的一起把目光移到旁边的科斯特身上。科斯特趴在桌上，脸贴着法国式油漆桌面，他已经不能对任何事情发生兴趣了。

"去找大夫。"希尔夫说。

"我就是大夫。"福里斯特医生说。他松开自己的两只手，大家全都正襟危坐，如同一群正在做游戏的孩子，不知不觉间相互松了手。他轻声说："我怕大夫没什么用处了。唯一该做的事是去叫警察。"

贝莱太太已醒了一半，坐在那儿，她的眼神机警，舌头微微外伸。

"一定是他的心脏，"纽维先生说，"受不了这种兴奋。"

"我看不是，"福里斯特医生说，"他被谋害了。"他那苍老而高贵的脸俯向死者。一只纤纤细手摸着科斯特身上的血污，好比一只漂亮的昆虫开始吞食腐肉。

"不可能，"纽维先生说，"门是锁着的。"

"真遗憾，"福里斯特医生说，"原因很简单：是咱们当中的一个人干的。"

"可咱们全都……"希尔夫说，"拉着手……"霎时间，他们都看着罗。

"他刚才把自己的手抽开了。"潘蒂尔小姐说。

福里斯特医生轻声柔气地说："在警察到来之前，我再也不碰这具尸体了。科斯特是被一把学生用的小刀戳死的……"

罗迅速将手伸进自己的口袋：小刀不见了。他看见满屋子人的眼睛都注意着这个动作。

"我们必须把贝莱太太从这件事情里解脱出来。"福里斯特医生说，"每次招魂术表演都是极度紧张的，可这一次……"坐在他和希尔夫之间的那个戴着头巾的胖子站了起来。那只摸着科斯特身上污血的纤纤细手又以同样轻柔的动作取出了房门钥匙。"你们其余的人，"福里斯特医生说，"我想最好留在这儿。我去给诺丁山警察局打个电话。我们会一起回来的。"

他和希尔夫走了，其他人陷入长时间的沉默。谁也不看罗，潘蒂尔小姐已经把她的椅子偷偷拉开，离他远远的。所以现在罗是一人坐在死尸旁，似乎他们俩是在聚会上相遇的老朋友。过了一阵子，纽维先生说："他们要是不赶紧回来的话，我就赶不上火车了。"他摸着跷在腿上的那只穿着凉鞋的脚，又是焦虑，又是恐惧——警报什么时候都可以拉响。年轻的莫德先生急躁地说："我不懂你干吗要留在这里。"他朝罗射出愤怒的目光。

罗发现自己还没有说过一句为自己辩护的话。又是一桩罪行，有人犯了罪，他明白了这点，但他说不出话来。他，一个陌生人，怎么能让潘蒂尔小姐、纽维先生和莫德先生相信，杀死科斯特的人不是他，而是他们的一个朋友呢？他匆匆瞥了一眼科斯特，似乎死者能复活，并张口嘲笑他们："我只不过是在做一个试验。"然而，眼前的科斯特确实是死了，这是毫无疑问的。罗想：这儿有个人杀死了科斯特——真是咄咄怪事，真比他自己杀了科斯特还要令人不可置信。不管怎么说，警察会认为他是属于凶手圈子里的，他生来就跟凶手为伍。他想，警察肯定会这么认为的。

门开了，希尔夫回来了。他说："福里斯特大夫在照顾贝莱太太。我给警察打了电话。"他的目光像是在暗示罗一件事，但罗不明白。罗想：我必须单独跟他谈谈，他肯定不会相信……

罗说："要是我肚子不舒服，想上厕所，你们没人反对吧？"

潘蒂尔小姐说："我认为在警察到来之前谁也不应该离开这间屋子。"

"我想，"希尔夫说，"应该有人陪你去。当然，这只是形式。"

"何必吞吞吐吐，"潘蒂尔小姐说，"刀子是谁的？"

"也许纽维先生，"希尔夫说，"愿意陪罗先生去……"

"我不想被牵连进去，"纽维说，"这与我无关。我只想赶火车……"

"这么看来只好我去了，"希尔夫说，"如果你们信得过我的话。"谁也没反对。

厕所在二楼。他们上楼时听见从贝莱太太的卧室里传来福里斯特先生的节奏平稳的声音。"我没病，"罗悄悄说，"不过，希尔夫，这件事不是我干的。"

希尔夫在这种时候表现得十分兴奋，真叫人觉得蹊跷。"当然不是你干的，"他说，"干这种事需要有真本领。"

"为什么？是谁干的？"

"我不知道，但我要把它查出来。"他友好地伸出手，挽住罗的胳膊，使罗得到了安慰。接着，他推着罗一起走进厕所，随手把门锁上。"老朋友，你必须离开这儿。他们只要一有可能，就会把你绞死，起码要把你关上几个星期。这对他们说来不费吹灰之力。"

"我该怎么办？那是我的刀子。"

"他们真是一帮魔鬼，是不是？"他以一种十分轻松的口气说，仿佛是在对一个正在搞恶作剧的调皮孩子讲话。"我们必须把你解脱出来，直到雷尼特先生和我……顺便问一声，你最好告诉我刚才是谁给你打电话？"

"是你妹妹。"

"我妹妹……"希尔夫朝他咧嘴一笑，"干得不错，她准是得到了什么消息。我奇怪她是从哪儿知道的。她让你当心，是吗？"

"是的，可她不许我告诉你。"

"放心好了，我不会吃掉她的，你说呢？"那双淡蓝色眼睛突然陷入了沉思。

罗想把它们唤回到现实中来。"我能上哪儿去呢？"

"噢，藏起来。"希尔夫漫不经心地说。他好像一点也不担忧。"这是近十年来的时髦。激进党总是这么干的。你不知道怎么办吗？"

"这可不是开玩笑。"

"听着，"希尔夫说，"我们为一个目标而努力，这并非开玩笑。但是，我们如果想使神经永远健全，那就必须保持幽默感。你看，他们一点儿幽默感也没有。我只需要一个星期的时间。在这段时间里，你尽可能别露面。"

"警察马上就要来了。"

希尔夫说："你可以从这个窗口跳到下面的花坛中去。外面天快黑了，再过十分钟就要响警报。谢天谢地，这些空袭警报可供咱们对表用。"

"你呢？"

"你开窗时抽一下水，以免别人听见。水箱重新注满后再抽一次，然后便使劲把我打倒。这样，你就能给我一个最好的托词。不管怎么说，我是一个敌国的侨民呀。"

第五章 半醒半睡之际

他们来到一个大森林。

看来里面没有可供通行的路。

——《小公爵》

有些梦只有部分是潜意识的，醒来时，我们还能清晰地记住它们，还能重新睡着，有意识地把梦做下去，再醒再睡，持续不断地做梦，使它串上一条在潜意识的梦里所没有的逻辑链。

罗又累又怕，他在夜间空袭中奔跑，走过了半个伦敦。伦敦已是空荡荡的，难得听到声音，也没有什么动静。牛津街拐角处的一家伞店起了火，在沃德街他遇上了一片飞沙走石。一个满面灰尘的男子靠在一堵墙上傻笑，一个民防队员厉声对那人呵斥道："够了，有什么好笑的！"他对这些事全都不在意。它们像是写在书上的事情，与他个人的生活无关。他对它们抱无所谓的态度。但他总得找张床睡觉，于是他来到泰晤士河南岸的一个地方，按照希尔夫的建议藏了起来。

他躺在帆布床上，梦见自己走在特兰平顿路附近的一条漫长又灼热的路上，正用鞋尖踢着白色的石灰。接着他梦见自己在家里的红砖墙后面的草坪上喝茶，他母亲靠在花园里的一把椅子上吃着黄瓜三明治。一个闪闪发亮的蓝色板球放在她的脚旁，她微笑着，半是认真半是随意地注意着他。父母通常是这样对待孩子的。周围是一片夏天的景色。夜幕就要降临。他说：

"妈妈，我杀死了她……"母亲说："别说傻话，孩子，吃块三明治吧，味道挺好。"

"可是，妈妈，"他说，"我真犯了事，真的。"他好像非得让她相信不可。要是她相信了，她就能为他做点什么，她会告诉他说，这没关系，不会出什么问题的。但他先得让她相信。可是，她却转过头去，用略带恼火的声音叫着一个不在场的人的名字，并对那人说："你得记着把钢琴上的灰尘掸干净。"

"妈妈，请你听我说。"但他突然发现自己只是个孩子。怎么能使她相信呢？他还没满八岁。他看到三楼儿童室的窗户上装着栏杆，过了一会儿，那个老保姆会把脸贴在窗玻璃上，招呼他进屋。"妈妈，"他说，"我把妻子杀了，警察要抓我……"母亲笑着摇摇头说："我的小儿子不可能去杀任何人。"

时间不多了。这片宁静的草坪的另一端是板球的球门，地上洒满了那棵昏昏欲睡的大松树的树阴。牧师的太太正从那儿走来，她提着一篮苹果。趁着她还没来到跟前，他必须把母亲说服，可是他说出的话却稚气十足："是我干的，是我干的。"

母亲微笑着往躺椅中一躺，说："我的小儿子连一只甲虫都不会伤害。"她说起话来老爱用些不大合适的短语。

"原因就在这儿，"他说，"不，原因在于——"母亲向牧师太太招招手说："这是个梦，亲爱的，是个噩梦。"

他在昏暗发红的地下室里醒来——有人在灯泡外面系了块红绸巾挡光。墙边睡着两排人，彼此挤得紧紧的。隆隆作响的空袭声消失了。随之而来的是一个万籁俱寂的夜晚。一英里外发生的空袭就不算空袭了。一个老头在过道的另一边打鼾。防空洞的尽头有一对情人睡在床垫上，他们手脚交错，抱在一起。

罗想：对母亲来说，这是一个梦，她是不会相信的。她在第一次世界大战前便已去世。一批飞机——它们像是一些奇形怪状的木板条箱——刚摇摇晃晃地越过海峡，她就死了。她想象不到现在的状况，她同样也无法设想，她的这个穿着棕色条绒灯笼裤和蓝色运动衫、面色苍白、神情严肃的小儿子——他看着她的相册中的那些发黄的照片中的自己，就像看着一个陌生人似的——长大后会成为一个杀人凶手。他仰天躺着，捕捉他的梦，继续遐想。他要把牧师太太推回到那棵大松树的浓阴下，继续和母亲争辩。

"那种生活不复存在了，"他说，"坐在草坪上喝茶，傍晚做祷告，打板球，听着老太太们的叫唤，说些轻松无害的闲话，看着园丁推一辆装满树叶、青草的独轮小车……在人们的笔下，这一切似乎还在继续发生。女作家们在小说中一次又一次地描绘这些，然而它们已经不复存在了。"

他的母亲朝他微笑，她尽管很惊讶，但还是让他讲下去。现在他是梦的主人了。他说："为了一桩莫须有的谋杀案，有人要抓我。他们要杀死我，因为我知道的事情太多了。我钻到地下室躲了起来。上面，德国人正把我周围的伦敦街区有条不紊地炸成瓦砾。你一定记得圣克莱门特教堂及其钟声。他们已经摧毁了圣詹姆斯宫、皮卡迪利大街、伯灵顿文化区和加兰旅馆，我们曾在那儿观看过梅普尔斯和约翰·刘易斯演出的哑剧。这听起来像是惊险小说，对不对？然而惊险小说就是生活——比你，比这草坪，比你的三明治和那大松树来得更真实。你常常嘲笑萨维奇小姐读的那些书——里面有间谍、凶杀、暴力以及疯狂的驱车追捕。可是，亲爱的，那就是生活的现实。自从你死后，我们已经把世道搞成这种样子了。我当初在你眼里是个连甲虫也不会伤害的小阿瑟，可现在我已成为一个杀人凶手了。威廉·勒·丘[1]已经重新安排了世界。"他在水泥墙上贴上了母亲的画像。他不能忍受画像上的那双惊慌的眼睛，他把嘴贴在铁床架上，吻着画像上那张白色的冰凉面颊。"亲爱的，亲爱的，亲爱的妈妈。你已经死了，我真高兴。可是你知道吗？你知道吗？"儿子变成了凶手，死去的母亲看见自己的儿子变成了杀人罪犯，却又无力阻止，她会有什么感想呢？想到这里，他心中充满了恐怖。

"啊。那是个疯人院。"他母亲喊道。

"噢，不，那儿安静得多，"他说，"我知道的。他们隔一阵子便把我送去一次。那儿的人全都很和蔼。他们让我到图书馆里去当管理员……"他设法讲清疯人院和那个地方的区别。

"那地方的人一个个都非常——讲道理。"他恶狠狠地说，好像他并不爱她，而是恨她。"我借你一套《当代社会史》吧。有好几百卷，但大部分是廉价书——《皮卡迪利大街上的死亡》《大使的钻石》《海军文件被窃记》《外交》《告假七天》《四位正直的人》……"

他强迫梦境符合自己的要求，但现在梦又占了上风。他梦见自己不再在草坪上了，他是在屋后的那片有驴子吃草的地里。

---

1 威廉·勒·丘（William Le Queux, 1864—1927），英国小说家，间谍小说早期的代表作家。

家里人总是在星期一把要洗的衣服送到村子的另一头去。他和牧师的儿子——一个带外国口音的陌生男孩，以及一条叫斯波特的狗一起在干草堆上玩。狗抓到一只老鼠，逗着它玩。老鼠虽然背部受了伤，但它还想逃走。狗像跟它玩耍似的，兴冲冲地追上去。罗猛地感到他无法继续看这只老鼠受折磨了。他拿起一块板球拍，对准老鼠的头部反复砸着。他不敢住手，生怕老鼠还活着，尽管他听见保姆在叫嚷："住手，阿瑟。你怎么能这样？住手。"希尔夫自始至终兴致勃勃地望着他。他住了手，不想再去看那只老鼠。他从这片草地上跑过去，找个地方躲藏起来。但你总得从藏身处走出来。过了一会儿，保姆说："我不告诉你妈妈，不过下回可不能这样了。嘿，她以为你连苍蝇也不会去伤害呢。我不知道你是怎么搞的。"谁也没想到，驱使他这么做的是一种使他和别人都感到害怕的怜悯之心。

上面讲的这些一半是梦，一半是回忆。下面的则全是梦里的事了。他侧身躺着，呼吸沉重，大炮已开始在伦敦北部轰鸣，他的思想重新在那个奇怪的天地中游荡。在那儿，过去和未来留下同样的痕迹，这个地方的模样可能和二十年前一样，也可能和明年一样。他走进一条小巷，在一家门口等人。高高的篱笆后面传来笑声和网球的沉闷拍击声。他看到白色衣裙在树叶间像飞蛾似的飘动。此时已是黄昏，天很快就要黑了。玩不成了，会有人走出来。他依依不舍地傻等着。他那颗少年人的心激烈地跳动着，可他感到的却是成年人固有的失望。一个陌生人拍拍他的肩膀说："把他带走。"他没有醒。他又梦见自己行走在一个乡镇的街道上，小时候他常和姨妈到那儿去。

他站在"王室纹章"旅馆的院子外面，看着院子后面的那个谷仓。窗口亮着灯，每逢周末晚上，那儿便开舞会。他腋下夹着一双舞鞋，在等一个比他大好多的女孩子。她再过一会儿就会从衣帽间里走出来，挽起他的胳膊，与他一起走进院子。接下去的几个小时中，她都和他在一起。小小的娱乐厅里挤满了人，眼前全是熟悉的面容——药剂师夫妇，校长的女儿们，银行经理，还有下巴发青、显得饱经风霜的牙科大夫。蓝色、绿色、红色的纸飘带，本地的小乐队。人们感到生活很美好，很安静，很扎实。只是偶尔有些不愉快的小争执。年轻人兴致勃勃，有时想捣捣乱，但事后人们却感到这些年轻人格外亲切。接着，这些梦突然变成了梦魇。有人在黑暗中恐怖地叫喊——不是他正在等待的那位年轻姑娘。他还没有胆量去吻她，也许永远也不会有这种胆量。叫喊的是另一个人，而他对这个人的了解超过自己的生身父母。这个人属于一个完全不同的世界，一个与他分担爱情的令人伤心的世界。一个警察站在他身旁，用女人的声音说："你最好加入我们这一伙吧。"警察不由分说地推着他朝便池走去。石板槽里有一只老鼠，它已死在血泊中。乐声停了，灯灭了。他记不起来为什么会跑到这个黑洞洞的肮脏角落里来。这儿的地面轻轻一踩便会发出哀鸣声，似乎它也尝过受难的滋味。他说："请让我离开这儿吧。"警察说："你想上哪儿去呢？亲爱的？"他说："回家。"警察说："这儿就是你家，你没有别的地方可去了。"他只要一挪脚，地面便向他发出哀鸣声。他痛苦得寸步难行。

他醒过来，正好听见了解除警报的声响。防空洞里有一两个人坐起来听了一会儿，随后又重新躺下。他们都已习惯睡在地下室里，这已成了生活的一部分，就像从前每逢星期六晚上就去看电影，或者每逢星期天就上教堂做礼拜一样。这就是他们所了解的世界。

第六章 失去联系

你将发现每扇门都有人守卫。

——《小公爵》

1

　　罗在克拉珀姆大街上一家小饭馆里吃早饭。木板代替了窗扉，最上面的那层楼已经被炸掉。这家饭馆像是地震区临时搭就的简易救灾房。克拉珀姆遭到了敌人的严重破坏。伦敦不再是一个大城市了，而是许多小镇的组合。人们可以上汉普斯特德或者圣约翰伍德去过一个安静的周末，但你要是住在霍尔本，那就没有足够时间在两次空袭警报之间去拜访住得比肯辛顿更远的地方的朋友。各地的特点就这样形成了：克拉珀姆白天空袭频繁，所以人们脸上有一种被追逐的表情；而威斯敏斯特的居民则没有这种表情，他们那儿的夜袭虽然厉害，但防空洞很结实。给罗端来面包片和咖啡的女招待脸色苍白，神经紧张，一副疲于奔命的样子。每当听到齿轮相碾的声音，她便竖起耳朵。格雷旅店的住客和罗赛尔广场周围的居民以晚上不睡而闻名，但这仅仅是因为他们白天有时间可以补睡一觉的缘故。

　　报上说，夜间空袭只局限在一个小范围内。敌机扔了许多炸弹，死了不少人，有的人受了致命伤。早晨的公报如同午夜弥撒的结束仪式。报纸以严肃的语调发布悼词，以神父宣布"弥撒到此结束"那样的一成不变的镇定口吻公布伤亡消息。"招魂术表演会上死了一个人"，这则消息没有一家报纸刊登。人们已经对个别人的死亡不再关心。罗感到很愤怒。他的名字曾经上过标题，可那件使他倒霉的事要是发生在现在，恐怕一点版面也占不上。他差不多有一种被遗弃的感觉。在天天都有人死于非命的情况下，人们懒得去关心这件无足轻重的事，也许在中央谍报机构里有几个老头，还没有意识到自己已被世界远远甩在后面，仍然在和气与耐心的上司允许下，躲在小屋里忙着研究这类谋杀案的细节。他们还可能准备一些备忘录相互参阅，甚至可能获准去勘查作案现场。不过罗相信，他们的勘查结果会像那些仍在乡下宅邸里争论进化问题的古怪牧师的拙作一样，没有多少人有兴趣去拜读。"某某老头，"他可以想象出一个高级官员说的话，"可怜的老家伙，我们得偶尔让他办一起谋杀案。我们知道，在他那个年头，人们对谋杀案是很重视的，这使他现在还认为自己很有用。结果嘛——噢，当然，他做梦也没想到，我们根本没时间去读他的报告。"

罗呷着咖啡，一遍又一遍地仔细阅读报纸上的每一个小段落，感到自己跟《我经办的几桩著名案件》中的那些侦探——比如说"大老五"有亲缘关系。他是个凶手，老式的凶手，他属于他们关心的圈子——杀了科斯特的那个人也属于那个圈子。他对威利·希尔夫略感不满，因为后者把谋杀当作一个不值得认真对待的玩笑。但希尔夫的妹妹没有把它视为儿戏，她警告过他，从她的讲话口气判断，她仍然认为死亡是件非同小可的事情。此时，他像是一头嗅到同类气味的野兽。

脸色苍白的女招待注视着他。他还没来得及刮脸，所以看上去就像那种吃了东西不付钱，扭头就走的无赖。在公共防空洞里过了一夜，你就会发生惊人的变化。罗能闻到自己衣服上消毒剂的味道，似乎他是在济贫院的诊所里过夜的。

他付完账后问女招待："有电话吗？"她指指付款处旁边，于是他给雷尼特拨了个电话。这未免有点冒险，但他不得不这样做。当然，时间还太早。他听到电话铃声在空房间里响，想到：电话旁边的碟子里是否又放着香肠卷饼？在那些日子里，对方的电话铃能不能响起来总是个问题，因为一夜之间，楼房便可能夷为平地。他听到了铃声，知道世界的那个部分依然如故，奥索太克斯侦查处平安无恙。

他回到桌旁，又要了一杯咖啡，并讨了几张便条。女招待对他越加怀疑了。即使在一个崩溃的世界里，习俗还是起作用的：付了账后又要东西已经不大正常，况且又要便条，这更不符合英国的习惯。她可以从开票本上撕下一页给他，这样就行了。习俗比道德更加根深蒂固，他自己就发现让一个社交性聚会提前结束比让一个人自杀还要困难。他开始用细长的字体把发生过的每一件事情详详细细记下来。他必须做点事：他不应该为了一件不是他干的谋杀案而永远东躲西藏，而真正的凶手却得以逍遥法外——他们正想方设法脱身。他在记录中略去了希尔夫的名字——你永远不知道警察会产生什么错误的联想。他不想让自己的唯一同盟者身陷囹圄。他已决定把这份记录直接寄给伦敦警察厅。

他写完后又从头看了一遍。女招待注视着他。这件事从头到尾很乏味——一个蛋糕，一个不速之客的来访，一种他认为记得很清楚的味道，直到他接触到科斯特的尸体。所有的证据都对他不利。也许这份记录最好还是别寄给警察，而是寄给一个朋友……可他没有朋友，希尔夫也许可以算一个……或者雷尼特。他向门口走去，女招待叫住了他："你还没付咖啡钱。"

"对不起，我忘了。"

她得意扬扬地接过钱——怎么样？我没搞错吧。她的目光避过空蛋糕架，越出窗外，追随着在克拉珀姆街上犹豫不决地向前走的罗。

九点整他又打了一次电话，这回是在斯托克韦尔站附近——耳际又是一阵电话铃在空房间里回响的声音。九点十五分，他打了第三个电话。雷尼特先生终于回家了。罗听见雷尼特先生的那个尖刻而焦灼的声音："是我。你是谁？"

"我是罗。"

"你对琼斯干了些什么？"雷尼特先生责备他说。

"昨天，"罗说，"我把他留在外面……"

"他到现在还没回来。"雷尼特说。

"也许他正在盯梢……"

"我欠他一周工资，他说他昨晚要回来的。这不正常。"雷尼特先生在电话里发牢骚，"琼斯不会离开我走的，不会不领工资就走的。"

"比这更糟糕的事情发生了。"

"琼斯是我的左右手，"雷尼特先生说，"你对他干了什么？"

"我去看贝莱太太了……"

"这与我无关，我要的是琼斯。"

"一个人被杀死了。"

"什么？"

"警察认为是我杀的。"

电话里传来了一声悲叹。这位足智多谋的小矮个儿手足无措了。他一辈子有过几次甚为挠头的桃色事件，他写的几封信也惹了大祸，但他都安全地挺过来了。可这回的浪头却把他冲进了大鱼吃小鱼的地方。他抱怨道："我一开始就不想接你的案子……"

"你得给我出主意，雷尼特。我要来看你。"

罗听见电话里的呼吸突然中止了。"不。"俄顷，雷尼特的声音忽然变了样，"什么时候？"

"十点。雷尼特，你还在那里吗？"罗觉得必须解释一下，"不是我干的，雷尼特，你应该相信这点。我没有杀人的习惯。"他老提"杀人"这个词，犹如牙齿老咬着舌头上的痛处，他每次用到这个词时心里便充满自责。法律对他采取了仁慈的态度，他对自己采取的态度却很无情。要是他们把他绞死，他会在绞索的活结和绞刑架下的踏板之间为自己辩护。但他们给了他一辈子的时间来分析自己的动机。

他现在就在分析——一个身上沾满尘土、胡子没有刮过的人，坐在从斯托克韦尔到托特纳姆宫路去的地铁上。（他不得不绕着圈子走，因为地铁的许多车站都关闭了。）前一天晚上的梦使他的思路回到了过去。他想起自己二十年前的梦想和爱情，他回忆时毫无自怜之情，却像一个人在观察一个做实验用的生物的生长。当初他希望自己能干出许多了不起的英雄事迹，希望自己能变得坚韧不拔——这样，他心爱的姑娘便可以忘掉他那双笨拙的手和那个没长胡子、布满斑点的下巴了。任何事似乎都有可能发生。我们可以嘲笑幻想，但是只要你还有能力幻想，你就会有机会把幻想中的某些成分加以发展。这和宗教的教规相仿：空洞无物的词汇多次重复后，慢慢会变成人们的习惯，在人们的思想深处悄悄地形成一种沉积物，直到有一天你惊讶地发现，你正在根据一种自己并不相信的信仰办事。妻子死后，罗从未幻想过，在整个审判过程中，他甚至没有梦想过自己会被宣判无罪开释。脑子的这一部分似乎干枯了，他再也不能做出牺牲，表现得无畏和高尚了，因为他不再对这些美德存在梦想。他知道这个损失——世界失去了三维中的一维，变得如同一张薄纸。他渴望着梦想，但他现在只是一味伤心失望，以及提醒自己在雷尼特先生面前要万分小心。

2

差不多就在雷尼特先生房子的对面，有一家书籍拍卖行。从离门最近的那些书架前可以监视雷尼特先生那幢楼的入口处。每周一次的拍卖将在第二天举行，顾客们带着目录络绎不绝而来。一个未刮过的下巴和一件皱巴巴的衣服在这儿不会显眼。

有个人留着乱蓬蓬的小胡子，穿着件破破烂烂的外套，口袋里塞着三明治，正在仔细翻阅一本园艺学小册子；一位主教——要不就是个校长——正在看一套叫《威弗莱》[1]的小说；一个大白胡子翻着一本带插图的布朗托姆[2]著作中的春宫画。在这儿，没有一个人的行为循规蹈矩。在茶馆里和剧场中，人们应当按照环境的要求使自己符合某种模式。但在这个书籍种类过多的拍卖行里，人们不可能只去适合一种类型。这儿有淫书——十八世纪的法国书，封面上的版画非常漂亮，画的是衣冠楚楚的人们横陈在蓬帕杜夫人[3]式躺椅上纵情恣欲。这儿也有维多利亚时期所有小说家的作品，无名刽子手们的回忆录，十七世纪的内容荒诞的哲学和神学著作。在这些著作中，牛顿被打入地狱，而杰里米·惠特利则走在自我完善的道路上。这些书长期无人问津，发出阵阵霉味。装书的木箱则发出稻草味。常常遭到雨淋的布封面也有一股难闻的味道。书架上标有序号，从1号到35号。罗站在这些书架旁边，能够看到从雷尼特先生那扇门里进出的任何人。

一本没有任何特殊价值的罗马祈祷书，摆在跟罗的视线平行的地方。它和各种宗教书一起放在第二十组。在拍卖商的桌子上方有只大圆钟，正指着九点四十五分。钟面下的标签已被

1 英国著名历史小说家和诗人沃尔特·司各特（Walter Scott，1771—1832）所著的历史小说。
2 布朗托姆（Pierre de Bourdeille, seigneur de Brantôme，1540—1614），法国作家，著有多部名人传记。
3 蓬帕杜夫人（Madame de Pompadour，1721—1764），法国国王路易十五的著名情妇、社交名媛。

撕掉，这表明它本身也曾被拍卖过。罗信手翻着祈祷书，将自己四分之三的注意力一直集中在街对面的房子上，祈祷书上装饰着难看的彩色大写字母。说也奇怪，在这间安静而陈旧的屋子里，它是唯一谈到战争的东西。不管你翻到哪一页，都会发现为解救战乱而进行祈祷的人，愤怒的国家，受到不公正对待的人民，奸诈狡黠的家伙，像怒狮一样的敌人……这些字句从书页的花边中冒出，如同从花坛里伸出了大炮。"别让人得胜。"他念道。这种呼吁中所包含的真理像音乐般美妙动听。其实在这间屋子外面的全部世界里，人已经取得胜利。他自己也已得胜。扬扬得意的不仅是恶人。

勇气能摧毁整座大教堂，忍耐能使全城挨饿，怜悯能杀人……我们受到自己的美德的陷害和背叛。杀了科斯特的人在一刹那间很可能是听从了良知的善意劝告，而雷尼特，也许以出卖自己的委托人的方式而生平第一次当了个好公民。拍卖行外的报亭后面守候着一位警官，这一点你是不会搞错的。

警官在看《每日镜报》。罗的目光越过他的肩部，看见那份报纸上差不多满页都是泽克的漫画。雷尼特先生的脑袋从楼上的一扇窗户中探出来，偷偷往外瞧了一下后又缩了回去。拍卖行的时钟指着九点五十五分。天色阴暗，周围尽是昨晚空袭留下的创伤，潮湿的胶布味在空中弥漫。雷尼特先生不敢露面，这使罗更增添了一分被遗弃的感觉。

他曾经有过朋友，但不多，因为他不爱交际，不过正因为这个原因，他的那几个朋友都是莫逆之交。上学时他有过三个朋友，他曾和他们分享过希望、饼干和漫无边际的抱负。可现在他已经记不清他们的名字和相貌了。一次在皮卡迪利广场上，一个与众不同的灰发男子突然叫住他。此人上衣扣眼里插了朵花，穿着件双排扣背心，举止讲究得有点古怪，脸上露出一副趾高气扬得颇为俗气的神情。"哎呀，这不是布吉吗？"这个陌路相逢的人边说边把他领进皮卡迪利饭店的酒吧间。罗注视着这个油嘴滑舌的人的下半身，希望能发现他记忆中的昔日那身打扮：带有墨迹的星期天才穿的黑长裤，或是沾泥点的踢足球穿的短裤。但他白白浪费了时间。不久，这人因为没从他手中借到五镑钱，便溜进厕所，从此再也没有露面。账单嘛，他留给"布吉"去付。

后来，他当然交了一些朋友，大约有五六个。稍后，他结了婚，但他的朋友们竟成了他妻子的挚友，他们跟他妻子要好的程度超过和他的友情。汤姆·柯蒂斯，克罗克斯，佩里和文……他被捕后，他们自然都销声匿迹了。只有那个可怜的傻瓜亨利·威尔科克斯还跟他在一起。亨利说："我知道你是无辜的，你连一只苍蝇也不会去伤害。"讲到他时，人们常常用这句不祥的话来形容。但他记得，当他说完"我不是无辜的，是我杀了她"这句话后，连威尔科克斯以及他那个身材矮小、盛气凌人、曲棍球打得极好的妻子也不再来了。（他们家的壁炉架上摆满了她的高超球艺赢来的银杯。）

那个便衣警察显得不耐烦了。他显然已经看完了报纸上的每一个词，因为报纸一直翻在同一页上。时钟已指着十点五分。罗合上书名目录，随便做了几个记号，便走到街上。便衣说："对不起。"罗的心怦地一跳。

“怎么？”

“我出来忘了带火柴。”

“这盒给你吧。”罗说。

“在现在这种日子，我不能这样做。”他的目光越过罗的肩膀，停在街上保险仓库的废墟上。保险箱一个个立在那里，如同拉丁公墓里的墓碑，接着他睁大眼睛盯着一个从雷尼特门口经过的拿伞的中年职员。

“等人吗？”罗问道。

“噢，是的，等朋友，”侦探笨嘴拙舌地说，“他迟到了。”

“再见。”

“再见，先生。”这声“先生”是个策略上的错误，就像他以太正规的方式斜戴着软帽，并使《每日镜报》老翻在同一页上一样。罗想，他们不愿派第一流的人来侦查这种名副其实的谋杀案。他的牙齿又触到了舌头上的那个痛处。

下一步该怎么办？他发现自己又怀念起亨利·威尔科克斯来了，这并不是第一次。有些人是自愿离群索居的，但他们有上帝与他们交谈。差不多有十年之久，他并不感到有交朋友的需要——一个女人可以代替任何数量的朋友。他猜想着战争期间亨利在什么地方。佩里也许参军了，柯蒂斯也一样。他想象着亨利当了空袭时的民防队员，没有战争时也在瞎忙，以至于成了别人的笑柄。现在他或许在茫茫长夜中站岗。人行道上空荡荡的，没有任何掩蔽的地方，不免使人心惊胆战，但他还是坚持着……他穿着不合身的粗布制服，戴着太大的头盔……该死的，罗一边想，一边来到上霍尔本街那个被炸毁的街角，我也尽力参加了，我不适合参军，这并不是我的错，可是那些民防队的该死的英雄——那些小职员和胆小如鼠的家伙——也不要我，因为他们发现我服过刑。就连在精神病院待过的人也无资格进民防四所、二所或任何别的所。现在他们已经把我完全逐出战争之外，他们要把一件不是我干的谋杀案强加在我头上，把我抓起来。我犯有前科，他们难道还会给我辩解的机会吗？

他想：我何必再去关心那个蛋糕呢？它与我无关。那是他们的战争，不是我的战争。我为什么不马上躲起来，直到一切都被遗忘呢？（在战争期间，一件凶杀案是会被忘掉的。）那不是我的战争；我看来是误入了战场。仅此而已。我要离开伦敦，让一些傻瓜把它炸毁，让另一些傻瓜在轰炸中死去……蛋糕里可能什么重要的文件也没有，也许只藏了一顶纸帽子，一句格言，一个会使人交上好运的硬币……那个驼背也许不足为虑，那种味道大概是我的幻觉，全部事件很可能根本不像我所记得的那样。炸弹常常会炸出许多怪事，要使一个忧心忡忡的头脑变糊涂自然是轻而易举的……

他像是要躲避一个在他身边喋喋不休地唠叨着一些毫无兴趣的事情的讨厌鬼似的，忽地钻进一个公用电话间，拨了个电话。一个贵妇的严厉声音在电话里问他，似乎他根本无权打电话。"这里是自由母亲基金会。你是谁？"

"我找希尔夫小姐。"

"你是谁？"

"我是她的朋友。"

电话里响起不满的咕哝声。

他斩钉截铁地说："请把电话接过去。"他马上听到了一个声音。此时他如果闭上眼睛，忘掉电话间和被夷为平地的霍尔本区，他会以为这是他妻子的声音。其实并不像。不过，除了房东太太和柜台后面的那个姑娘外，他已经很久没有和任何女人说话了，任何女人的声音都会使他回到……"请问你是谁？"

"你是希尔夫小姐吗？"

"是的，你是谁？"

他报了自己的名字，好像说出了一个家喻户晓的词："我是罗。"

长时间的沉默，他以为她已经把电话挂了。他说："喂，你在听着吗？"

"是的。"

"我想跟你说几句。"

"你不该给我打电话。"

"我没别人可打——除了你哥哥。他在吗？"

"不在。"

"出了一件事，你听说了没有？"

"他告诉我了。"

"你以前就估计到会出事，是吗？"

"不是这事，比这更糟的事情。"她解释道，"我不认识那个人。"

"我昨天来的时候给你们添了麻烦，对不对？"

"任何事也不会使我哥哥烦恼。"

"我给雷尼特打电话了。"

"啊，不，不。你不应该这么做。"

"我还没学会那套技巧。你可以猜到发生了什么事。"

"是的。警察去过了。"

"你知道你哥哥要让我干什么吗？"

"知道。"

他们的谈话方式如同在写一封必须经过检查的信件，他感到一种不可抗拒的愿望：坦率地和别人谈话。他说："你能在什么地方见见我吗？只需要五分钟。"

"不行，"她说，"我不能。我走不开。"

"就两分钟。"

"不可能。"

他突然觉得非常有必要这样做。"求求你。"他说。

"那样不安全。我哥哥会发火的。"

他说："我孤独极了，我不知道发生了什么事，没人能给我出主意，问题又这么多……"

"我很难过……"

"我能不能给你写信……或者给他？"

她说："把你的地址寄来，寄给我。不要在信上签真名。你可以随便写个名字。"

避难者一时想不起这样的策略，生活中常常如此。他怀疑，如果他问她要钱的话，她是不是也会这样痛快呢？他像一个迷路的孩子，终于找到了一个大人，一个能把他领回家的大人……他忘了可能有人监听电话。他说："报纸上什么消息也没有。"

"是这样。"

"我给警察局写了封信。"

"啊，"她说，"你不该那么做。发出去了吗？"

"还没有。"

"等一等，看看形势发展，"她说，"也许没必要那样做。你再等一等，看看形势发展再说。"

"你觉得我去银行安全吗？"

"真拿你没办法，"她说，"真没办法。你当然不能去，他们会在那儿等着你的。"

"那我怎么生活下去呢？"

"你不能找个朋友帮你兑张支票吗？"

他突然觉得，不应该向她承认他实际上连一个朋友也没有。"可以，"他说，"我想可以这么办。"

"好吧，那么……你就赶快避开。"她说得那么轻，他不得不竖起耳朵……

"我会避开的。"

她挂上了电话。他放下听筒，走回霍尔本区，藏了起来。他发现前面有个书呆子，口袋里塞得鼓鼓囊囊的，正蹒跚走出拍卖行……

"你不能找个朋友帮忙吗？"她刚才这么问。避难者总会有朋友帮忙的——有人给他偷带信件，有人为他准备护照，还有人替他贿赂官员。在那个大得像大洲似的地下世界中，同伙是很多的。但在英国，人们还没学会这种技巧。他能让谁接受他的支票呢？店主也不会。他自从独立生活以来，只通过房东太太和商店打过交道。这一天，他第二次想起了以前的朋友。安娜·希尔夫肯定不会想到，一个避难者竟会没有朋友。避难者周围总有一群人，甚至是整个种族。

他想起了佩里和文。即使他知道怎么去找他们，那也没用。克鲁克斯、博伊尔、柯蒂斯……柯蒂斯很可能把他一拳揍倒在地。他的衡量标准简单，风格原始，充满自豪。对待朋友质朴爽直，这一点一贯吸引着罗——这是对他自己性格特征的补充。还有亨利·威尔科克斯，在他那儿也能找到一个安身处……要是他那位擅长打曲棍球的妻子不干涉的话。他们俩的妻子毫无相同之处。粗犷的强壮和剧烈的痛苦是完全对立的，一种自我保护的本能会使威尔科克斯太太恨他。她会荒谬地想到：一个男人一旦开始杀他的妻子，那你就说不准他什么时候才会作罢。

他能找到什么借口对亨利说呢？他感到放在前胸口袋里的那份声明鼓鼓的，但他不能把实情告诉亨利。亨利会和警察一样，不相信他在作案现场并未动手……他必须等到银行关门——战时银行是关得很早的——然后想出几个紧急理由来……

什么理由呢？他在牛津街的一家餐馆吃午饭时，就一直想着这个问题，但想不出个所以然来。也许还是等所谓的灵感来了再说吧，或者干脆放弃这个念头，自暴自弃算了……直到付账的时候，他才想起可能根本找不到亨利。亨利以前住在巴特西区，那个街区现已不适合住人。亨利也许根本不在人间：已经死了两万人。罗在电话号码簿上寻找他的名字。里面有他的名字。

这说明不了问题，罗心想：空袭要比电话号码簿的新版本新得多。尽管这样，罗还是拨了那个电话，以便打探一下情况。他现在不论跟任何人联系似乎都得通过电话。不过，他害怕听见那个咆哮的声音，电话里刚一传出那个声音，他便赶快痛苦地放下听筒。他在这些事情发生之前常给亨利打电话。他现在得拿主意了：那套住宅还在，但亨利可能不在里面。他不能对着电话挥舞支票，这次必须自己去当面建立联系。从审判前一天开始，他一直没有看见过亨利。

他几乎打算整个儿放弃了。

他搭上了一辆从皮卡迪利开来的19路公共汽车，经过圣詹姆斯教堂的废墟，来到宁静的乡村。纳兹和斯洛奈街附近没有战事，不过切尔西一带炮声隆隆，而巴特西区则在第一线。这是一条奇怪的战线，曲曲弯弯的像是飓风留下的轨迹。其间也许有几小块没被战火焚烧过的地方。战线在巴特西区、霍尔本区和东区徘徊进退……不仔细看的话，波普拉大街几乎没有敌人来过，巴特西区几个街角上的小酒店也安然无恙地屹立着。旁边是乳制品店和面包店。放眼望去，你看不见任何倒塌的房屋。

威尔科克斯所在的那条街也这样：前面带有花园的中产阶级的高大宅邸像铁路旅馆那样笔直挺拔地耸立着，它们丝毫未受损害。"住宅待租"的牌子挂得满街皆是。他希望外面也挂着63号套间待租的牌子，但他没看见。门廊里有块木板，房客在上面写明自己在家还是外出了。但是，即便威尔科克斯在那儿，木板上的字也不能相信，因为亨利有一个理论：标上主人不在家等于向盗贼发出邀请。亨利的谨慎常常害得他的朋友白白登到顶层又走下来（那时没有电梯）。楼梯在大楼的背面，对着切尔西区。你走到二层以上，依窗远眺，战争场面便能跃入眼帘。大多数教堂的尖顶被削掉了三分之二，变得跟棒棒糖一样。整个街区像是一片略经清理的贫民窟。可那里根本就没有贫民窟。

他在楼梯拐角处看到了令人亲切的63号。他不免感到一阵心酸。罗向来可怜亨利，因为他的老婆很厉害，他的职业没多大前途，他的工作——会计师——使他失去了自由。罗一年能挣四百镑，够富裕的了。他觉得自己和亨利的关系有点像富翁和穷亲戚的关系。他常常送些东西给亨利。也许这就是他使威尔科克斯太太感到不悦的原因，当他看见门口那块铜牌上写着"皇家民防队员之家"时，他宽慰地笑了：跟他预想的一模一样。他的手指在门铃上犹豫着。

3

罗还没来得及按铃，门就忽然打开了。亨利走了出来。他大大变了样。个子不高的亨利一向很整洁——妻子要求他这样。可是现在，他却穿着一身邋遢的蓝色粗斜纹布工作服，胡子也没刮。亨利从罗的身旁走过，仿佛没看见，然后他伏在楼梯栏杆上低头向下面说道："他们不在这儿。"

一个模样像厨师的红眼睛妇女跟着他出来，她说："不是时候，亨利。真的，还不是时候。"亨利变得可真厉害，霎时间，罗怀疑战争也使亨利的太太大大变了样。

亨利突然看见了他——或者说意识到了他的存在。亨利说："噢，阿瑟……你来了，这可真好。"就好像他们昨天才见过面似的。接着他回到那个昏暗的小门厅中，站在一个落地大摆钟旁边，变成了一个模糊、虚幻的形象。

"你进来吧，"女人说，"我想他们很快就会来的。"

他跟她进了屋，注意到她让门开着。嗯，还有其他人要来。不在自己家里的时候，他已习惯于被动地听凭生活摆布……栎木柜上——他记得这个柜子是杜铎公司根据威尔科克斯太太的要求订做的——摆着一套叠得整整齐齐的粗布工作服，上面是一顶钢盔。这使他想起监牢——人狱时你要脱掉自己的随身衣服。亨利在昏暗的门厅中重复道："你来得正好，阿瑟。"随后便走开了。

那个女人说："亨利的任何朋友都是受欢迎的。我是威尔科克斯夫人。"她似乎在黑暗中也看出了罗的惊讶表情，于是解释道："亨利的母亲。"她又说，"进来等吧，我想他们不会来得太晚的。这里太黑。灯火管制，这你是知道的。窗玻璃大都碎了。"她把罗领到那间在罗的记忆中还留有印象的餐室中。桌上摆着许多玻璃杯，像要举行聚餐。时间有点不对头……太晚了，或者说太早了。亨利待在餐室里，像是被人逼到一个屋角藏身……像是一个潜逃者……他身后的壁炉架上摆着四只银奖杯，颁奖日期下面刻着获胜球队的名称。从这种杯子里喝酒，就像喝赊账酒一样。

罗望着杯子说："我不想打扰你们。"亨利第三次说："你来得正好……"好像这句话他不动脑筋就能说出来。他似乎已经忘记监狱中的那些场面，他们的友谊正是在那种基础上建立起来的。威尔科克斯夫人说："亨利的老朋友们又聚集在他身边了，这真好……"不久，罗正想问亨利妻子的情况，蓦地明白了事情的原委。杯子、没刮胡子的下巴、等人……甚至还有最使他感到不解的亨利脸上的那副年轻人的神情——这一切都是死亡造成的。人们常说，悲伤催人衰老，但它也常使一个人年轻，为他卸掉包袱，使他的脸上重新出现久已失去的青年人固有的活泼神态。

罗说："我不知道。我要是知道的话，就不会来了。"威尔科克斯夫人用哀伤和高傲的声调说："所有的报纸都登了。"

亨利站在屋角，牙齿直打战。威尔科克斯夫人不动感情地叙述道：她曾经大哭了一场，但现在儿子又整个属于她了。"我们为杜丽丝感到骄傲。邮局里所有的人都对她表示敬意。我们将把她的制服——那套干净的制服——放在灵柩上，牧师将诵念超度祷词。"

"我真难过，亨利。"

"她当时疯了，"亨利抑郁地说，"她不应该那样做……我跟她说过，墙快要顶不住了。"

"可我们仍旧为她感到骄傲，"他母亲说，"我们一直为她感到骄傲。"

"我应该制止她，"亨利说，"我想，"他的声音由于气愤和悲痛而升高，"她以为又能赢到一个该死的奖杯了。"

"她是为英国打球，亨利。"威尔科克斯夫人说。她转向罗说："我认为我们应该在制服旁边放上一根曲棍球棒，可亨利不干。"

"我走了，"罗说，"我是不会来的，若是……"

"不，"亨利说，"你得待在这儿。你已经知道是怎么回事了……"亨利住了口，看了一眼罗，仿佛第一次真正认出了他。亨利说："我也杀死了妻子。因为我完全可以制止她，打消她的狂妄念头……"

"你简直不知道自己在说些什么，亨利，"他母亲说，"这位先生会怎么想？"

"他是阿瑟·罗，妈妈。"

"噢，"威尔科克斯夫人说，"噢。"就在这时，街上传来缓慢和悲哀的车轮声和脚步声。

"他怎么敢……"威尔科克斯夫人问。

"他是我最早认识的朋友，妈妈。"亨利说。有人上了楼。"你来干吗，阿瑟？"亨利问。

"我有张支票，想请你兑给我一些现钞。"

"亏你说得出口。"威尔科克斯夫人说。

"我起先不知道你们家出了这事……"

"要多少，老朋友？"

"二十镑行吗？"

"我只有十五镑，拿去吧。"

"别相信他。"威尔科克斯夫人说。

"嗯，我的支票绝不是假的，亨利知道。"

"你可以……上银行去。"

"这时不行，威尔科克斯夫人。真对不起。我有急用。"屋里有一张装饰得颇为俗气的安娜女王式大桌，显然是亨利的妻子的用品。所有的家具都给人一种不结实的感觉，在其中行走好比在客厅里做游戏的人们蒙上眼睛在玻璃瓶中间探步。也许这位曲棍球队员故意把自己的家布置成这样，以便和结实的球场形成对比。亨利朝餐桌走去，肩膀碰倒了一个银杯。它从桌上掉下来，在地毯上滚动。敞开的门口突然出现了一个身穿制服、头戴白钢盔的胖子。他捡起杯子，庄重地说："送殡的人到齐了，威尔科克斯夫人。"

亨利在桌旁发抖。

"我把制服准备好了，"威尔科克斯夫人说，"在门厅里。"

"我没找到国旗，"这位在邮局工作的民防队员说，"没有大的。那些插在废墟上的小国旗似乎不大庄重。"他竭力设法突出丧事的光明面。"邮局里的人都来了，威尔科克斯先生，"他说，"除了那些走不开的值班者以外，民防队也派来了几个人。还有一个救护队和四个消防队员，外加一队警察。"

"场面真够大的，"威尔科克斯夫人说，"杜丽丝要是能看见这些就好了。"

"她会看见的，夫人，"邮局民防队员说，"我敢肯定。"

"一会儿，"威尔科克斯夫人边说边朝奖杯方向指了指，"你们是不是都上来……"

"我们人数很多，夫人。也许最好只叫民防队员上来。消防队员并不期望……"

"过来，亨利，"威尔科克斯夫人说，"我们不能让这些勇敢善良的人都等着。你捧着制服下去吧。啊，亲爱的，我希望你显得更整洁一些，大家都会瞧着你的。"

"我不明白，"亨利说，"为什么我们不能悄悄地把她埋葬掉。"

"因为她是位巾帼英雄。"威尔科克斯夫人嚷道。

"他们若是追授给她乔治勋章，"邮局的民防队员说，"我是不会感到奇怪的。这将是市里的第一次，会成为邮局的一件大事。"

"噢，亨利，"威尔科克斯夫人说，"她不再仅仅是你的妻子，她属于英国。"

亨利朝门口走去，邮局的民防队员还尴尬地拿着那个银杯——他不知道该往哪儿搁。"随便往哪儿放都行，"亨利对他说，"随便。"他们都进了门厅，这儿只留下罗一人。"你忘了你的头盔，亨利。"威尔科克斯夫人说。他以前是个很精细的人，现在却已变得粗心大意。使亨利成为亨利的那些特点都没了：他的性格似乎是由一件双排扣背心、几个计算公式和一个会打曲棍球的太太构成的。失去了这些，他就变得不可理解，他的性格也瓦解了。

"你去吧，"他对母亲说，"去吧。"

"可是亨利……"

"这是可以理解的，夫人，"邮局的民防队员说，"这是感情在起作用。我们一贯认为威尔科克斯先生是邮局里的一个十分敏感的人。他们会理解的。"他和善地补充道。看来他所说的"他们"指的是：邮局职员、巡警、民防队员，甚至还有那四个消防队员。他伸出一只友好的大手，催促威尔科克斯夫人朝门口走去，然后自己拿起了制服。这套普普通通的粗布工作服浸透着对往事的回忆——一个男仆，或者一个拿一把伞冲到雨里去的看门人的平静的过去。战争很像一场噩梦，就连熟人也会以一副可怕的、跟先前迥然不同的面目出现。甚至亨利……

罗迟疑不决地跟着走了一步。他希望亨利能想起支票的事。这是他能搞到钱的唯一机会：再没有别人了。亨利说："我们先把他们送走，马上就回来。你应该理解这点，对不对？我不忍心看见……"他们一起走到花园旁边的大路上。送殡队伍已经开始走动了，它像一条黑色的小溪流向大河。棺材上的钢盔在冬天的太阳下显得黑黝黝的，一点反光也没有。救护队和邮局职员的步调不一致。整个送殡队列像是对国葬队伍的一种拙劣模仿——事实上这就是国葬。花园里的枯叶被风吹落在地。酒鬼们一边走出已经关门的"罗金汉公爵"酒馆，一边脱帽致意。亨利说："我当时告诉她别这样做……"风把脚步声吹回他们的耳际。他们仿佛把她交给了这些人。但她以前从来不属于这些人。

亨利突然说："对不起，老朋友。"他跟着她走了。但没戴头盔。他的头发已开始发白。他小跑起来，因为怕落在后面。他重新和他的妻子以及他的邮局在一起了。阿瑟·罗孤零零地留下了。他把口袋里的钱点了一下，发现已经所剩无几。

第七章 一箱书

我们遭到突然袭击。

我们的反抗无济于事。

——《小公爵》

1

一个人即使已经对自杀的好处考虑了两年之久，临到做出最后决定——从理论到实践——他还得犹豫不少时候。当时当地，罗不可能往河里一跳了事，再说他还可能被人拖出水来。他望着送殡队伍逐渐走远，心里没了主意。警察为了那件谋杀案正在搜捕他。口袋里只有三十五先令，但他不能去银行。只有亨利这么一个朋友。当然，他可以等亨利回来。可是，这种行径本身包含着的赤裸裸的利己主义使他厌恶。死更简单些，也不那么叫人恶心。一片枯叶落在他的外套上——根据古老的讲法，这说明他将财源亨通，但什么时候才有这样的运气却无人得知。

他沿着河堤走向切尔西桥。正是退潮时分，海鸥在河滩上纤巧地走着。周围看不见游人和狗。远处倒是有一条狗，但它看上去像是迷了路的丧家犬，总是躲着人。公园的树木后面，一只干扰敌机空袭用的气球扶摇直上。那条狗朝冬天稀疏的树叶伸出大鼻子嗅了嗅，然后转过它那个肮脏不堪的背部，爬上了树。

他不仅没有钱，而且连一个所谓的家也没有了。他找不到一个能藏身的地方，找不到一个别人不认识他的地方。他想着每天给他端茶的珀维斯太太。他老是用她的出现来计算时间。她准时的敲门声使时光悄悄流逝，使一切走向终结：或是死亡，或是宽恕，或是惩罚，或是和平。他怀念《大卫·科波菲尔》和《老古玩店》。他不可能再对小说中的小纳尔所受的痛苦表示怜悯。痛苦到处皆是，受过的苦难实在太多。许多老鼠需要被杀死。他也需要被杀死。

他倚在河堤上，像那些轻生的人一样，开始考虑自尽的细节。他希望尽可能别引人注目。现在他的盛怒已过。他觉得还不如当初喝了那杯茶。他不想以死亡的丑态来吓唬任何清白无辜的人。因自杀而造成的死亡很少有不丑的。谋杀则要体面得多，因为凶手总是力图不使旁人感到惊讶，他费尽心机使死者的模样显得安详、宁静、幸福。他想，只要他有一点钱，一切就会容易得多。

当然，他可以去银行，让警察逮住他。然后他可能被绞死。他想到他会因为一个并非自己犯的罪行而被绞死，顿时感到怒不可遏。但是，要是他自己结束自己的生命，人们会认为他是畏罪自杀。一种原始的正义感折磨着他。应该罪罚一致，他一向认为应该罪罚一致……

在一般人的心目中，凶手是可怕的。但凶手对自己来说却是个普通人——一个早晨要喝茶或者咖啡的人；一个喜欢读好书，也许看传记多于看小说的人；一个准时上床睡觉的人；他想养成良好的作息习惯，但很可能苦于便秘；他或是爱狗，或是爱猫；他对政治有自己的看法。

只有当凶手是好人的时候，他才会被人看作是可怕的。

阿瑟·罗是可怕的。他的幼年在第一次世界大战前度过。童年的印象无法抹掉。从小就有人让他相信，给别人造成痛苦是不对的。他常常得病，他的牙齿很糟，深受一个名叫格里格斯的庸医折磨。他在七岁前就懂得了痛苦是怎么回事，他甚至不愿让一只老鼠忍受痛苦。童年时，我们生活在不朽的光华中，天堂像海滩一样实在，而且离我们很近。在世界的复杂细节后面有着简单明了的道理，上帝是好的。成年男女对任何问题都能做出回答，所谓的真理是存在的，正义是可以度量的，它像时钟一样准确。我们的英雄们为人朴实，他们勇敢、讲真话，是出色的剑手，从长远观点看来，他们从未真正战败。后来读的书没有一本像小时候读的书那样使我们满意，原因在于小时候读的书向我们展示出一个非常简单的世界，我们知道那儿的准则。而后来的书则十分复杂，充满着自相矛盾的经验——它们由存留在我们头脑中的那些令人沮丧的回忆所构成：警察局和法院的卷宗，伪造的所得税申报单，暗中犯下的罪行，我们所鄙视的人向我们大谈其勇敢和纯洁时所用的空洞无物的辞藻。小公爵死了，被出卖了，被遗忘了。我们认不出恶棍，怀疑英雄。世界是个窄小的地方。两句最流行的话是："世界是个多么小的地方"和"我在这儿连自己都不认得了"。

罗是个凶手，就像别人是诗人一样。那些雕像仍旧屹立着。罗准备做任何事情去拯救无辜，或惩罚罪人。他无视全部生活经验，相信正义是存在的，而正义却宣告他有罪。他细致地分析自己的动机，但结果总是对自己不利。他靠在墙上，对自己说，是他不能忍受他妻子的痛苦——而不是她。以前他曾对自己这么说过上百次。有一次，在发病早期，她确实灰心丧气了，她说她想死，不想再挨下去。那时她的精神崩溃了。后来是她的忍受和耐心使他受不了。他设法避开自己的痛苦，而不是她的痛苦。最后她猜到了他给她喝的是什么。至少是猜到了一半。她吓坏了，不敢多问。如果你曾经问过一个男人，他是否在你晚上的饮料里放了毒药，你怎么还能跟他生活下去呢？你爱着他，痛苦使他烦躁时，你就喝杯热牛奶上床睡觉，这样的生活要容易得多。他永远无法知道，恐惧是否甚于痛苦，他也永远说不出她是否宁可凑合着活下去，而不想痛痛快快地去死。他曾经拿起棍子打死过一只老鼠，以免看见老鼠垂死挣扎时的痛苦……她从他手里接过牛奶后说："味道真怪。"然后重新躺到床上，勉强笑了笑——从那时起，他每天都要自问自答这些问题。他想待在她身旁，直到她闭上眼睛。可是那会显得反常，而他必须避免任何反常的事。所以他只好离开她，让她一个人去死。她会要求他留下的，他敢肯定。但那也会显得反常。反正一小时之内他就要上床了。在她临死的时刻，习俗还在他们身上起作用。他想起了警察的讯问："你为什么留下？"她可能有意配合他对付警察。有许多事情他永远也不会知道。当警察讯问他的时候，他既没有勇气，也没有精力对他们撒谎。他要是对他们说一点谎话，也许他们就会把他绞死……

现在该是结束审判的时候了。

120

2

"他们不能玷污惠斯勒[1]的泰晤士河。"一个声音说。

"对不起，"罗说，"我没赶上……"

"地下是安全的。有防空洞。"

罗觉得他曾在什么地方见过这张脸：稀稀疏疏的灰色小胡子，鼓鼓囊囊的口袋。那人从口袋里掏出一块面包，朝河滩上扔去。面包还没落地，一群海鸥就扑翅而起，其中一只把自己的同类甩在后边，抢到了这块面包，飞翔而去。它飞越搁浅的驳船和造纸厂，像一张白色的碎纸片朝洛茨路熏黑的烟囱飞去……

"来吧，我的小家伙们。"那人说道，他的手刹那间成了麻雀的着陆地。"它们认得叔叔，"他说，"它们认得叔叔。"他的嘴里含着一片面包。一群麻雀开始在他嘴边盘旋，轻轻啄着这片面包，像是不断亲吻着他的嘴唇。

"战时要养活你的这群侄子，"罗说，"一定很不容易。"

"确实不容易。"那人说。他张开嘴时，你会发现他的牙齿很难看，显得像是烧剩的炭渣。他在那顶棕色旧帽子上也撒了些面包屑，招来了另一群麻雀。"我敢说，"他指出，"这是完全非法的。要是伍尔登勋爵[2]知道的话……"他伸出一只脚，踏

---

1 詹姆斯·惠斯勒（James Whistler，1834—1903），美国画家，擅长人物、风景，曾在伦敦长住，画过不少泰晤士河风景画。——译者注
2 二战时期英国粮食部大臣。

在沉重的手提箱上。一只麻雀停在他膝上。他身上落满了麻雀。

"我以前见过你。"罗说。

"大概是的。"

"我想起来了，今天就见了你两次。"

"过来，我的小家伙们。"这个上了年纪的人说。

"在法院巷的拍卖行里。"

一对温和的眼睛向罗望去："世界很小嘛。"

"你买了书吧？"罗问。他想到了那人身上的肮脏衣服。

"既买书，也卖书。"那人说，他很敏感，猜出了罗在想些什么。"我穿的是工作服，"他说，"书上尽是灰尘。"

"你喜欢旧书吗？"

"我最喜欢园艺学方面的书籍。十八世纪出版的。我叫福拉夫，家住巴特西区，福尔汉路。"

"你有足够的顾客吗？"

"比你想象的要多。"他忽地张开双臂，把落在身上的鸟赶走，似乎它们是一群孩子，他已经跟他们玩够了。"可是，这些日子里，一切都处于萧条状态，"他说，"我不理解他们想打仗，到底为的是什么。"他用脚轻轻碰碰箱子。"我这儿有一箱子书，"他说，"是从一个勋爵家里搞来的。是抢救出来的。有些书已经糟蹋得不成样子，你看了会掉下眼泪。但其余的……我不能说这不合算。要不是怕鸟落下，我会拿出来给你看看的。这是几个月来我最得意的一项进货。要是在过去，我会把它们当作宝物。是的，把它们像宝物一样珍藏起来，直到夏天美国人来的时候为止。现在我却一有机会就愿意转手。如果我不能在五点以前把这些书卖给住在'王室纹章'旅馆里的一个顾客，我就会错过一笔好生意。他希望我能在空袭前把这些书带到乡下去。我没表，先生。你能告诉我现在几点了吗？"

"刚四点。"

"我得继续赶路了，"福拉夫先生说，"书很沉，我觉得浑身筋疲力尽。这一天可真长。对不起，先生，我想坐一会儿。"他在箱子上坐下，拿出一个破破烂烂的盒子。"你想抽烟吗，先生？照我看，你也累了。"

"噢，我没事。"对方那种温和、疲惫、老练的目光感染了他。他说："你为什么不叫辆出租车呢？"

"唉，先生，这几天我的生意不多。叫辆出租车，一块钱就没了。司机把这些书送到乡下后，也许顾客一本也不要。"

"是园艺学方面的书吗？"

"是的，这门艺术已经失传了，先生。你知道，它可比养花复杂多了。可是如今，"他蔑视地说，"园艺却只限于养花。"

"你不喜欢花？"

"噢，花嘛，"书商说，"是不错的。你应该种些花。"

"不过，"罗说，"我对园艺学懂得不多，除了花以外。"

"这是他们耍的诡计。"温和的眼睛带着狡猾的热情向上望着，"机器。"

"机器？"

"他们建立了几尊塑像，你从塑像前经过，它们就向你喷水。还有岩洞，他们设计出来的人造岩洞。嘿，在一个美丽的花园里，你到哪儿都不安全。"

"我还以为你的意思是说，在花园里会感到安全呢。"

"他们不这么想，先生。"书商说，龋齿的剧臭不断朝罗涌来。罗产生了离开他的愿望，但同情心却自动随着这种愿望而来。罗没离开他。

"然后，"书商说，"还有坟墓……"

"坟墓也往外喷水吗？"

"噢，不喷水。它们看上去庄重肃穆，先生，死亡的时刻……"

"忧郁的想法，"罗说，"产生在阴影之中。"

"这是你的看法，是吗，先生？"可是，书商无疑是以某种幸灾乐祸的心情说出这句话的。他掸去外套上的一小块粘鸟胶说："先生，你难道不喜欢崇高的或者荒谬的东西吗？"

"也许，"罗说，"我更喜欢质朴的人性。"

那人咯咯笑起来。"我懂你的意思，先生。噢，相信我吧，他们在岩洞里也有人性。每个岩洞里都摆着舒服的躺椅，他们从来不忘记摆上舒服的躺椅。"他再次以狡猾的热情向罗喷出龋齿的臭味。

"你难道不觉得，"罗说，"你该往前赶路了吗？你不应该让我坏了你一次生意。"罗立刻后悔自己讲话太粗暴了。罗望着对方那双温和、疲倦的眼睛，心想，可怜的家伙，这一天可累坏了……每一本书都合他的口味……不管怎么样，他喜欢我。这个结论使罗既感到光荣，又感到意外。

"我想我该走了，先生。"那人站起身来，掸掉鸟在他身上留下的一些面包屑。"我喜欢有意思的交谈，"他说，"如今，有意思的交谈实在太少了。人们只晓得在防空洞之间奔走。"

"你睡在防空洞里吗？"

"跟你说实话吧，先生，"他讲话的口气像是在承认自己有一种怪癖，"我受不了炸弹。不过，在防空洞里你是不能睡好的。"箱子的重量压着他，沉甸甸的箱子使他显得苍老了。"有些人不体谅别人。打呼噜，吵架……"

"你为什么从公园里走呢？莫非这样走最近？"

"我想到这儿来歇歇脚，先生。树，还有鸟，都驱使我到这儿来歇一会儿。"

"嗯，"罗说，"你最好让我来提箱子吧。河的这边没有公共汽车。"

"哎，我不能麻烦你，先生，真的不行。"但他的拒绝并非出于真心。箱子当然很沉。那些关于园艺学的书很重。他表示歉意："没有什么东西比书更重的了，先生，除非砖头。"

他们走出公园。罗换了换手，用另一只手提箱子。他对那人说："你知道吗，你不能及时赶到那儿了。"

"我不该那么答应他，"老书商懊恼地说，"看来……看来我真的应该花点钱雇辆出租车了。"

"我看也是这样。"

"要是能让出租车带你一段，就合算了。咱们俩是一个方向吗？"

"噢，我无所谓。"罗说。

他们在前面拐弯处叫了一辆出租车。书商脸上露出随和的表情，舒舒服服地坐到车里。他说："既然下决心花钱，就要充分享受，这就是我的想法。"

然而车窗紧闭着，另一个人很难得到享受——龋齿的臭味实在太难闻。罗怕对方发现自己的恶心，找了个话题："你干过园艺这一行吗？"

"噢，不是你讲的那种园艺。"那人不断朝窗外望。罗觉得他并非真的在享受行车的乐趣。那人说："我不知道你是否能最后帮我一次忙，先生。'王室纹章'旅馆的楼梯……呃，我这种年纪的人真得小心。可是谁也不会给我帮忙。我和书打交道，可对他们来说，先生，我只是一个商人。你愿意帮我把这只箱子提上去吗？你不必在那里多待。找到6号房间的特拉佛斯先生后就可以离开那儿。他在屋里等着这箱书。你只要把箱子交给他就行了。"他迅速地瞥了罗一眼，看是否会遭到拒绝，"然后，先生，我就会把你带到任何你要去的地方，因为你对我太好了。"

"但你不知道我要到哪儿去。"罗说。

"可以猜吗，先生。怎么样，试试吗？"

"我也许可以相信你的话，到远处遛一趟。"

"你可以考验我，看看我说话是否算数，先生。"那人摆出笑脸说，"另外，我还要卖给你一本书，咱们俩公平交易。"也许是此人过于低三下四，也许仅仅因为他的口臭不能忍受，反正罗不大愿意答应他的要求。"为什么不让服务员帮你拿上去呢？"他问。

"说实话，我不放心把这箱书交给服务员。"

"你可以看着他送上去嘛。"

"问题在于，那样的话我还得上楼，先生。在这样漫长的一天之后……"他靠在座位上继续说，"你一定要知道的话，先生，我不能一直拎着它。"他把手伸向心口，天知道这个动作是什么意思。

好吧，罗想，在离开他之前我再做一次好事吧。但罗还是不大情愿。那人看样子确实有病。精疲力竭，因此他的诡计居然成功了。罗想，为什么我非得和一个陌生人坐在出租车里，同意把一箱子十八世纪的书拎到另一个陌生人的屋里去呢？他感到自己受到了一种超现实的想象力的驱使、指挥和控制。

他们俩停在"王室纹章"旅馆门前。这是奇怪的一对，浑身是土，胡子老长。罗并没答应给那人拎箱子，可他知道没别的法子。他硬不下心来一走了事，让这个身材矮小的老头儿自己去扛箱子。在服务员充满猜疑的目光注视下，罗下了车，吃力地提着那个沉甸甸的箱子，跟在那个商人后面。"你订房间了没有？"服务员问，随后又犹犹豫豫地加了一句，"先生，我是问你呢。"

"我不在这儿住宿，我把这箱子给特拉佛斯先生送去。"

"请到服务台去问问吧。"服务员说完后，急忙去接待另一批更有趣的旅客。

书商是对的，旅馆的楼梯又长又宽，登起来可真费劲。它们大概是为那些穿着夜礼服、徐徐移步的妇女造的。建筑风格富有罗曼蒂克趣味。从没见过一个两天没刮胡子的男人扛着这么一箱子书上楼。罗数了数，共有五十级楼梯。

服务台的值班职员凝神看着罗，不等他开口就说："我们这儿恐怕已经客满了。"

"我是给6号房间的一位名叫特拉佛斯的先生送书来的。"

"噢，是的，"那个职员说，"他刚才一直在等你。现在他出去了，可是他留下了话。"可以看得出来，他不喜欢这指示。"说是让你进屋去。"

"我不想等他了，只想把书留下。"

"特拉佛斯先生指示你等着他。"

"我才不在乎特拉佛斯先生的指示呢。"

"服务员，"那个职员尖声嚷嚷道，"把这个人带到6号，特拉佛斯先生的屋里。特拉佛斯先生留下了话，说是让他进屋。"他只说了这么几句话，这么几句一成不变的话。罗觉得，他用这么几句话就可以过一辈子了，结婚，生孩子……他跟在服务员后面，走进了一条永远走不到尽头的走廊，电灯安在人们看不见的地方。他们走过一个房间门口时，一个穿着红色拖鞋和晨衣的女人尖叫了一声。罗觉得这条走廊像是库纳德公司制造的一艘大型客轮的过道，他盼着能见到男女乘务员。但他却看见一个头戴圆顶硬礼帽的矮壮犹太人从一百码开外的地方迎着他们走来。不久，犹太人突然转进走廊的一个隐秘处。

"你是不是在自己身后拖了根棉线[1]？"罗问。服务员一直没有表示愿意帮忙提箱子。罗拿着这么重的东西，身子直摇晃，像病入膏肓的人那样，感到头晕目眩。服务员一直往前走，他的背影、他那条紧身蓝裤和那件蹩脚的冷藏工人制服老在罗的眼前晃动。罗依稀觉得有可能在这儿迷路，一辈子也走不出去。只有

---

1 暗指这儿像是个迷宫，身后不拖根棉线，过一会儿就无法沿原路回来了。——译者注

在服务台值班的那个职员能提供一点线索，告诉他眼下是在何处。他自己根本不知道在这片荒漠中已经走了多远。水不断从龙头中流出。傍晚时分，人们可能走出房门，来领取罐头食品。他重新体会到一种已被遗忘的历险感。一个个门牌被他甩在后面。49号，48号，47号。有一次他们穿了一条近路，从40多号径直拐到30多号。

走廊里有扇房门半开着，从那儿传出一些奇怪的声音，像是有人时而吹口哨，时而叹气。可服务员对任何事情也不感到奇怪。他只顾往前走，他对这幢楼房熟极了。各式各样的人，带行李的人或不带行李的人，进来住一夜就走；有几个死在这里，他们的尸体被电梯悄悄运走；有段时间离婚案剧增，成双成对的当事人住进旅馆，给小费时很慷慨。侦探给的小费更多——因为他们给了小费后，可以报销。服务员理所当然地接受一切。

罗问："过一会儿你再把我领出去吗？"每个拐角处都有一个箭头，上方写着"空袭掩蔽所"几个字。每隔几分钟，就能看见一个这样的箭头，使人产生在原地打转的感觉。

"不，特拉佛斯先生留下了指令，你得待在他屋里。"

"我不服从特拉佛斯先生的指令。"

这是座现代化的楼房，安静得令人赞叹，但又使人不安。听不到铃响，只有灯光时灭时亮，仿佛有人不断用灯光信号发出大家急着想知道的重要消息。太安静了，现在他们连刚才的口哨声和叹息声也听不见了。如同一艘客运轮船搁了浅，发动机停止了运转。周围一片静寂，预示着不祥。你只能听见水浪轻轻拍打船舷发出的令人毛骨悚然的声音。

"这就是6号房间。"服务员说。

"到100号房间大概还得走很久吧。"

"100号在三楼。"服务员说，"不过，特拉佛斯先生的指令是……"

"别在意，"罗说，"就当我没说。"

要是门上没有这块镀铬门牌，你简直分辨不出哪儿是门，哪儿是墙。房门仿佛被砌死，房客像是被关在墙里。

服务员插进一把万能钥匙，推"墙"而入。罗说："我把箱子放下就……"可是门在他后面关上了。特拉佛斯先生看来很受人尊敬，既然他发了命令，罗就得服从，否则就得自己独自摸索着出旅馆。这个插曲真荒诞，但其中有某种令人兴奋的东西。罗现在已决心对付一切。法律和这件事的前后经过要求他自杀（他只须决定采取什么方式就行了）。不过，眼下他可以先享受一下这个奇特的生存方式。在此之前的很长一段时间中，懊悔、恼怒、仇恨以及其他各种感情掩盖了生存的本来面貌。他打开起居室的门。

"哟，"他说，"这可没想到。"

他看见了安娜·希尔夫。

罗问："你也是来看特拉佛斯先生的吗？你也对园艺学感兴趣吗？"

她说："我是来看你的。"

说实在的，这是他第一次有机会仔细观察她。她又瘦又小，与她的阅历相比，实在显得太年轻。现在她已脱离办公室的樊笼，脸上那种老练的神情没有了。工作是一种模仿别人的游戏，她必须与办公桌、电话、黑色的制服这样一些属于成年人的东西一起玩这个游戏。离开这些东西后，她看上去只是一个易碎的装饰品。但他知道，生活并未把她击碎。

生活只在她那双像稚童一样率直的眼睛周围留下了几道皱纹。

"你喜欢园艺机器吗？"他问，"会喷水的塑像……"

他打量着她，心在怦怦乱跳。就好像他是个年轻小伙子，就好像他正在电影院外面、在里昂街角咖啡馆或者在举行舞会的乡镇旅店的院子里和心上人初次约会。她穿一条应付夜间空袭的破旧蓝裤子和一件深红色的运动衫。他忧郁地想道，他从来没见过谁的大腿有她的大腿这么漂亮。

"我不明白你的意思。"

"你怎么知道我会到这儿来给特拉佛斯先生送一箱子书呢？特拉佛斯先生到底是谁？十分钟之前连我自己也不知道我会到这儿来。"

"我不明白他们是用什么借口把你骗到这儿来的，"她说，"快走吧，快点。"

她看上去像一个受欺侮的孩子，一个被你善意地欺负的孩子。在办公室里她要比此刻大十岁。他说："这儿的住宿条件不错，是不是？晚上有一整套房间。可以坐下来看书，做饭……"

一道浅棕色的帷帘把起居室分成两部分。他拉开帷帘，里面是一张双人床，小桌上放着一部电话，屋角还有一个书架。他一边问："里面是干什么用的？"一边打开一扇门。"你看，"他说，"还有个厨房，炉子和其他东西应有尽有。"他走到起居室说，"住在这儿可以忘掉自己是离家在外。"但是这种无忧无虑的情绪只持续了几分钟。

她说："你没发现什么吗？"

"你指的是什么？"

"你这个记者目光可不敏锐啊。"

"你怎么知道我是记者？"

"我哥哥把一切都调查了。"

"一切？"

"是的。"她再一次问，"你没发现点什么吗？"

"没有。"

"特拉佛斯先生好像没有留下一块用过的肥皂之类的东西。你可以到卫生间里去看看。连肥皂外面的包装纸也没撕掉。"

罗走到门口，把门插上。他说："不管他是什么人，在我们谈完之前，他别想进来。希尔夫小姐，我觉得自己有点糊涂了，请你详详细细告诉我：第一，你怎么知道我在这儿？第二，你为什么到这儿来？"

她倔强地说："我不跟你说我是怎么知道的。至于说我为什么要到这儿来，我是为了让你快点离开这儿。上次我给你打了一个电话，我没做错吧，对不对？"

"是的，你没做错。可是你为什么要为我担忧呢？你当时说过，你了解我的一切，是吗？"

"这对你并无坏处。"她说得很简单。

"知道了我的一切后，"他说，"你便不会为我担忧了……"

"我希望待人公道。"她说，好像向他透露了自己的一种癖好。

"是啊，"他说，"要是你能做到的话就好了。"

"可他们不喜欢我这样。"

"你指的是贝莱太太吗？"他问，"是卡农·托普林吗？"太复杂了，他觉得自己已经无力招架。他往扶手椅里一坐。这间屋子里还有一把扶手椅和一个长沙发。

"卡农·托普林这个人不错。"她说着突然笑了起来，接着她又说，"我们谈的这些事很可笑。"

"请你告诉你哥哥，"罗说，"让他别再为我奔波。我放弃了。他们喜欢谋杀谁就去谋杀谁吧。我不想跟他们搞在一起。我要远走高飞。"

"去哪里？"

"随便找个地方藏身，"他说，"他们永远也找不到我。我知道一个地方，那儿安全极了……但他们不想这样，我认为他们真正害怕的是我会去找他们。我觉得，其中的奥妙我永远也不会知道。蛋糕……还有贝莱太太，神出鬼没的贝莱太太。"

"他们是坏人。"她说。这句话仿佛适用于他们全体。"你要远走高飞，这使我很高兴。这儿没你的事。"使他感到惊奇的是她接着说的话，"我不想再让你受伤害。"

"你为什么这样说？"他问，"你已经知道了关于我的一切。你们检查过了。"然后他借用她那种孩子气的话说，"我也是坏人。"

"罗先生，"她说，"我在我来的地方看见过很多坏人。这个称呼对你可不适合，因为你没有那些特征。你对过去做过的事情追悔莫及。人们说英国的法官是好的。嗯，他们没有绞死你……这是一起发自好心的谋杀案。报上是这么写的。"

"你所有报纸都看了？"

"都看了。我甚至看见了他们拍的照片。你举起报纸遮住脸……"

他目瞪口呆地听着，到此时为止还没有人这么坦率地跟他谈过这件事。这是一种痛苦，不过这是一种碘酒抹在伤口上的痛苦，是一种可以忍受的痛苦。她说："在我来的那个地方，我见过许多起杀人案，但没有一起出自好心。你别想得太多，给自己找个机会吧。"

"我想，"他说，"我们最好想个办法，看看怎么对付特拉佛斯先生。"

"赶快离开这儿。这是唯一的办法。"

"你怎么办？"

"我也走，我也不想惹麻烦。"

罗说："如果他们是你的敌人，如果他们让你受苦，我就留下和特拉佛斯先生谈谈。"

"噢，不，"她说，"他们不是我的敌人。这儿不是我的国家。"

他说："他们是谁？我一点也不明白。他们是你们的人还是我们的人？"

"这些人在哪儿都一样。"她说。她伸出一只手，试着碰了碰他的胳膊，仿佛想知道他的感觉如何。"你认为自己是个坏人，"她说，"可这仅仅是由于你不忍心看着别人受苦。他们能忍心看着别人受苦。别人在无限制地受苦，而他们却毫不在乎。"

他可以连续几小时地听她讲下去。他不得不自杀，这看来是一件憾事，可是他没有别的选择余地。除非把自己交给刽子手。他说："我想，要是我在这儿等特拉佛斯先生，他来了以后就会把我交给警察。"

"我不知道他们会干出什么事情来。"

"那个提着书箱的滑头也属于他们一伙。他们的人可真不少。"

"多极了，而且一天比一天多。"

"可是。我把这箱子书留下后，他们为什么还认为我应该留在这儿呢？"他握住她的手腕，一只瘦骨嶙峋的小手腕，哀伤地说，"你不是他们一伙的吧？"

"不是。"她说。她没有把手抽开。她说的是事实。他觉得她没说谎。她的毛病也许有一百处之多，但说谎这个最常见的毛病在她身上并不存在。

"我不认为你是他们一伙的，"他说，"但这样意味着……意味着他们要让咱们俩都待在这儿。"

她说："噢。"他的话仿佛使她深有感触。

"他们知道咱们将在谈话、解释上浪费时间……他们要的是你我两人，但警察不要你。"他大声说，"现在你和我一起离开这儿吧。"

"好的。"

"要是还不算太晚的话，咱们还能溜掉。他们似乎很会安排时间。"他走进门廊，小心翼翼地拉开插销，把门打开一条缝，随后又轻轻把它关上。他说："我刚才一直在想，这个旅馆里，很容易迷路，走廊又多又长。"

"是吗？"

"咱们不会迷路的。瞧，走廊那头有人在等着咱们呢。他的背刚转过去，我看不见他的脸。"

"他们确实什么都想到了。"她说。

他发现自己又兴奋起来了。他曾经以为自己今天就要送命，但他没死。他要活下去，因为他又能对别人有用了。他不再感到自己是拖着一个没有价值的、正在衰老的身躯到处游逛。他说："我看，他们没法把咱们困在屋里饿死。他们进不来，除非爬窗。"

"你说得对，"希尔夫小姐说，"我已经看过了。他们不可能爬窗进来，光滑的墙有十二英尺高。"

"那么咱们坐在这儿等就行了。咱们可以给餐厅挂电话，叫服务员送晚饭来。要几道菜，再要点好酒。让特拉佛斯付钱吧。先来点度数很高的葡萄酒……"

"好吧，"希尔夫小姐说，"只要咱们能肯定送饭来的服务员不是坏人。"

他微笑了。"你倒是考虑得很周全。这是在大陆上受过训练的结果。你说该怎么办？"

"打电话把职员叫来，就是咱们见过的那个职员。找个借口，非让他来不可。然后咱们跟他一起出去。"

"好，"他说，"就这么办。"

他掀起帷帘。她跟着他："你找什么借口呢？"

"我不知道，随机应变吧。我会想出法子来的。"他拿起电话听了一会儿……又听了一会儿。他说："我觉得电话线被掐断了。"他听了约莫两分钟，可一点声音也没有。

"咱们被困起来了，"她说，"我不明白他们要干什么。"两人都没注意到他们正拉着手。他们仿佛陷入了黑暗，必须摸索着向前走……

他说："咱们没有任何东西当武器用。女人插在帽子上的铁针现在已经不时兴，而我唯一的一把小刀又被人拿走了。"他们俩手拉手回到起居室。"咱们还是暖和一下身子吧，"他说，"把壁炉烧旺。冷得像下起了暴风雪。外面还有一群饿狼。"

她松开他的手，蹲在壁炉旁。她说："烧不旺。"

"你扔进去的柴还不值六便士。"

"我已经扔了一先令的木柴了。"

天气很冷，屋里渐渐黑了。两人想起了同一件事。"试试看电灯亮不亮。"她说。他的手早已摸到了开关。灯没亮。

"天会越来越黑，屋里会越来越冷，"他说，"特拉佛斯先生让咱们受罪了。"

"哦，"希尔夫小姐说，她像小孩似的用手捂着嘴，"我害怕。真对不起，可我害怕。我不喜欢黑暗。"

"他们奈何不了咱们，"罗说，"门插上了，他们不可能把门砸开。这你是知道的。这是个文明的旅馆。"

"你敢肯定，"希尔夫小姐说，"这儿没有别的门可以进来吗？厨房里……"

他想起了一件事，赶紧打开厨房门。"是啊，"他说，"你又说对了。这儿有个供商人出入的暗门。这些套间真不错。"

"你把那扇门也插上吧。"希尔夫小姐说。

罗回到小姐身边轻声说："这套设备齐全的房间只有一个缺点：厨房的插销坏了。"他马上握住她的手。"但不要紧，"他说，"咱们想得太多了。你要知道，这儿不是维也纳，这儿是伦敦。咱们是多数。这个旅馆住满了人，是咱们这边的人。"他重复道，"咱们这边的人。他们就在附近，咱们只要喊一声就行了。"世界匆匆进入了黑夜，像一只被鱼雷击中的轮船那样迅速地倾斜了，眼看就要沉入黑色的海水中。他们的说话声越来越高，彼此已看不清对方的脸。

"再过半小时，"希尔夫小姐说，"警报就要拉响。他们会全部躲进地下室。只剩下咱们……和他们了。"她的手变得越来越冷。

"那时咱们的机会就来了，"他说，"警报一拉响，咱们就随着人群出去。"

"咱们现在是在楼道的尽头，这儿也许根本就不会有什么人群。你怎么知道这个楼道里还有人在？他们把什么都考虑到了，你难道认为他们会在这一点上疏忽？他们可能订下周围的每一间屋子。"

"试试看，"他说，"要是咱们有什么家什就好了——一根棍子，一块石头。"他住了嘴，放开她的手。"如果箱子里装的不是书，"他说，"而是砖头就好了。要是箱子里装的是砖头……"他摸摸一个箱扣。"箱子没锁，"他说，"现在咱们就能知道……"他们一起疑惑地看着箱子。不可能是砖头。那帮家伙既然什么都考虑到了，难道会在这点上疏忽吗？

"我不想碰它。"她说。

他们像是落在一条蛇面前的两只鸟，感到手足无措，蛇是无所不知、无所不晓的。

"他们有时也会疏忽的。"他说。

黑暗把他们俩隔开，枪声从遥远的地方传来。

"他们要等到警报拉响，"她说，"等到所有的人都进了地下室，听不见这儿的声音时才会动手。"

"这是什么声音？"他说。他自己也神经过敏起来了。

"怎么啦？"

"我觉得有人在拉门把手。"

"他们离咱们真近呀。"她说。

"感谢上帝，"他说，"咱们并非赤手空拳。帮帮忙，把长沙发推过去。"他们用长沙发的一头顶住厨房门。他们现在什么也看不见了，完全陷入了黑暗。"咱们运气不错，"希尔夫小姐说，"这是个电炉。"

"我不这么认为。为什么是电炉就交了好运？"

"咱们把他们堵在外面了。如果厨房里的炉子烧煤气的话，他们就有可能往屋里放煤气。"

他说："你真该干这一行。想得可真全面。来，再帮我一把。咱们把沙发整个儿推进厨房吧……"可是还没动手他们就停住了。他说："太晚了，那边有人进来了。"他们听见了一声轻轻的关门声。

"隔壁出了什么事？"他问。他不由自主地想起了《小公爵》中的一个情节。他说："从前他们是通过喊话的方式，让城堡里的人投降。"

"别说话，"她低声说，"请别说话。他们在听着呢。"

"我受不了这种猫捉老鼠的把戏，"他说，"咱们甚至不知道那边是不是有人。他们用开门声和黑暗来吓唬咱们。"他很激动，稍微有些神经质。他大声说道："进来吧，进来，不必敲门。"可是没人回答。

他火冒三丈地说："他们认错人了。他们以为能用恐吓手段得到一切。可他们检查过我了。我是个凶手，可不是吗？你知道，我不怕杀人。随便给我一样家什吧，给我一块砖头也行。"他瞧着那个箱子。

希尔夫小姐说："你说得对，咱们得干点什么，哪怕干件错事也行。不能干等着他们为所欲为。把箱子打开吧。"

他神经质地迅速捏了一下她的手，然后又放开。此时，警报又开始了晚间的鸣叫，他打开了箱盖……

第二部

幸福的人

第一章 在世外桃源的谈话

他的守护人真愿意设想，
城堡里没有这样的来宾。

——《小公爵》

1

阳光射进室内，宛如洒向水底的淡绿色灯光。窗外的树木刚刚萌发出新芽。太阳照着洁白的墙壁、颜色如同报春花的黄床罩、大扶手椅、长沙发和摆满高深读物的书橱。一个花盆里栽着几株从瑞典买来的早开的黄水仙。这儿能听见室外阴凉处的喷泉声和一个戴无框眼镜的小伙子热情又柔和的讲话声。

"你要知道，最要紧的是别忧虑。迪格比先生，当初你在战争中尽了力，现在可以问心无愧地休养了。"

小伙子一向注重良心。几个星期前，他谈到自己的良心时说，他是清白的。虽然他并不赞成不抵抗主义，可是他那双倒霉的眼睛却使他失去了任何积极的价值。他的那双可怜的眼睛视力很弱，但却透过那副厚得像玻璃瓶似的镜片射出充满信任的目光。他一直希望进行一次严肃的交谈。

"你别以为我不愿意待在这儿。我是很愿意的。这是一种很愉快的休息。只是有时我在想，我是谁？"

"嗯，迪格比先生，我们知道这一点。你的身份证……"

"是的，我知道我的名字是理查德·迪格比。但是，理查德·迪格比又是谁呢？你知道我以前过的是一种什么生活吗？你知道我以后会有办法来偿还你们为我做的一切吗？"

"你不必为此担忧，迪格比先生。你的病让医生很感兴趣，他已经得到了他所需要的全部报偿。你是他的显微镜下的一件很有价值的标本。"

"可是在这困难时刻，他的生活怎么能过得这么奢侈呢？"

"他很有办法，"小伙子说，"你要知道，这里的一切都是他安排的。他是一个非常了不起的人。在乡下找不到比这更好的弹震症[1]诊所了。不管人们会怎么说。"小伙子又怏怏不乐地加上一句。

"我想，你们遇到过比我更严重的病例……狂暴型的。"

"我们遇到过一些。正因为如此，医生特意为他们准备了一座病号楼——一座与别的病房隔开的侧楼，那儿有专门医护人员。他不让那里的医护人员精神上受干扰……你瞧，我们也需要镇静，这一点是很重要的。"

"你们肯定都很镇静。"

"我想，到时候医生会给你上一次精神分析课。不过，你要知道，如果记忆力能逐步自然恢复的话，那要好得多。就好像泡在显影液里的胶卷，"他继续说道，显然是在引用另一个人的话，"潜影会慢慢显现出来的。"

"约翰斯，如果显影液不好，那就未必如此。"迪格比说。

---

1 炮弹或炸弹爆炸造成的休克症。——译者注

他微笑着，懒洋洋地躺在扶手椅里。他很瘦，满脸胡子，已到中年。前额上的那块伤疤瞧着很别扭——如同一位教授的脸上有几块决斗留下的伤疤。

"请讲下去，"约翰斯说——这是他爱用的口头禅之一，"看样子你喜欢摄影？"

"你也许以为我过去是个赶时髦的人像摄影家吧？"迪格比问，"这是在回忆往事。是多年前的事了，对不对？嗯，我想起家里有一间暗房，就在孩子们住的那一层。那里也用来存放衣服和床单。要是你忘了锁门，女佣就会拿着干净的枕套推门而入，于是底片便跑光了。你瞧，这些事情我记得一清二楚，一直到十八岁。"

"那时的事情，"约翰斯说，"你爱讲多久就可以讲多久。你可以从中得到一条线索。显然不会受到弗洛伊德潜意识压抑力的阻挠。"

"今天早晨我躺在床上想，我希望自己成为什么样的人呢？记得过去我很喜欢看有关非洲探险的书，喜欢斯坦利、贝克、利文斯通和伯登。可是，今天的探险家们似乎没有那么多机会了。"

他从容不迫地思索着，似乎他的幸福来自没有尽头的乏味生活。他不想把自己搞得太累。他觉得现在这种样子很舒适。也许这正是他的记忆力得以慢慢恢复的原因。他认真地回答问题，因为一个人总得尽自己的努力。"或许有人查看过旧殖民部的名册，或许我也去查过。这就怪了，难道不是吗？知道了我的姓名，却了解不到我的情况……你可能会想，肯定会有人查问的。比如说，我是否结过婚……这件事使我很苦恼。也许我的妻子正设法寻找我呢……"他想：如果这一点能搞清楚，我就完全心满意足了。

"事实上……"约翰斯刚开口便又停住了。

"你是不是想说，你们已经找到了我的妻子？"

"不完全是这样，不过，我想医生有什么事情要告诉你。"

"好，"迪格比说，"现在正是接待病人的时间，对不对？"

每个病人每天可以到医生办公室里去见医生，每人一刻钟，但那些做精神分析的病人例外，他们可以在办公室里待上一小时。这种情况有点像学生放学后去拜访慈祥的校长，谈谈自己的个人问题。病人们需要经过一间公共休息室，他们在那里可以看报，下象棋，玩跳棋，或享受一下弹震症病人之间的社交乐趣。通常迪格比总是绕道而行。在这个过去也许是高级旅馆的休息室里，看到有人躲在角落里暗自流泪，这种场面实在令人难堪。他觉得自己完全正常，只是隐约觉得自己仿佛已从某种可怕的职务中解脱出来，但不知这是多少年以前发生的事。他觉得和这些病人做伴很不自在，从这些人的脸上可以看出他们正在受折磨。那急速抽动的眼睑，那尖锐刺耳的声调，还有那种像长在自己身上的皮肤一样不可分离的极度忧郁的心情。

约翰斯在前面走，他十分熟练地扮演着助手、秘书和男护士的角色。他并不很称职，但医生有时也让他过问一些简单的病例。他对这位医生是十分崇拜的。迪格比注意到，约翰斯对医生过去的一次事故——可能是一个病人的自杀——故意装糊涂。他成了为那个天大的"误会"辩解的战士。约翰斯曾说:"这是对医务人员的嫉妒,你们不该相信它。这是恶意中伤,是谎言。"他常常绘声绘色地介绍这位医生的"牺牲精神"。这就出现了疑问:迪格比听说这位医生的医术在当时是十分先进的,那么人们传说的他被吊销了行医执照这件事又该如何解释?约翰斯有一次说"有人迫害他",并做出一副要为医生辩解的姿态,结果把一盆黄水仙花碰翻在地。但后来坏事变成了好事(有人认为这是好事,包括约翰斯在内):这位厌恶伦敦西区的医生来到乡下,开了一个私人诊所。他拒绝接受那些未在就诊申请书上签字的病人,因此连那些最严重的急症病人也都明白应该自愿接受医生的诊治……

"那么我呢?"迪格比问道。

"噢,你是医生接受的一个特殊病例,"约翰斯神秘地说,"总有一天他会告诉你的。那天夜里你偶然得救了。不过你还是签了字的……"

他一直觉得很蹊跷,怎么一点也想不起自己是怎么来到这个地方的。那一天他醒来时发现自己躺在休息室里,耳边是喷泉的滴水声,舌头上还留着药味。时值隆冬,树已枯黄,风雨凄凄。从遥远的田野上忽然传来一阵隐隐约约的哭声,犹如船舶离岸时发出的汽笛声。

他常常一躺就是几小时,做着奇奇怪怪的梦……他似乎还能想起一些事情,但不能抓住那些一闪而过的点滴回忆,无法记住那些突然涌现在脑海的昔日画面,更没有力量把这些东西联系起来……他无可奈何地喝下了药,然后又酣睡起来。他只是偶尔被噩梦惊醒，一个女人常常出现在他的梦中……过了许多天，人们才把战争的事告诉他，并做了大量解释，说明了战争的来龙去脉。有些事情别人觉得很平常，他却感到很奇怪，但巴黎沦入德国人手中这件事，他倒觉得很自然。受伤前的某一段生活他还能回忆起来，他记得当时巴黎就已经沦陷了。不过他对于我们正在和意大利打仗这件事，却感到十分惊讶，仿佛这是一场突如其来的、原因不可解释的自然灾害。

"意大利！"他惊叫道。奇怪，那不正是他的两个未婚姑姑每年都要去那儿画画的地方吗？他还记得国立美术馆中陈列的原始艺术作品。卡波雷托战役[1]图和加里波第[2]的肖像。有一种饼干就叫加里波第牌。他想起了托马斯·库克旅行社。接着，约翰斯又耐心向他解释，墨索里尼是什么人。

2

医生坐在一张十分简朴但又拾掇得很干净的桌子后边，面前摆着一盆花。他摆摆手，请迪格比进去，好像后者是他的得意门生。他长着满头白发，那张老气横秋的脸像兀鹫一样高贵和略带戏剧性，看上去像是一幅维多利亚时代的肖像画。约翰斯侧身出

---

1 第一次世界大战期间，奥德联军在卡波雷托（位于意大利北部伊松佐河畔）和意大利进行的一次交战。
2 朱塞佩·加里波第（Giuseppe Garibaldi, 1807—1882），意大利爱国志士及军人。他献身于意大利统一运动，亲自领导了许多军事战役，是意大利建国三杰之一。

了门，仿佛是倒退着向门口走去的。他被地毯边绊了一下。

"嗯，你感觉怎么样？"医生问，"你看上去一天比一天好起来了。"

"是吗？"迪格比反问道，"谁知道我是不是见好了。我不知道，你也不知道。福里斯特医生，也许我越来越糟了。"

"你的话使我想起一个重要消息，"福里斯特医生说，"我已找到一位了解你的人，一位过去认识你的人。"

迪格比的心跳得很厉害。他问："是谁？"

"我先不告诉你，我要让你自己去发现每一件事情。"

"我真糊涂，"迪格比说，"现在我感到头昏脑涨。"

"这是正常现象，"福里斯特医生说，"你的身体还没有完全恢复。"他打开食品橱，拿出一只杯子和一瓶葡萄酒。"它会使你提起精神来。"他说。

"佩佩大叔牌葡萄酒！"迪格比一边说，一边举起酒杯一饮而尽。

"你看，"医生说，"好多了吧？再喝一杯怎么样？"

"把酒当药喝，这实在不像话。"

这个消息使迪格比感到震惊。他不敢肯定自己是否高兴。他无法知道，当他恢复记忆之后，他将担负起什么样的责任。生命逐渐逝去，这对每个人来说都一样。而责任却在不断地、不知不觉地加重。即使幸福美满的婚姻，也会慢慢变成一个负担：爱情会使一个男人不知不觉地接受约束。可是通过命令的方式，让你在一分钟内爱上一个陌生人，这是不可能的，尽管那人实际上二十年来一直对你怀有深情厚谊。现在，迪格比除了童年的事情之外，什么都记不起来了，他觉得自由自在。这并不是因为他不敢正视自己。他知道自己是什么人。他相信自己明白，他记忆中的这个男孩将成为怎样的人。他更害怕的不是失败，而是成功后将给他带来的重大任务。

福里斯特医生说："我一直等到现在，等到我认为你的身体已经恢复得很好了，才决定把这事告诉你。"

"嗯，是这样。"迪格比说。

"我相信你不会使我失望。"医生说。此时他更像是一位校长，而迪格比则像是一个争取大学奖学金的学生，为了学校的声誉和自己的未来到这儿来参加考试。约翰斯在焦急地等待他的"主人"出来。当然，要是他考砸了，他们会对他很好，他们会去责备主考人……

"我要让你们俩单独谈谈。"医生说。

"眼下他在这儿吗？"

"她在这儿。"医生回答。

3

看见一个素昧平生的人进了屋，真让人欣慰。在此之前，他一直坐立不安，每一秒都像一年那么长。来人只不过是一个满头红发的漂亮小姑娘，她的个子那么小，简直不能给人留下什么印象。他深信，他不必害怕这个姑娘。

他站了起来。看来不应该对她太彬彬有礼。他不知道是和她握手呢，还是吻她一下。他既没有同她握手，也没有和她接吻。他们俩远远地相互打量着，他的心跳得非常厉害。

"你的变化真大。"她说。

"这里的人却总是对我说，"他说，"我已经恢复原来的样子了。"

"你的白头发更多了。还有一块伤疤。不过你显得年轻多了……快活多了。"

"我在这里过得很愉快，很轻松。"

"他们对你好吗？"她不安地问。

"很好。"

他感到自己如同带着一个陌生人在外面吃饭，但席间却找不到合适的话题。他说："请原谅，这似乎有点荒唐，我还不知道你的名字呢。"

"你一点也记不得我啦？"

"记不起来了。"

他曾偶尔梦到过一个女人，但不是眼前的这个姑娘。除了那女人的脸以外，梦中的其他细节他一点也记不起来了。那些梦充满了痛苦。他很高兴，这位姑娘不是梦中见到的那个女人。他又看了她一眼。"记不起来了，"他说，"很抱歉。我真希望能想起来。"

"没什么可抱歉的，"她说，她的声音生硬得出奇，"以后别再感到抱歉了。"

"我的意思是说，我的脑子太糊涂了。"

她说："我叫安娜·希尔夫。"她仔细观察着他。"希尔夫。"

"听起来像个外国名字。"

"我是奥地利人。"

他说："这一切我觉得很新鲜。我们正在和德国交战。而奥地利不是……"

"我是个难民。"

"哦，对了，"他说，"我看到过关于难民的消息。"

"你甚至连战争都忘记了？"她问。

"我需要知道的事情太多了。"他说。

"是的，太多了。不过，你需要他们来告诉你吗？"她重复了一句，"你似乎比从前快活多了……"

"一个什么都不知道的人是不会快活的。"他迟疑片刻后又说道，"请原谅。问题太多了。咱们俩过去是朋友吗？"

"是朋友。你为什么问这个？"

"你很美。我不知道……"

"你救过我的命。"

"在什么情况下？"

"炸弹爆炸的时候，噢，是在即将爆炸的时候，你一下子把我推倒，伏到我身上。所以我没受伤。"

"我很高兴，"他神经质地笑起来，"我的意思是说，我也许会听到自己干过许多不光彩的事情。我很高兴，我还干过一件好事。"

"看来真怪，"她说，"自一九三三年以来的可怕岁月……你只是从报纸上得知一些。它们对你来说是历史。你是个全新的人。你不像我们这些人这样疲惫不堪。"

"一九三三年，"他说，"一九三三年。我给你讲讲一〇六六年的事吧。当时英格兰的所有君主……至少……我不能肯定……也许不是所有君主。"

"一九三三年是希特勒上台那年。"

"对，我现在记起来了。这个消息我看过好多遍了，但日期没记住。"

"我猜想，你恐怕连仇恨也记不得了。"

"我没有谈论这些事情的权利，"他说，"我没经历过这些。在学校里的时候，老师告诉我说，威廉·鲁弗斯[1]是一个红头发的暴君。但是不能期待我们去恨他。像你这样的人才有权利去恨。我没有权利。你看，我没有受到伤害。"

"可是，你这张可怜的脸……"她说。

"哦，这个伤疤。也可能由任何别的原因造成，例如摩托车的车祸。再说他们并没有要杀死我的意思。"

"是吗？"

"我不是重要人物。"他信口说了一些蠢话。他还提出一些假设，但都没有什么可靠根据。他忧心忡忡地说："我不是重要人物，对不对？我不可能是。不过，我的证件上也许有个什么重要头衔。"

"他们让你看证件了吗？"

"噢，是的。你知道，这儿不是监狱。"接着他又重复了一句，"我并不是重要人物，是不是？"

---

1 威廉·鲁弗斯（William Rufus Day, 1849—1923），美国律师、政治家，曾任第36任美国国务卿，在任期间曾极力为美国谋取利益。

她含糊其词地说："你不是名人。"

　　"我猜想，医生不会让你告诉我什么事情。他说，他要让我自己慢慢回忆起一切事情来。但我希望，你能在一件事情上破个例。这是唯一使我苦恼的事。我没结过婚，对不对？"

　　"对，你没结过婚。"她慢吞吞地说，像是要讲得十分精确，不多用一个不必要的词。

　　"或许，我会突然有必要和某人恢复某种旧关系，这对那人十分重要，而对我却毫无意义——我想到这点时，感到非常可怕。就像人家跟我讲起希特勒的事，一样。当然，认识一个新朋友就不同了。"他加上一句，"而你便是一个新朋友。"他有点害羞，这和他的满头白发很不相称。

　　"没别的事使你苦恼了吗？"她问。

　　"没有了，"他说，"噢，还有一件事——你有可能走出这个门之后再也不回来。"他一直进攻，然后匆匆退却，如同一个没有经验的男孩。"你看，我突然间失去了所有的朋友，除了你以外。"

　　她十分忧郁地说："你有过许多朋友吗？"

　　"我想，在我这样的年纪，应该有不少朋友。"他高兴地说，"莫非我是一个怪物？"

　　她却高兴不起来。她说："嗯，我会再来的。他们希望我再来。你要知道，他们想尽早让你恢复记忆……"

　　"他们当然希望这样。而你是他们能提供给我的唯一线索。不过，难道我必须待在这儿，直到恢复记忆为止吗？"

　　"在恢复记忆之前出去对你没有什么好处，是不是？"

"我不明白为什么没有好处。我有许多工作可做。即便军队不要我，我还可以在筹备军火弹药方面……"

"你还想回到军队里去？"

他说："这里舒服、清静，但整天无所事事。人总得干点什么。"他继续说："当然，如果我知道自己过去干过什么，知道自己干什么最合适，那就好办多了。我以前不可能是个游手好闲的人。我们家并不富裕。"他说这番话时，仔细观察着她的脸。"现在就业机会不多。陆军、海军、教会……我过去的职业不合适……如果能找到合适的职业……可疑的地方太多了。法律？这就叫法律吧，安娜？我不相信。我不能设想自己戴着假发，把一个可怜虫送上绞刑架。"

安娜说："你说得对。"

"无稽之谈。再说，一个人的性格从小就能看出来。我从来不想当律师。我以前似乎想当探险家，但我不敢肯定是否真是这样。甚至这把胡子我也怀疑是不是我的。他们对我说，这把胡子的确属于我。但我不敢肯定。噢，"他继续说，"我做过好多梦，梦见自己在中非发现了人所未知的部落。行医？不，我从来不喜欢行医。尽跟痛苦打交道。我憎恨痛苦。"他有点头晕目眩了。他说："我一听到痛苦这个词就觉得不舒服，不自在。我记得一个关于老鼠的故事。"

"别想得太多，"她说，"想得太多没好处。别着急。"

"噢，那件事不是最近发生的。那时我还是个小孩。我讲到哪儿啦？行医……经商。我不想突然记起，我以前是一个连锁商店的总经理。这也是无稽之谈。我从来不想发家致富。我想，我只向往小康生活。"

每次过分用脑后，他就感到头痛。但有些事情他不得不想。旧日的友情和仇恨他可以忘掉，但如果要在有生之年干点事，他就必须知道自己有能力干什么。他看看自己的手，活动了一下手指——它们好像没有什么用处。

"人并不是想成为什么人就能成为什么人的。"安娜说。

"当然不能。小孩子们都希望自己成为英雄、大探险家、大作家……但结果却往往令人失望，职业和理想并无多少联系。想成为富豪的孩子成了银行职员。想当探险家的孩子则成为……噢，对了，成为殖民部的低薪官员，在炎热的办公室里写备忘录。想当作家的孩子进了低级小报的编辑部……"他又说，"对不起，我并不像自己认为的那么强壮。我有点头晕。我应该停止……这一天的工作了。"

她再次用一种莫名其妙的焦虑口气问道："这儿的人对你好吗？"

"我是一个特殊病人，"他说，"一个有趣的病例。"

"还有那位福里斯特医生……你喜欢福里斯特医生吗？"

"他令人敬畏。"他说。

"你变多了，"她指出，可是他没有听懂，"这在我意料之中。"他们俩像陌生人似的握了握手。他说："你会常常回到这儿来吗？"

"这是我的工作，"她说，"阿瑟。"当她离开后，他才对她叫他"阿瑟"感到不解。

4

早晨，一个用人来到床边，给他端来了早饭，咖啡、面包、一个煮鸡蛋。这个疗养所几乎是自给自足的，自己养鸡养猪，还有一个很大的狩猎场。但医生本人从来不打猎。约翰斯说，他反对伤害生命，但他不是教条主义者。他的病人需要吃肉，因此他允许别人打猎，只是他本人从不参加。"说实在的，把杀害动物当作一项运动确实很不道德。"约翰斯解释道，"我想，医生宁可采用捕捉的办法……"

托盘里总放着一份晨报。迪格比在战前有几个星期没看报，因此战争的爆发使他觉得有些突然。现在，他可以垫上三个枕头，舒舒服服地睡懒觉。他看了一眼报纸："本星期空袭伤亡人数减少到255人。"他呷了一口咖啡，敲敲那只煮鸡蛋，然后又把视线移回到报纸上："大西洋战役……"鸡蛋总是煮得恰到好处：蛋白已经凝固，而蛋黄却是软的。他的目光又回到报纸上："海军部很遗憾地宣布……全体遇难。"有足够的黄油用来涂鸡蛋，因为医生有自己的奶牛……

这天早晨，他正在看报时，约翰斯进屋和他聊天。迪格比从报纸上抬起头问："什么是第五纵队？"

约翰斯最爱介绍情况。他扯了好久，一直谈到拿破仑。

"换句话说，他们是被敌人雇用的？"迪格比说，"这没什么新鲜的。"

"有一点不同，"约翰斯说，"在上次战争中，除了凯斯门特[1]那样的爱尔兰人以外，这些人得到的报酬是用现金支付的。上钩的人也不多。这次战争中人们的想法各种各样。那些认为黄金就是罪恶的人……自然会对德国的经济制度发生兴趣。而那些多年来反对民族主义的人……对了，在他们看来，旧的国界已经统统消灭。他们主张泛欧主义。不，也许他们并不是这个意思。拿破仑对那些理想主义者很有吸引力。"他得意扬扬地发表自己的见解，他的那副无框眼镜在早晨的阳光下闪闪发光。

"当你想到这点的时候，拿破仑已被那些小人物，那些唯物主义者、店主和农民打败了。那些人的眼光只局限在自己的柜台和土地上。他们一辈子坐在篱笆后面吃午饭，他们打算一直这么生活下去。因此，拿破仑跑到圣海伦岛去了。"

"听起来你不像一个彻底的爱国主义者。"迪格比说。

"噢，不对，我是爱国主义者，"约翰斯诚挚地说，"我也是一个小人物。我的父亲是药剂师，他非常痛恨那些充斥市场的德国药品。我很像他。我喜欢巴勒斯惠康，却不喜欢拜耳[2]……"他继续说道，"都一样，别人只代表一种情绪，我们才是唯物主义者。取消所有旧的边界，新经济思想……都是白日做梦。这只对那些和任何村镇都没关系的人有吸引力，尽管他们不希望看见这些村镇被摧毁。他们有过不幸的童年，他们是学过世界语的进步人士，他们是不喜欢流血的素食主义者……"

---

1 凯斯门特（Roger David Casement, 1864—1916），爱尔兰民族主义者，曾在英国外交部担任外交官，后来成为人道主义活动家、诗人和复活节起义领袖。
2 巴勒斯惠康，英国著名医药公司；拜耳，德国医药公司。

"希特勒好像让人们流了大量的血……"

"是的。但唯心主义者对血的看法与你我不同，他们不是唯物论者：他们认为所有的东西都是统计数字。"

"福里斯特医生怎样？"迪格比问，"他好像属于你所说的那类人。"

"嗯，"约翰斯兴高采烈地说，"他总是那么稳健。他为情报部写过一本小册子，名叫《纳粹主义的心理分析》。"他补充道，"但是有一段时间，人们说了他一些闲话。在战争时期，你无法避免遭到政治陷害，总会有人挖空心思跟你作对。你看，福里斯特医生，嗯，他对什么都充满热情。举个例子来说吧，唯灵论……他对唯灵论很感兴趣，并进行了研究。"

"我刚才看到议会的议题，"迪格比说，"议员们说，还有另一种第五纵队。已经有人受到了讹诈。"

"德国人办事十分彻底，"约翰斯说，"他们在自己的国家里就这么干的。对所有的所谓领导人、社会名流、外交使节、政界名流、工人领袖、牧师、教士都建立了卡片，然后向他们发出最后通牒。或是容忍一切，忘掉一切，或是交由检察官查处。要是他们在这里也这么干的话，我是不会感到惊奇的。你知道吗，他们还成立了一个可以称为恐怖部的机构，里面有几位非常能干的副部长。问题不仅在于他们控制着某些人，而且在于他们制造了一种恐怖气氛，使你觉得谁也不可信任。"

"看来，"迪格比说，"一位议员认为，有人从国内安全部偷走了一些重要计划。这些计划是他们从后勤部取来进行研究的，当晚存放在国内安全部。该机构宣称，第二天早晨这些文件不见了。"

"他们应该有所解释，"约翰斯说，"是的，他们做了解释。部长说，这位议员得到的消息有误。上午开会时，并未提及这些计划。只是在下午的会议上，大家才研究这些计划，并进行了充分讨论，然后把它们送回了后勤部。"

"这些议员知道不少稀奇古怪的事。"约翰斯补充道。"你是否相信，"迪格比问，"在这件事发生之前，我是一个侦探？这种职业对像我这样一个想当探险家的人来说——是很合适的，对不对？我觉得，他们的话里漏洞百出。"

"我觉得这是很明显的。"

"提出这个问题的议员一定从知道这些计划内容的人口中晓得了什么。这个人不是会议的参加者，便是这些计划的收发员。别人不可能知道它们的内容。部长承认，确实有这样一些计划。"

"对，对，是这样。"

"真奇怪，处在那种地位上的人竟会散布谎言。不过你注意到了吗？政治家们用这种狡猾手法使人相信，部长实际上否认计划已丢失。因为部长说过，上午的会议上并不需要这些计划，而下午要用的时候它们都在。"

"你的意思是说，这中间有足够的时间把它们拍下来，对不对？"约翰斯激动地说，"我想抽支烟，你不介意吧？喏，请把你的托盘给我。"他不小心把咖啡洒在了被单上。"你知道吗，"他说，"三个月前就有人做过这样的暗示。就是你刚到这儿不久的时候。我可以找出来给你看看。福里斯特医生那里保存着一份《泰晤士报》合订本。据报道，当时有几份官方文件丢失了数小时。有人企图掩饰这件事，说是当时没好好找，其实这些文件从未被拿出该部。一位议员却大做文章，说是有人拍了照，等等。于是他们便开始对他进行围攻，目的在于破坏他在公众中的声望。他们说，文件根本没有离开过保管人。我记不清他们说的那个保管人是谁了。他们说，某某人的话必须听，否则就会有人进班房。这个人当然不可能是文件保管人，因为他把文件保管得很好。"

"一再发生类似的事，这就怪了，是不是？"

约翰斯激动地说："局外人根本不知道。而其他的人则一声不吭。"

"也许头一次失败了。也许照片没拍好。拍照的人太笨。当然他们不会让这个人干第二次。他们只好等待，直到物色到第二个人。他们给这个人设立了卡片，放进恐怖部的档案。"他大声说，"我想只有圣人，或者那些一无所有、无家可归的人，才不会受到他们的卑鄙讹诈。"

"你不是侦探，"约翰斯高声说，"你是侦探小说家。"

迪格比说："你看，我累极了，脑子麻木了。我忽然觉得浑身乏力，想躺下睡觉。看来我真的要睡了。"他闭上眼睛，但又睁开来。"这件事他们还要干下去，"他说，"第一次没干好，就接着干第二次……找出失败的原因后再干。"说完他就睡着了。

5

这是一个晴朗的下午，迪格比独自在花园里散步。安娜·希尔夫来探望他以后，已经过了好几天，他感到心烦意乱，犹如一个热恋中的年轻人。他希望有机会向她表明，他不是废物，他的脑子像别的男人一样好用。在约翰斯面前炫耀自己的智力，是不能使他满意的……他像在梦中似的，在花草丛中踱来踱去。

这个花园未加修葺，它的主人大概是儿童，或者是孩子气十足的大人。苹果树多年未经修剪，已经成了野林。有的树枝以使人感到意外的方式伸进了玫瑰花坛，有的侵入了网球场，还有的挡住了小盥洗室的窗户，像是一个供园丁休息的小凉棚。园丁是个老头，只要远远听到长柄大镰刀的割草声或手推车轮子的滚动声，就知道是他。一道高高的红砖围墙，把花园、果园和菜园分开，但鲜花与果实却不是一堵墙所能隔开的。在果树下面，洋蓟正在开花，一片火红。果园隔壁的花园渐渐荒芜了，成了牧场。那里有一条小溪，一个形状不规则的大池塘，池塘中央有一个弹子球台那么大的小岛。

迪格比在池边遇到了斯通少校。先是听到了少校的声音——接连不断的怒骂声，像是狗的梦呓。迪格比走下池岸，来到污黑的水边。斯通少校那双清澈、明亮、警觉的蓝眼睛转向迪格比。他说："快行啦。"他的那套花呢制服上沾满了污泥。手上也全是泥。刚才他往水里扔了几块大石头，现在正在使劲拉一块可能是在池边凉棚里找来的木板。

"真可耻，"斯通少校说，"连这么一个好地方都不利用，还想管好疗养所……"他把木板往前推了一下，把一头搁在一块大石头上。"这下就稳了。"他说。他把木板一英寸一英寸地往旁边那块石头上移。"来，"他说，"你抓住这头慢慢推。我去抓那头。"

"你一定要下水吗？"

"这儿的水不深。"斯通少校说，他径直下了水。黑色的污泥淹没了他的鞋和裤子的卷边。"你现在推吧，"他说，"使劲推。"迪格比推了一下，但由于用力过猛，木板侧向一边，陷进泥里。"该死。"斯通少校说。他弯下腰，用力把木板拉上来。他的整个下身都沾满了污泥。他把木板拽到岸上。

"很抱歉，"他说，"我的脾气很坏。你没受过这种训练。你真好，愿意帮忙。"

"恐怕我并没有这么好。"

"只要给我五六个工兵，"斯通少校说，"你就会看到……"他射出一道渴望的目光，盯着那个长满灌木的小岛。"可是，提这些办不到的事是没有用处的。我们只好凑合着过。要是大家齐心，我们会把一切都搞得好好的。"他注视着迪格比的眼睛，像要琢磨后者在想些什么。"我在这个地方多次见过你，"他说，"不过从来没同你讲过话。我很喜欢你的神态。我这么说你可别见怪。我想，你和我们一样，也是病人吧。感谢上帝，我不久就可以离开这里，又能派点用场了。你得了什么病？"

"失忆症。"迪格比说。

"是在那里受的伤吧？"少校问，他朝那个小岛的方向点点头。

"不对，是一颗炸弹炸伤的。在伦敦。"

"这是一场可恶的战争，"少校说，"平民百姓得了弹震症。"弄不清楚他是在非难老百姓呢，还是在诅咒弹震症。他那头漂亮的粗头发盖住了耳朵，那双深蓝色的眼睛透过黄色的睫毛向外凝视。眼白连一点杂色也没有。他的行为一贯很得体，他一直准备为旁人效劳。但他现在却什么也干不了，对谁也没用处。他的脑子一片混乱。他说："正是因为有人背信弃义，才发生了这种事。"他突然转过身，背对小岛，把这些不愉快的回忆抛到一边。他径自走上岸，快步朝屋子走去。

迪格比继续往前走。网球场上正在进行一场激烈的比赛，打得确实很激烈。那两个人奔来奔去，眼睛圆睁，汗如雨淋。斯蒂尔和菲什格尔特身上唯一反常的地方，或许是他们的高度集中的注意力。打完球后，他们会又吵又闹，歇斯底里大发作。下棋时，也会出现同样的情况……

玫瑰花园夹在两道墙当中。一道墙和菜园隔开，另一道墙很高，上面开了一扇小门，通往"病号楼"——这是福里斯特医生和约翰斯的委婉称呼。谁也不愿意谈论这座病号楼，那儿无非是些叫人讨厌的东西：隔离病室，紧身衣[1]。你在花园里只能看见顶层的窗户，它们都紧闭着。住在这个疗养院里的人，没有一个

---

1 也称拘束衣，用来限制精神病患者的行动。——译者注

不知道自己离这个安静的角落有多近。比赛后的歇斯底里大发作，被人出卖的感觉，以及戴维斯动不动就流出的泪——他们知道，这些都是病态表现，和狂暴型没什么两样。他们为了使病情不致恶化，自己签了字，把自由交给福里斯特医生。不过，万一病情恶化，"病号楼"就在眼前，用不着长途跋涉到一个陌生的收容所里去。唯有迪格比丝毫没有想到过自己会到那儿去，因为"病号楼"不是为一个像他这样幸福的人预备的。他的背后响起一阵刺耳的声音，是从网球场上传来的。"我跟你说，是在界内。"这是菲什格尔特的声音。"是在界外。""你的意思是说我在骗人啰？""你长着眼睛，自己看嘛。"这是斯蒂尔的声音。从声音里可以知道他们俩谁也不肯相让。你可能认为，他们这么吵下去，除了动手打架外不会有别的结果。但打架的事从未发生过。也许是怕进病号楼，他们的声音突然消失了，大家都感到意外。天一黑你就能看见斯蒂尔和菲什格尔特在休息室里下棋。

病号楼离这儿有多远？迪格比有时想。大概是胡思乱想出来的吧？不，病号楼就在那儿，就是旁边的那座砖砌楼房。紧闭的窗户，高高的围墙，专门的医护人员。别的病人可以在每月一次的社交晚会上见到他们。迪格比还从来没有参加过这种晚会。医生相信，这种有外人——当地的牧师，一批老太太，一位退休建筑师——出席的社交场合有助于使弹震症患者适应社会，养成良好的习惯。不过，是否有人确定病号楼里住着人呢？有时迪格比觉得，病号楼就和神学家说的地狱一样，是一个无人居住的地方，它的存在只是为了吓唬人。

斯通少校突然又出现了，他正在快步走着。他见到迪格比之后，抄了一条近道走过来。他的额头上沁满汗珠。他对迪格比说："你没看见我。你听见了吗？你没看见我。"他擦身而过。看样子他正在整理这个牧场和池塘。不一会儿，他消失在灌木丛中。迪格比继续往前走。他觉得他应该离开这个地方了。他不该待在这儿，因为他是正常人。可是，当他想到斯通少校也认为自己的病已经治好时，他便感到有点不自在了。

迪格比来到疗养所门口时，约翰斯走了出来，他好像很生气，很着急。他说："你看见斯通少校了吗？"迪格比犹豫片刻后回答道："没有。"

约翰斯说："医生在找他。他又犯病了。"

为病友保密的想法动摇了。迪格比说："我刚才见过他……"

"医生很着急。少校可能会伤害自己或伤害别人。"那副无框眼镜里仿佛射出警告的目光——你想为此承担责任吗？

迪格比不由自主地说："你可以到池边找找。"

"谢谢。"约翰斯说。他接着高喊道："波尔，波尔。"

"我来啦。"一个声音回答道。

迪格比的脑海里掀起一阵惊恐的波涛，仿佛大风卷起了沉重的帷帘。他好像听见有人在他耳边低语："小心点。"但他听得很不真切。一个穿白外套的人站在病号楼门口。约翰斯值班时也穿一件白外套，但要干净得多。那人个子矮小，宽阔的肩膀左高右低，面部表情傲慢。"到池边去。"约翰斯说。

那人并不搭理，一动不动地站着，用好奇的目光很不礼貌地打量着迪格比。他显然是从病号楼来的，不属于花园这边的人，他的外套和手指似乎被碘酒弄脏了。

"咱们得快走，"约翰斯说，"医生很着急……"

"我好像，"波尔说，"以前在什么地方见过你。"他带着某种得意的心情瞧着迪格比。"嗯，没错，肯定见过。"

"不，"迪格比说，"没有。"

"好吧，就算咱们俩是现在认识的吧。"波尔说。他对迪格比启齿一笑，意味深长地说："我是看守。"他朝着病号楼挥了一下他那条长得像猿臂的胳膊。

迪格比大声说："我从来不认识你。我也不想认识你。"他转身走开之前，发现约翰斯的眼中射出一瞥惊奇的目光，并且听到他们俩急急忙忙朝池塘奔去的脚步声。

确实如此：迪格比不认识这个人。但是他觉得他那朦胧的过去逐渐明朗起来了，某些事情可能很快就会真相大白。他感到惊慌，激动。他深信，在他的不断向前的航线图上，将打上一个黑色的印记。他感到忧惧……为什么他这么害怕回忆起往事呢？他轻声自言自语道："归根结底，我不是一个罪犯。"

6

一个女佣在大门口碰上了他。"迪格比先生，"她告诉他说，"有人找你。"他充满了希望，心在怦怦乱跳。

"在哪儿？"

"在休息室里。"

她正在休息室里看一本《小说月报》。他不知道该对她说些什么。她站在那儿。他似乎在心灵深处想起了这个娇小、警觉、神情紧张的女人。她是他的洁白无瑕的全部历史中的一个组成部分。

"你太好了。"他刚开口便又停住了。他怕自己说出一些会让对方见外的无聊话，他们俩的微妙关系便会终生受到损害，到末了他们俩只能谈谈天气，偶然碰见时聊聊戏剧，如果他们俩在马路上见了面，他会脱帽打招呼。但刚刚萌芽的某种东西肯定会毫无希望地死去。

他慢腾腾地说："上回你来了以后，我一直盼着你再来。整天无所事事，只能纵思遐想，日子显得特别长。这种生活可真奇怪……"

"既奇怪又可怕。"她说。

"并不太可怕。"他说，但他随即想起了波尔。他说："在我的记忆力丧失之前，咱们俩是怎么谈话的？也是这么呆板地站着吗？你拿着一份杂志，而我……咱们俩过去是好朋友，对吗？"

"是的。"

他说："咱们回到以往去吧。现在这样不行。请坐，咱们俩都闭上眼睛。就假设这是炸弹爆炸前的那些日子。那时你对我说了些什么？"她坐在那里一声不响，内心很痛苦的样子。他惊讶地说："你不应该哭。"

"你刚才说闭上眼睛。"

"现在已经闭上了。"

他在这个光线明亮、布置很讲究的休息室里觉得自己是外人。那些五光十色的杂志和玻璃烟灰缸消失了。只有一片黑暗。他伸出手，碰了碰她的手。他说："这不是很奇怪吗？"

过了好久，一个干巴巴的声音说："不。"

他说："当然，我过去是爱你的。对不对？"她不回答，他又说："我肯定爱上了你。因为那天你一进屋，我就感到心情舒畅，很轻松，好像我等待的正是你。我怎么能不爱你呢？"

"看上去不像。"她说。

"为什么？"

"咱们俩才认识几天。"

"太短了，当然。也许你心中还没有我呢。"

又是长时间的沉默。接着她说："不，我心中有你。"

"为什么？我的年龄比你大得多，长得又不好看。我过去是个什么样的人？"

她立刻做了回答，似乎这是轻而易举的事。她对这个问题早就有了现成的答案，她是反复思考过的。"你当时有强烈的怜悯心。你不愿意看见别人受苦。"

"这难道有什么不寻常的吗？"他问道。他幼稚地希望得到一些说明。他一点不知道外面的人是怎么生活和思考的。

"在我原来待的地方，"她说，"这很不寻常。我的哥哥……"她的呼吸急促起来了。

"当然，"他马上说，生怕刚记起来的事又忘了，"你有一个哥哥，对不对？他也是我的朋友。"

"让我们停止这场游戏吧，"她说，"求你了。"他们俩同时睁开眼睛，又看见了这个雅致的房间。

他说："我想离开这儿。"

"不，"她说，"待着吧。求你。"

"为什么？"

"你在这里才安全。"

他淡淡一笑："可以不再挨炸弹吗？"

"可以避免许多麻烦。你在这里很快活，对不对？"

"从某一方面来说是这样。"

"在那儿，"她指的仿佛是花园围墙外面的整个外部世界，"你以前一直不快活。"她又慢吞吞地补充了几句，"我会想方设法让你一直快活。你应该这样。我也希望你这样。"

"你难道不愿意我出去？"他想开个玩笑，抓住她话中的矛盾。但她却没心思开玩笑。她说："你不能继续看着别人天天总是闷闷不乐。"

"我希望我能回忆起往事。"

"干吗要费尽力气回忆呢？"

他只是简单地说了句："嗯，一个人当然应该记住往事……"这是他确知的为数甚少的几件事情中的一件。

她凝视着他，似乎在盘算着采取某种行动的方案。他接着说："比如说记住你，记住我过去是怎么对你说话的……"

"噢，别说了，"她说，"别说了。"她像宣战似的大声加上一句，"亲爱的。"

他得意扬扬地说道："咱们过去就是这样谈话的。"

她点点头，眼睛一直注视着他。他说："我亲爱的……"

她的嗓子发干，她的声带像是一幅陈旧的肖像画上的龟裂

172

的油彩。她说："你过去常说，你愿意为我做一切不可能的事。"

"真的吗？"

"现在你就办几件容易办的事吧。安下心来，在这儿再待几个星期，直到你恢复记忆……"

"要是你能常来看我的话……"

"我会来的。"

他把自己的嘴凑到她嘴上，这个动作做得犹豫不决，像是情窦初开的少年的亲吻。"亲爱的，亲爱的，"他说，"你刚才为什么说咱们俩只是普通朋友呢？"

"我不想让你受束缚。"

"你现在已经把我束缚住了。"

她似乎很惊讶，慢慢说道："我很高兴。"

上楼回房间的路上，他一直能闻到她身上的香味。不论到哪家化妆品商店去，他都能马上挑出她用的那种香粉。他也能在黑暗中辨别出她皮肤上的纹路。这种体验很新鲜，如同少年时期的初恋。他像男孩子一样盲目、热情、无邪。他像男孩子一样坠入了情网，将会不可避免地尝到痛苦、惆怅和失望的滋味。他把这一切叫作幸福。

7

次日早晨，他的托盘里没有报纸。他问给他端早饭来的女人，报纸在什么地方。但她所能做出的回答却是：她猜想报纸还没到。他再次产生一种淡淡的恐惧感，就像头天下午波尔从病号楼里走出来时一样。他焦急地期待着约翰斯的到来，约翰斯每天早晨都要到这里来聊天、抽烟。但约翰斯没有来。迪格比躺在床上琢磨了半个钟头，然后按响了电铃。这个时候，女用人该把他换洗的衣服送来了，但她进来时却说，她没有得到吩咐。

"不需要有人吩咐你，"他说，"你每天都是这样做的。"

"我必须得到别人的吩咐。"她说。

"请你告诉约翰斯先生，我想见他。"

"是，先生。"但约翰斯还是没有来。他的房间周围仿佛设置了一道防疫线。

他无所事事地又等了半小时。然后，他起了床，朝书橱走去。那里面能吸引他的书很少，只有几本老学究才爱看的味同嚼蜡的厚书：托尔斯泰的《我的信仰》，弗洛伊德的《日常生活的精神分析》，鲁道夫·斯坦纳的一本传记。他拿出托尔斯泰的那本书，回到床边，打开后发现书页上有铅笔字被擦去后留下的淡淡痕迹。搞清楚另一个人认为哪些句子值得注意，这向来是很有意思的。他念着曾经有旁批的那个段落："我记得自己干过、忍受过和看见过的一切坏事，它们来自民族间的敌对情绪，我明白，这一切的根源在于受了所谓爱国主义、爱自己的国家这类大谎话的欺骗……"

盲目的、支离破碎的教义有其高尚的一面，如同擦去铅笔旁批的企图包含着某种卑鄙的因素一样。这种看法应该让大家知道。他往下看着这一页，"基督向我们表明，剥夺我们幸福的第五个圈套就是我们使自己和其他民族分开。我不得不相信这一点。因此，要是我忘记了这一点，对另一个民族的某一个人的敌对情绪便会在我内心产生……"

他想，这些话和他没关系，他对边界以外的任何个人都没有敌对情绪，若是他想再回去，那么驱使他这样做的只是爱，而不是恨。他想：我和约翰斯一样，也是一个小人物，对思想意识不感兴趣，我依恋的是剑桥郡的平凡风景，石膏采石场，毫无特色的田野上的一排柳树，集市……他看着窗帘，思绪翻腾……他想起了以往每逢星期六他都要去跳舞的那个地方。他回忆起一张脸，一张能使他感到快慰的脸，这就够了。啊，他想，托尔斯泰应该生活在一个小国家里，不应该在俄国，俄国大得像一个洲，不像个国家。托尔斯泰写道："杀死自己的同胞是最坏的事情。"他为什么要这么写呢？每个人都是要死的，每个人都怕死，不过，我们杀死一个人，就能使他摆脱对死亡与日俱增的恐惧……一个人不一定出于仇恨而杀人，他也可以出于爱而去杀人……以前的头晕症又犯了，他觉得自己的胸口被打了一拳。

他躺到枕头上，那个大胡子老头[1]仿佛在他耳边低语："我不

---

1 指托尔斯泰。——译者注

能承认任何国家或民族……我不能参加……我不能参加。"他在半醒半睡中看到一个人……也许是一个朋友。他看不清楚那人的脸。那人未能参加，某种个人的悲痛使他和周围隔绝，如同他的络腮胡子遮住了他的脸庞一样。那人到底是谁？迪格比记不起来了。战争以及他周围发生的一切，好像只是跟别人有关。迪格比深信，那个大胡子老头错了。他只是忙于拯救自己的灵魂。为什么不投身到你所热爱的人民的事业中去呢？哪怕他们是在犯罪。必要的话，可以像他们那样去恨，和他们一起忍受入地狱之苦。这总比自己一个人得救要好。

但是，别人会反驳你说，这个推理会导致你原谅你的敌人。为什么不可以呢？他想。由于爱而杀人或被杀都应得到原谅。你为什么不能原谅你的敌人呢？这并非意味着你应该自命清高，拒绝杀人，并且把另一边脸颊凑上去。"如果有人冒犯你……"关键就在这儿——不要为了个人而去杀人，而是为了你所热爱的人民，和你所热爱的人民站在一起。即便要冒着被打入地狱的危险也值得。

他又想起了安娜·希尔夫。他想起她时，总会感到心慌意乱。真荒谬。他仿佛像多年前一样，在外面等着。是在长官办公室门口吗？他的心上人沿着街道向他走来。那是一个充满痛苦和绝望的美妙夜晚，因为他知道，在这件即将到来的事情上，他太幼稚了……

他不能再让托尔斯泰打扰自己了。被人当作病人，这是不能容忍的。除了维多利亚时代小说里的主人公外，哪个女人会来关心一个病人？托尔斯泰宣扬不抵抗主义，真有意思——他在塞瓦斯托波尔参加过英勇又激烈的战斗。迪格比从床上爬起，在一面狭长的镜子里看到了自己羸弱的身躯、灰白的头发和胡子……

门开了，是福里斯特医生。约翰斯跟在后面进来，他眼睛看着地面，一副垂头丧气的样子，仿佛在外面干坏事被人当场捉获了。福里斯特医生摇摇头。"不行，迪格比，"他说，"不行。我很失望。"

迪格比还在看着镜中那个既可悲又可笑的身影。他说："我要我的衣服，还要一把剃刀。"

"干吗要剃刀？"

"刮脸用。我可以肯定，这胡子不是属于……"

"这只能说明你的记忆还没有恢复。"

"另外，今天早晨我没有得到报纸。"他有气无力地说。

福里斯特医生说："我命令停止给你送报。约翰斯办事不明智。关于战争的长篇大论……你使自己过于激动了。波尔已经告诉我，你昨天多么激动。"

迪格比看着自己那个裹在条纹睡衣里的逐渐衰老的身躯。他说："我不愿意被当作病人或孩子看待。"

"看来，你固执地认为，"福里斯特医生说，"你有侦探天才，或许以前当过侦探……"

"这不过是开玩笑。"迪格比说。

"我可以肯定地告诉你，你的职业和侦探毫不相干。毫不相干。"福里斯特医生重复了一句。

"那我以前是干什么的？"

"也许某一天会有必要告诉你，"福里斯特医生说，仿佛在进行威胁，"以免你错误地认为……"约翰斯站在医生后面，眼睛盯着地板。

"我准备离开这儿。"迪格比说。

福里斯特医生那张高贵和平静的脸上突然出现了许多皱褶，显出很不高兴的样子。他刻薄地说："我希望，你也准备好结清账目了，对不对？"

"我也希望如此。"

医生脸上的皱褶消失了，但他的表情不像刚才那样和颜悦色。

"我亲爱的迪格比，"福里斯特医生说，"你得理智点。你病得很厉害，确实病得很厉害。二十年的生活被你忘得一干二净。这是不健康的表现……昨天，还有刚才，你表现得那么激动，我很担心，我希望以后不再看到你这样。"他轻轻拽了一下迪格比睡衣的袖子，继续说，"我不一定非得把你监视起来，证明你……"

迪格比说："可是，我现在和你一样健康。你应该知道这一点。"

"斯通少校也是这么想的。因此我不得不把他送到病号楼去……他得了狂想症，随时都有可能发展成狂暴症。"

"但我……"

"你的症状和他十分相似。这种激动状态……"医生的手离开迪格比的衣袖，按在他的肩上。这是一只温暖、柔软、润滑的手。他说："别担心。我们不会那么做的，但在短期内我们必须有一个十分安静的环境……多吃东西，多睡觉……用刺激性很小的镇静剂……一段时期内不让任何人来探视，包括我们的朋友约翰斯在内……不要再进行这种令人激动的智力谈话。"

"希尔夫小姐呢？"迪格比问。

"我在这方面犯了个错误，"福里斯特医生说，"你还不够强壮，我已经告诉希尔夫小姐了，让她别再来。"

第二章 病号楼

为什么要躲开我？

我干了什么事，使你害怕我？

——你听信了流言蜚语，我的孩子。

《小公爵》

1

如果一个人要擦去书上画的铅笔印，他就得仔细擦干净，不留任何痕迹。因为想要保守一个秘密，不管怎样小心都不算过分。要是福里斯特医生在擦去托尔斯泰《我的信仰》一书中的旁批时不是那么马马虎虎的话，雷尼特先生便可能永远也不会知道琼斯出了什么事，约翰斯将仍然是一个英雄崇拜者，而斯通少校则有可能病得越来越重，永远被关在病号楼的一个隔离室中。那迪格比呢？迪格比将仍然是迪格比。

正是那几道没有擦净的铅笔痕迹使迪格比在那个凄凉孤独和索然无味的一天结束后，仍然能保持脑子清醒，思维活跃。你无法对一个不敢公开坚持己见的人产生敬意。迪格比对福里斯特医生的敬意丧失之后，医生在他心目中的地位一落千丈。那张德高望重的苍老的脸失去了它固有的令人信服的力量。甚至连医生的品格也成了问题。医生有什么权力不给他送报？有什么权力禁止安娜·希尔夫来看望他？

迪格比仍然感到自己像个小学生，但他现在知道，他的校长有着某些不好意思说出口的秘密。校长不再是那么道貌岸然、充满自信了。因此他这个学生策划谋反。晚上九点半左右，他听到了汽车声。透过窗帘的缝隙，他看见医生开车走了。说得准确点，是波尔开的车。医生坐在他旁边。

迪格比在看见波尔之前，只策划了一个小小的谋反活动——到约翰斯屋里进行一次秘密拜访——他相信自己能让这个年轻人开口。而现在，他变得更大胆了。他准备到病号楼里去看看，找斯通谈谈。病人们应该联合起来反对暴虐。他回忆起一件往事。在学校念书的时候，他曾带领一个学生代表团去找校长，因为一个新老师破例叫他们这个文科班学三角。奇怪的是他竟对这件事记忆犹新，而对成年以后的事却全都记不起来了。自从他的记忆力逐渐恢复以来，这样的事很少发生。他打开自己的房门，朝走廊里迅速扫了一眼，激动得喘不过气来。他担心受到莫名其妙的惩罚。正因为这个原因，他觉得自己的行动很勇敢，自己不愧是一个热恋中的人。他心中有一种纯洁无邪的欲望。他像是一个男孩，一边坐在板球场旁边晒太阳，喝啤酒，听着用木头和羽毛做成的板球的啪嗒、啪嗒声，一边沉醉在春梦中，向一个女孩子吹嘘有一次自己和别人搏斗的经过……

按照病人的不同病情，规定了不同的就寝时间，不过，九点半左右，几乎所有的人都上了床，进入了梦乡。但迪格比很难入睡。他走过戴维斯的门口时，听到了一个男人的无法抑制的哭泣声……沿着过道再走几步，便是约翰斯的房间，房门开着，灯也亮着。迪格比脱掉拖鞋，快步穿门而入，但约翰斯不在屋里。此人酷爱交际，大概正在和管家聊天。约翰斯的桌上放着一堆报纸，这显然是他在医生下禁令之前找来准备送给迪格比的。这对迪格比是一种诱惑，他想待在那儿看看那些报纸。但这只是一种小小的诱惑，抑制不住他进行一次高级历险的愿望。今夜他要做一件病人们以前从未自愿做过的事——潜入病号楼。他小心地、悄悄地向楼下走去，"探险者""印第安人"这些字眼出现在他的脑中。休息室里的电灯已经熄灭，但窗帘尚未拉上。月光伴随着喷泉的滋水声和银白色的树叶影子一同进入室中。几张桌子上整整齐齐地放着几本《小说月报》。烟灰缸已拿走，拍得松松的坐垫搁在椅子上——这个休息室看上去像是一个没人敢进的展览室。他穿过旁边那道门，走进通往福里斯特医生办公室的过道。每当他笃定地随手关上一扇门的时候，他就觉得自己又切断了一条退路。他的根根肋骨仿佛随着怦怦乱跳的心在颤动。前面就是那扇他从不见开过的绿门，通过绿门便是病号楼。他的思绪回到了自己的童年时代——他偷偷溜出宿舍，壮着胆子考验自己的勇气。他真希望绿门的那一侧上了锁，这样，他便只能悄悄回到床上睡觉，而他的虚荣心也得到了满足……

但那扇门轻轻一推就开了，那扇门的功能是隔音，是为了使办公室里的医生不受干扰。里面还有一扇门，但这扇门也没有上锁，甚至连插销也没插上。他刚推门走进过道，那绿门便吱呀一声在他身后关上了。

2

他站在那儿一动不动，静静地听着。某处有一只钟在嘀嗒作响，还有一个水龙头在不断滴水。这个地方以前可能是用人的住所：地面由石板铺成，他的拖鞋一过，便扬起一阵薄薄的灰尘。所有的东西都说明这儿无人照看。他来到楼梯跟前，发现木头做的扶手好久没有重新刷油漆，地毯已经磨得露出了线头。这跟门那边的整洁雅观的疗养院形成了明显对比。他周围的每样东西仿佛都在对他耸着肩说："我们是无关紧要的。这儿谁也看不见我们。我们的唯一任务是保持安静，不要打扰医生。"有什么东西能比灰尘更安静呢？假如没有嘀嗒的钟声，他会怀疑房子的这一部分是否有人住。钟声和粗烟丝发出的霉味使他的心重新不安地怦怦乱跳起来。

波尔准是住在传出钟声的地方。他一想到波尔，就感到有些不愉快，像是囚禁在脑海深处的某种东西急着要挣脱出来。这使他惊恐不安，如同在门户紧闭的房间里上下扑腾的鸟儿使他惊恐不安一样。为了使别人不致受惊，只有一个办法——这就是打鸟，把鸟打昏或打死。刹那间，他忘记了斯通少校，摸索着朝波尔的房间走去。

是过道尽头的那个自来水龙头在滴水。那儿有一个看上去很不舒服的正方形大房间，石砌的地面，一块帘子把房间隔成两半——以前这儿可能是厨房。新主人使这个房间带上了一种咄咄逼人、邋里邋遢的男子气概，地上到处是烟头。

没有一样东西派上了正当用场。一个时钟和一把廉价的褐色的粗茶壶放在衣柜上作为书立，夹住了一堆破破烂烂的书——卡莱尔的《英雄及英雄崇拜者》，关于拿破仑和克伦威尔生平的著作，以及一些有关怎样跟青年、劳动、欧洲和上帝打交道的平装小册子。窗户全都关着。迪格比拉开斜纹布窗帘，发现床铺乱糟糟的——看样子波尔只知道在这儿略事休息，而从来想不到需要整理一下。水龙头朝固定在下方的一个盆子里滴水，床架上悬挂着一个海绵球。一只过去装过虾酱的空罐头里放着几片用过的刮脸刀片。这个地方设备简陋，与临时宿营地无异，房间的主人像是一个来去匆匆的过客，连墙上的斑点也不愿意动手擦掉，更别说改变一下屋里的现状了。一个敞开的箱子里塞满了肮脏的内衣，主人似乎连把它们叠好的意思也没有。

这儿好比是一块大石头接触地面的那一面。能够晒到阳光的一面是疗养院，干净整洁，可是你把它翻过来，便看到了它的另一面。

到处散发着粗烟丝的味道，床上撒着面包屑。波尔仿佛是带着食品上床的。迪格比久久注视着面包屑，一种无以名状的悲哀、忧虑和惶恐不安的感觉绊住了他，仿佛有什么事情使他的期望落了空，仿佛板球赛失败了，仿佛谁也不能去享受半天假期，仿佛他在长官办公室门口等了好久的那位姑娘一直没出现。他找不出任何东西来比喻这个地方。疗养院是某种隐藏在花园中的人为的东西。难道日常生活便是这个样子吗？他想起了一个草坪，想起了午后茶点，想起了一个会客室，里面挂着水彩画，摆着小桌子，放着一架没人弹的钢琴，弥漫着科隆香水的香味。难道这就是我们必定要过的成年人的真实生活吗？他原来也属于这个天地吗？他对这一切感到熟悉，这使他很忧郁。不久前他梦见了几年前的学校生活，但他记得从那时起似乎又过去了好多年。

最后，一种危险感使他想起了失去自由的可怜的斯通。医生和波尔可能很快就要回来，他的时间不多了。他尽管不相信他们会拿他怎么样，但仍然害怕会受到意想不到的惩罚。他的拖鞋声重新响起，他走进过道，登上黑暗的楼梯，来到一楼。这儿没有任何声响。嘀嘀嗒嗒的钟声传不到这儿。他从一间可能是配膳室的屋中走出，发现面前有几根生锈的铁丝，每根铁丝连着一个大铃铛，上面分别标着这些字样：书房，会客室，第一备用卧室，第二备用卧室，儿童白天休息室……铁丝由于长期没用，全部疲软地挂着，一只蜘蛛已在那个标着"餐厅"字样的铃铛上织了一个网。

他在花园里看到的那些紧闭的窗户位于二层，他怏怏地又往上爬了一层。他每向前走一步，就切断了自己的一条退路。但他已下定决心和斯通谈谈，哪怕是谈一句话也行。他一边沿着过道往前走，一边轻声喊道："斯通，斯通。"没人回答。那条裂了缝的旧亚麻地毯在他脚下嘎吱作响，有几次还差点把他绊倒。他重新产生了一种亲切感：仿佛这种小心翼翼的摸索探步，以及这条空寂无人的过道，比另一幢楼房里的舒适卧室更加适合他的身份。"斯通。"他喊道，"斯通。"他听见一个声音在回答："巴恩斯，是你吗，巴恩斯？"这个声音是从他身旁那扇门中传出来的，真叫人吃惊。

"嘘，"他说，然后把嘴唇凑近钥匙孔，"我不是巴恩斯，是迪格比。"

他听见斯通叹了口气。"当然，"那个声音说，"巴恩斯已经死了。我是在做梦……"

"你好吗，斯通？"

"刚才太可怕了，"斯通说，声音低得使迪格比很难听清，"太可怕了。我的意思不是说我不想吃东西……"

"走到门边来，让我听清楚点。"

斯通说："他们给我穿上了紧身衣。他们说我患了狂暴症。我不认为自己患了狂暴症。这是陷害……"他大概已经向门口靠近了，因为他的声音清楚多了。他说："老兄，我知道，我的神经有点不正常。我们都在这儿待着，是不是？但是我没发疯。他们搞错了。"

"你以前干了什么事？"

"我想找一间屋子，从屋里面向那个小岛开枪。你知道，几个月前他们就开始挖洞了。一天晚上，天黑后，我发现了他们。我不能不管。德国人不让那儿长草。所以我跑到这幢楼房里来，进了波尔的房间……"

"是吗？"

"我并不是要他们别挖洞。我只是想对他们说明，我在找什么。"

"让他们别挖？"

"医生正好在波尔的屋里。他们在暗中干着什么……"声音突然变了。听到这个中年人在锁着的门背后抽泣，真叫人心碎。

"他们在挖洞？"迪格比问，"你大概是在做梦……"

"那根管子……真可怕，老兄。我并不是真的不想吃。我只是怕中毒。"

"中毒？"

"暗害。"那个声音说，"你听着，巴恩斯……"

"我不是巴恩斯。"

又是一声长叹。"你当然不是。对不起，我的脑子糟糕透了。你要知道，我的神经有点不正常。也许他们是对的。"

"巴恩斯是什么人？"

"是个好人。他们在海滩上抓住了他，这不好，迪格比。我是疯子。从各方面来说，我都一天不如一天了。"

从远方某处发出的汽车声通过楼下一个打开的窗户传到了这儿，迪格比把嘴唇贴到门上说："我不能待在这儿了。斯通。听我说，你没有疯，只是头脑里有自己的想法而已。把你关在这儿是不对的。我要想办法让你出来。再忍耐一下。"

"你是个好人，迪格比。"

"他们也用病号楼威胁过我。"

"你？"斯通低声回答，"但你很健康。上帝呀，也许我的神经并非不正常。他们连你也要送到这儿来，肯定是陷害。"

"坚持下去。"

"我会坚持的，老兄。我以前缺乏自信。我以为他们也许是对的。"

汽车声消失了。

"你有亲戚吗？"

"一个也没有，"斯通说，"我曾经有过妻子，但她离开了我。她做得很对，老兄，很对。大家都在算计我。"

"我会让你出来的。我还不知道该怎么办，但我会让你出来的。"

"那个小岛，迪格比……你应该去看看，老兄。我在这里什么也干不了。但这没有什么了不起。不过，要是我有五十个好朋友的话……"

迪格比用温和的声调保证："我会去看那个小岛的。"

"我想，德国兵已经控制了那个小岛。他们不让那儿长草……但我有时脑子里有点乱，老兄。"

"现在我必须走了。你要坚持下去。"

"我会坚持的，老兄。即使出现更坏的情况也一样。但我希望你别走。"

"我会回来看你的。"

其实他一点也不知道该怎么办。一种强烈的同情心驱使他去干点事。为了把这个备受折磨的可怜虫解救出来，他甚至感到自己可以去杀人。他仿佛看见斯通少校走进了那个充满淤泥的池塘……见了少校那双碧蓝清澈的眼睛，那两撇硬而短的威武的小胡子，以及那个衣冠楚楚的身躯和那种一丝不苟的作风。这就是你在这里弄明白的一件事：一个人即使精神错乱了，也仍然保持着他的性格特征。任何一种疯狂症也不能减弱他那种需要对别人负责的军人气质。

经过一番观察后，他发现事情要比他料想的容易得多。医生大概已经驾车到远处去了。他平安无恙地走到那扇绿门前。门在他身后发出吱的一声，仿佛是斯通发出的苦苦哀求，希望他快回去。他快步穿过会客室，然后更加谨小慎微地上了楼，直到再次看见约翰斯那扇开着的门。约翰斯不在屋里。桌上的时钟只走了十二分钟，报纸摊在灯光下。他觉得自己仿佛在一个奇怪的世界里进行了一番探险，回到家时却发现这一切只是一场梦——他瞎逛了这么些天，日历却连一页也没掀过去。

3

他不怕约翰斯。他进了屋，抽出一张旧报纸。约翰斯把报纸理得整整齐齐，在某些文章上还做了记号。他大概产生了当侦探的热情。迪格比在报上看见，几个月前国内安全部长对丢失了一份文件的事情做了答复，所用的词句和最近的这次相同。其实文件从未丢失。是有关人员没仔细找。这份文件一直保管在某某人手中——约翰斯忘了这位可敬的先生的大名。面对这么一个声明，谁还能继续声称文件被拍了照片？这等于指控那位先生不是工作疏忽而是犯了通敌罪。也许把文件留在办公室里过夜的做法是个错误，可是那位大名鼎鼎的先生却亲自向部长保证说，文件连一秒都没有离开过他。他是把文件压在枕头底下睡觉的……《泰晤士报》暗示说，若能调查一下这一诽谤的起因，将是一件趣事。也许敌人试图掀起一场诽谤运动，以削弱我们对我国世袭领袖的信任？这份报纸出了两三期后，谁也不言语了。

这些几个月前的旧报纸有一种强大的吸引力。迪格比不得不慢慢地记住那些家喻户晓的大人物的名字。他几乎每翻一页，都会碰到几个从未听说过的大人物的名字。有时还会偶尔发现一个他过去认识的人——一个二十年前官居高位的人。他感到自己像沉睡了几乎四分之一个世纪之后回到社会中的里瑞普·凡·温克尔[1]。他熟悉的人几乎都是属于他的青年时代的。一些才华横溢的人在商会中变得默默无闻，当然也有成为大人物的情况：一个被认为头脑过分灵活、野心过大、不能委以重任的人却成了这个国家的领导人。迪格比最近回想起一件事，他听说有一次这个人被退役军人从法庭的公众席上轰了出来，因为他在谈到过去的一次战役时说了一句逆耳但符合事实的粗话。如今这个领导人已教会他的国家去接受这些令人不快的事实。

他翻了一页，无意中发现一张照片下面写着："警察局急于寻找阿瑟·罗，因为他涉及……"他对这类犯罪新闻不感兴趣。照片上的人看起来都十分相似，也许这正是新闻摄影师的诀窍。他需要知道的过去的事情太多了，因此他实在不想在研究犯罪分子方面——尤其是国内的犯罪分子方面——耗费精力。门响了一下，他转过身去。约翰斯犹豫不决地站在门口，眨巴了一下眼睛。"晚上好，约翰斯。"迪格比说。

"你在这儿干吗？"

---

1 美国作家华盛顿·欧文创作的同名短篇小说的主人公，他在打猎途中喝了仙酒，睡了一觉。醒后下山回家，才发现时间已过了整整二十年。——译者注

"看报纸。"迪格比说。"可是，医生对你说过……"

"这儿不是监狱，约翰斯，"迪格比说，"除了对斯通以外。这是一个很迷人的疗养院。我是特殊病人，只是一枚炸弹使我失去了记忆，别的都正常……"他发现约翰斯聚精会神地听着他讲话。"是这样吧？"他问。

"应当是这样，可不是嘛。"约翰斯说。

"所以我们应该保持自己的人格。我不想让自己昏昏沉沉的像睡觉一样，没有任何理由可以阻止我沿着过道走到你屋里来，聊聊天，看看报……"

"你是什么时候开始这么想的？"约翰斯说，"听起来倒也有道理。"

"医生却让你抱不同的看法，对不对？"

"老一套，病人应服从治疗……"

"要不就换医生。你要知道，我已经决定换医生了。"

"你要走？"约翰斯问。他的声音中包含着惧怕。

"是的。"

"请你别做任何莽撞的事，"约翰斯说，"医生是个了不起的人。他受过许多苦……这大概使他变得有点古怪。但你最好还是留在这儿，真的，你不能走。"

"我要走，约翰斯。"

"再待一个月吧，"约翰斯祈求道，"在那个姑娘来这儿之前，你一直表现得很好。再待一个月吧。我去找医生谈谈。他会重新让你看报的。也许他还会让她来看你。这件事交给我好了。我知道该怎么办。他很敏感，会生气的。"

"约翰斯，"迪格比轻声问道，"你为什么怕我走？"约翰斯的那副无框眼镜反射出的灯光在墙上闪烁不定。他失去了控制自己的能力，说道："我并不怕你走。我是怕……怕他不让你走。"他们俩听到了从十分遥远的地方传来的汽车引擎声。

"医生出了什么事？"约翰斯摇摇头，眼镜的反光又在墙上晃动起来。"事情不妙。"迪格比紧接着说，"可怜的斯通发现了几桩怪事，所以被送走了……"

"这是为他好，"约翰斯恳切地说，"福里斯特医生心里有数，他是个了不起的人，迪格比。"

"什么为他好，胡说八道。我去过病号楼，和他谈过话……"

"你到那儿去过了？"约翰斯说。

"难道你从来没去过？"

"那儿是不让去的。"约翰斯说。

"你难道总是不折不扣地按福里斯特医生说的去做吗？"

"他是一个了不起的医生，迪格比。你不了解，大脑是最精密的机器。只要有那么一点点失去平衡，那就全完了。你必须信任医生。"

"我不信任他。"

"你不应该这么说。你要知道，他的医术多么高明，他有多少事需要操心。他一直试图保护你，直到你真的完全康复……"

"斯通发现了几桩怪事，所以被送走。"

"不，不。"约翰斯伸出一只疲软的手，放在报纸上，如同一个从公文箱里搜集情报的令人讨厌的政客。"迪格比，要是你能知道这些就好了。人们妒忌他，误解他，伤透了他的心。他是了不起的，心地善良，为人很好……"

"关于这一点应该去问斯通。"

"要是你知道……"

一个瓮声瓮气的声音说："我想他会明白的。"这是福里斯特医生的声音。于是迪格比又一次感到自己有可能遭到莫名其妙的惩罚，他的心激烈地跳动起来。

约翰斯说："福里斯特医生，我没让他走……"

"很好，约翰斯，"福里斯特医生说，"你很忠诚，我知道。我喜欢忠诚。"他开始脱下在汽车里戴的那副手套，手套慢慢离开他修长的手指。"我记得康韦自杀后，你是如何站在我这一边的。我不会忘记一个朋友。你对迪格比说起过康韦自杀的事吗？"

"从来没有。"约翰斯表示否认。

"不过他应该知道，约翰斯。这是个恰当的例子。康韦也患有失忆症。你知道，生活对他来说变成了一个过于沉重的负担，丧失记忆是他的逃避办法。我试图使他恢复健康，加强他的抵抗力。这样，等他恢复记忆后，便能应付自己的十分困难的处境。可是我在康韦身上花的时间都白费了。约翰斯会告诉你，我对他有多么耐心，而他的固执简直叫人难以忍受。当然啰，我也是普通人，迪格比。有一天，我忍不住发了脾气。我很少发脾气，但有时也难免动怒。我把一切都对他讲了，可他当晚却寻了短见。你看，他的神经没来得及恢复正常。后来出现了许多麻烦，但是约翰斯始终站在我这边。他知道。要想当一名好的心理

196

学家，你有时就得分担病人的精神病：一个人不可能永远保持神经健全。同情心和其他的一些心理就是这么产生的。"

他说话时语调缓和，声音平静，像是正在讲授一个抽象论题，但他那外科医生的细长手指却已拿起一张报纸，把它撕成长条。

迪格比说："但是，我的情况不同，福里斯特医生。只是一枚炸弹摧毁了我的记忆力。我没病。"

"你真的相信是这样吗？"福里斯特医生说，"我想，你以为斯通的精神失常是由于炮火或脑震荡造成的吧？不是这么回事儿。是我们自己使自己精神错乱的。斯通失败了，可耻地失败了，于是他就用'别人算计他'来解释一切。但是，其实并不是别人的暗算使他的朋友巴恩斯……"

"你大概已经盘算好怎么向我介绍我的过去吧，福里斯特医生？"他想起了托尔斯泰的那本书中用橡皮擦去的铅笔道儿，想起那个不敢表明自己观点的人，这鼓起了他的勇气。他问道："那天斯通发现你的时候，你和波尔在那儿摸黑干什么？"他提起这件事，只是想进行一次大胆挑战。其实他相信，当时的那种场景只存在于斯通的受迫害狂的想象中，如同说岛上有敌人在挖洞一样。他没有料到，福里斯特医生的长篇演讲居然被他打断了。随之而来的是令人难以忍受的沉默。他压低嗓门吞吞吐吐地说："还有挖洞的事……"

那张苍老而高贵的脸注视着他，嘴巴微微张开，一滴汗珠顺着脸颊往下流。

约翰斯说："睡觉去吧，迪格比。我们明天早晨再谈吧。"

"我早就准备好去睡觉了。"迪格比说。他突然感到自己穿着拖地晨衣和无跟拖鞋的模样很可笑。他也很担心——仿佛一个人正持枪对着他的后背。

"等一等，"福里斯特医生说，"我还有话要告诉你。你要知道，你可以从康韦的路和斯通的路之间任选一条。病号楼里有的是地方……"

"你自己应该到那儿去，福里斯特医生。"

"你是个傻瓜……"福里斯特医生说，"一个坠入情网的傻瓜……我很注意观察自己的病人。我知道这一切。谈恋爱对你有什么好处呢？你甚至连自己的真实姓名都不知道。"他从一份报纸中撕下一页，递给迪格比，"拿着。这就是你。一个杀人犯。拿回去好好想想吧。"

这就是那张他刚才懒得去多想的照片。这件事真荒唐。

他说："这不是我。"

"那你就去照照镜子吧，"福里斯特医生说，"然后再回忆回忆。你有许多事情需要回忆。"

约翰斯低声劝道："医生，这样不合适……"

"是他要这样的，"福里斯特医生说，"跟康韦一模一样。"

约翰斯后来说了些什么，迪格比没听见。他沿着过道，朝自己的房间跑去，半路上踩到自己的晨衣带子，摔了一跤。他并不感到疼，只是站起来时有点头晕。他要了一面镜子。

在这个熟悉的房间里，一张瘦削的、胡子老长的脸注视着他。这儿还有一股花香。这是他曾经快活地生活过的地方。他怎么能够相信医生说的话呢？准是搞错了。他跟那张照片没有关系……开始时，他简直看不清那张照片。他的心怦怦乱跳，他的脑袋乱糟糟的。那张瘦削的、胡子老长的脸，那双忧郁的眼睛，以及那身破烂的衣服都渐渐变得清晰了，他想：这不是我。在他记忆中的二十年前的自己跟警察局要找的涉案者阿瑟·罗不是同一个人。福里斯特医生是随手撕下这张报纸的。二十年里他不会变成这个样子。他琢磨道：无论他们怎么说，站在这里的人才是我。我不会因为丧失了记忆而改变模样。这张照片里的人是配不上安娜·希尔夫的，他愤愤地想。突然间，他记起了安娜说的一句话："这是我的工作，阿瑟。"他几乎忘了这句曾使他迷惑不解的话。他用手盖住下巴，盖住胡子。那个长长的鹰钩鼻说明了一切。还有那双眼睛，此时确实是够忧郁的。他用手撑在梳妆台上，心里想：是的，我就是阿瑟·罗。他开始低声自言自语："但我不是康韦。我是不会自杀的。"

他是阿瑟·罗，但有一点不同。他回到了自己的青年时代，他需要从那时重新开始。他说："天快黑了，但我不是康韦，我已经逃避了很长一段时期，我的神经能够经受得住。"他并不只是感到害怕，他感到自己身上还有青年人固有的那种不屈不挠的勇气和骑士精神。他并没有老朽不堪，恶习缠身，以至于不能重新开始。他闭上眼睛，想起了波尔。一大堆稀奇古怪、乱七八糟的印象出现在他潜意识的门口，争先恐后地想涌出来。一本名叫《小公爵》的书，还有那不勒斯这个地名——不到那不勒斯，死不瞑目。接着又是波尔，坐在一个又小又黑又脏的房间里的一把椅子上吃蛋糕的波尔，还有福里斯特医生，向一个黑乎乎的、正在流血的东西俯下身去的福里斯特医生……记忆模糊了——一张女人的无限悲伤的脸闪现了一会儿，然后又像落进水中似的从眼前消失不见了。其他往事争着要走出潜意识的大门，如同胎儿想娩出母体。他的头很疼。他双手按在梳妆台上，把它紧紧抓住。他反复自言自语道："我必须站起来，我必须站起来。"仿佛保持站立姿势便是一种治病的良药。生活慢慢回来了，他感到恐怖，头晕得很厉害。

第三部

支离破碎的回忆

第一章 古罗马式的自杀

——古罗马式的自杀，

一件令人很不愉快的事。

——《小公爵》

1

罗跟着那个身穿蓝制服的男人走上石阶，沿着一条两边有门的走廊向前走去。一些房门开着，他发现这些房间都很小，形状和大小如同忏悔室。里面只有一张桌子和三把椅子，没有任何别的东西，那是三把直挺挺的硬椅。那个男人打开一扇门——他好像没有什么理由不去开其他的门——然后说道："在这里等着，先生。"这是清晨，铁窗框外面是灰色和阴冷的天空。最后几颗星星刚刚消失。罗坐了下来，双手夹在两膝中间，带着呆滞和疲惫的神情耐心等待着。他是个微不足道的人物，他没有成为探险家，他只是个罪犯。为了到这里来，他折腾得筋疲力尽。他已经记不清自己做了些什么，只记得在黑漆漆的乡间走了很久，一直来到火车站，当篱笆后面传出母牛的哞哞叫声和猫头鹰的哀鸣时，他浑身瑟瑟发抖，他在月台上踱来踱去，闻到了青草和蒸汽的味道。检票员问他要火车票，他拿不出来，也没钱买票。他知道自己的姓名，或者说他自以为知道自己的姓名，但他说不出自己的地址。检票员对他倒挺客气，大概看出他有病。检票员问他是否要投奔朋友，他回答说他没有朋友……"我要去见警察。"他说。检票员温和地责备他："你用不着跑到伦教去找警察，先生。"

在他无言以对的可怕的一瞬间，他想到他会像一个逃学的孩子那样被送回去。检票员说："你是福里斯特医生的病人，对吗，先生？如果你在下一站下车，他们会打电话叫车来接你。用不了三十分钟。""不对。""我估计你迷路了，先生。但你不必对福里斯特医生那样的绅士感到不放心。"他使出全身的力气说："我要到苏格兰场¹去。那儿的人要我去。你要是不让我去，后果由你负责。"

火车在下一站停了一会儿。站台小得可怜，候车室是黑漆漆的旷野上的一间小屋。他看见了约翰斯。他们一定到他屋里去过了。约翰斯发现屋内空无一人后立即驱车赶来。约翰斯一眼就看见了他，装出一副若无其事的样子走到车厢隔间的门口。卫兵在他后面来回走动。"你好，老兄，"约翰斯不安地说，"下车吧。我这儿有一辆小汽车，一会儿就能到家。"

"我不去。"

"医生很难过。他难过了一整天，发了脾气。你对他的话不必当真。"

"我不去。"

卫兵挨近了些，这表明如果需要用武力的话，他可以尽职。罗怒不可遏地说："你们还没有确诊我是疯子呢。你们不能把我

---

1 英国警察局所在地。——译者注

拉下火车。"卫兵走上前来,轻声地对约翰斯说:"这位先生没买票。"

"很好,"约翰斯惊讶地说,"这就没问题了。"他把身子向前一探,轻声说,"祝你好运,老兄。"火车开走了,它排山倒海般的蒸汽像屏幕似的遮住了小汽车、小屋和站在那里挥手的人。

现在,所有麻烦都过去了,剩下的事是对凶手进行审判。

罗一直坐在这里等着。天空阴郁,灰蒙蒙的一片。几辆出租车在鸣喇叭。一个穿双排扣马甲的矮胖男人漫不经心地推开门,看了他一眼说:"比尔在哪儿?"但他不等回答就走了。从池塘方向传来一艘小船发出的长长的哀鸣。有人吹着口哨从外面的过道里走过。他有一次听到了茶杯的叮当响声,闻到了远处传来的淡淡的血腥味。

那个矮胖男人又毫不在乎地走进房间。他长着一张过分大的圆脸,留着金色的小胡子,手里拿着一张罗先前填好的单子。"那么你就是罗先生了,"他严厉地说,"你总算来见我们了,我们很高兴。"他按了一下铃,一个穿制服的警察走了进来。他说:"比维斯在值班吗?叫他来。"

他坐下,两条肌肉发达的腿交叠着。他看着自己的指甲。它们被修剪得很好。他从各个角度打量着它们,似乎对左手大拇指的表面感到不安。他一句话也没说。显然,没有证人在场,他不愿讲话。不久,一个高个儿男人走进房间,他穿着一件制服,手拿一本笔记本和一支铅笔,坐在第二张椅子上。他长着一双很大的招风耳,脸上有一种怕难为情的奇怪神情,像是因为自己走错了地方而感到惴惴不安。他拿起笔，往本子上写字。你会发现，他的动作叫人看了难受。他还会觉得因为他了解案情而感到害怕。

"好了，"衣冠楚楚的矮胖子叹了口气，把手指塞到交叠着的两条腿中间保护起来。他说："罗先生，你是自愿到这里来招供的吗？"

罗说："我在报纸上看见了一张照片……"

"几个月来，我们一直请你到这儿来。"

"昨天晚上我才头一次听说。"

"你好像有点与世隔绝。"

"我住在一家疗养院里。你知道……"

他每次一开口，那支铅笔便在纸上沙沙地写起来，把他的杂乱无章的叙述整理成有条有理的、前后连贯的句子。

"什么疗养院？"

"福里斯特医生开的私人疗养院。"他还说出了那个火车站的名字。他不知道别的地名了。他解释道："那里好像遭到过一次空袭。"他摸了摸额头上的伤疤，"我丧失了记忆力，稀里糊涂地发现自己到了那儿。除了童年的事还稍微记得一点外，别的全忘了。他们告诉我说，我的名字叫理查德·迪格比。最初我连那张照片都没认出来。你看，这把胡子……"

"我希望，现在你的记忆力已经恢复了。"矮个子厉声问道，他的语气略带挖苦，只带一点点挖苦。

"我能记起一些事情来，但是不多。"

"这种失忆症用起来倒挺方便。"

"我正在尝试，"罗稍带愤怒地说，"把我所知道的一切都告诉你……英国法律规定，在你证明一个人有罪之前，得假设他是无罪的，对不对？我准备把我想得起来的有关那件凶杀案的所有情况都告诉你。不过，我不是凶手。"

这个胖子开始微笑。他抽出自己的双手，看了一眼指甲，然后又把双手插回两腿中间去。"这很有意思，罗先生，"他说，"你提到了凶杀，可我没有对你提起任何关于凶杀的事，另外，报纸上也没写着凶杀这个词……现在还没有这么提。"

"我不懂你的话。"

"我们办事要一丝不苟。你把他刚才的供述念一下，比维斯。"

比维斯照办。他的脸紧张得发红，像是一个个子长得过高的小学生在讲台前朗诵《申命记》[1]。"我，阿瑟·罗，自愿做出以下供述。昨晚，我看见了一张报纸上登了我的照片，才第一次知道警方要找我谈话。在过去的几个月中，我住在福里斯特医生开办的疗养院里，因为我在一次空袭中丧失了记忆力。我的记忆力尚未完全恢复，但我希望能把自己所知道的有关凶杀案的全部情况说出来……"

警官打断比维斯的朗读。他说："怎么样，记得准确吧？"

"我想是的。"

"以后会让你在上面签个字的。现在请把那个被害者的姓名告诉我们。"

---

1 《旧约全书》中的一卷。——译者注

"我记不起来了。"

"我明白了。那么，是谁告诉你我们要找你谈有关那件凶杀案的事情呢？"

"福里斯特医生。"他回答得这么快，使警官感到意外。连比维斯也着实犹豫了一阵后，才重新用铅笔在笔记本上做记录。"是福里斯特医生告诉你的？"

"对。"

"他是怎么知道的？"

"我猜他是从报纸上知道的。"

"我们从来没在报纸上提到过这件凶杀案。"罗疲惫不堪地把脑袋枕在手上。他的脑子又感到了联想的压力。他说："也许……"可怕的往事在他的脑海中翻腾，结晶，消融……

"我不知道。"他认为，警官的态度比刚才稍微缓和了点。警官说："用你自己的话把你记得的事告诉我们，按什么顺序都行。"

"我的话肯定没有次序。先说波尔吧。他是福里斯特医生的病号楼里的看护，狂暴型的患者都被送到那儿去，但我认为那些病人并非都是狂暴型的。我知道，我以前见过他，是在我失去记忆力以前。我记得有那么一间破旧的小房屋，里面挂着一张画，上面画的是那不勒斯湾。我好像就住在那儿——我不知道这是为什么。我是不会选中那种地方的。但我说的这些只是主观感觉而已，而不是事实。"

"没关系。"警官说。

"这正如你记得自己做过一个梦，但大部分内容却已经被遗忘了。我记得自己心情很沮丧，感到很恐怖，是的，有一种危险感，还尝到一种怪味。"

"什么东西的味道？"

"我们正在喝茶，他要我给他一样东西。"

"什么东西？"

"我记不起来了。我确实记起来的东西却很荒唐。一块蛋糕。"

"一块蛋糕？"

"一块真正用鸡蛋做成的蛋糕。接着发生了一件事……"他感到极度疲劳。太阳出来了。城里到处都是去上班的人。他觉得自己像是一个犯了弥天大罪的人，正看着别人去接受圣礼，而自己却被抛弃了，他要是知道他在干什么事就好了。

"你想喝杯茶吗？"

"是的。我有点累。"

"去弄点茶来，比维斯，再拿几块饼干——或者蛋糕。"

在比维斯回来以前，警官没有提别的问题。当罗伸手去拿蛋糕时，他却突然说："恐怕这块蛋糕不是用真正的鸡蛋做的！你的那块蛋糕准是家庭自制的。那种蛋糕你是买不到的。"

罗不假思索地答道："哦，不是买的，是赢来的……"他打住了，"真奇怪，我没想到……"茶使他感到有劲了。他说："你们对凶手不太坏嘛。"

警官说："继续回忆吧。"

"我记得有许多人在房间里围坐成一圈。灯灭了。我担心有谁会走到我背后来，捅我一刀或者把我勒死。一个声音在说话。那个声音简直糟透了，是一种绝望的痛苦。但我连一个字也记不得了。后来所有的灯都亮了，一个男人死了。我猜想，你们追问我干的事就是指这个。但我认为事实并非如此。"

"你能记得那个男人的脸吗？"

"我想能记得。"

"把案卷拿来，比维斯。"小房间里越来越热，警官的额头上渗出了汗珠，浸湿了他那金色的小胡子。他说："假如你愿意的话，你可以脱掉外套。"他把自己的外套脱掉，露出一件珠灰色的衬衣，银白色的臂环正好箍在袖口上。他看上去像是一个洋娃娃，仿佛这个洋娃娃身上的东西只有外套可以脱去。比维斯把一份硬纸壳封面的案卷放在桌子上。警官说："你把案卷翻一遍——一会儿就会发现里面还有几张零散的照片，你看能不能把那个被害者认出来。"

警方掌握的照片与护照上的照片相仿。智慧能使一张平常的脸孔带上某种特殊的情调，这是一架廉价照相机所无法拍下来的。有时，尽管面部线条、鼻子和嘴巴的形状照得逼真，谁看了都会承认，但我们还是争辩说："这不是我……"

案卷一页一页地翻过去，动作越来越机械。罗无法相信他是和这些人生活在一起。只有一次，他迟疑了片刻，他看到一张零散的照片以后，他的记忆中有什么东西被触动了。照片上那个男人的稀疏头发贴在后脑勺上，眯缝着的眼睛看向一旁，像是要避开摄影灯的强烈灯光。照片的左下角还有一支斜放着的铅笔。

"认识他吗？"侦探问。

"不。我怎么会认识他呢？他是商店的老板吗？我想了一下，但还是不认识他。"罗继续翻看案卷。有一次，他抬起头，发现警官已经把手从两腿下边抽出来了。看来警官已经对此失去了兴趣。剩下要翻的页数不多了。不久，一张脸意外地出现了：这个不知名者前额宽阔，身穿深色城市服装。随着这张照片的出现，一大群人物的脸孔冲出罗的潜意识的大门，熙熙攘攘地涌入他的记忆中。他说："就是他。"罗顿时头晕目眩，往椅子里一靠，觉得天地在他周围旋转……

"胡说八道。"警官声色俱厉地说，"你一直让我猜哑谜……真是一个好演员……别再浪费时间了……"

"他们用我的刀子干的。"

"别演戏了，"警官说，"这个男人没有被杀死，他跟你一样活得好好的。"

2

"他还活着？"

"当然，他还活着。我不知道你为什么偏偏挑中了他。"

"反正在那个案子里我不是凶手。"他的倦意完全消失了，他开始注意到外面的天气很好。"他的伤势很重吗？"

"你真的是说……"警官产生了怀疑，比维斯也不想做记录了。警官说："我不知道你说的是什么。这事发生在什么地方？什么时间？你认为你看见了什么？"

罗看着那张照片，支离破碎的片段回忆在他的脑中变得愈来愈清晰。他说："好极了。有一位太太，名叫……名叫贝莱。是在她家里。一次招魂术表演。"他蓦地看见一只沾满血污的纤纤细手。他说："这事为什么……福里斯特医生在场。他告诉我们说那个男人死了。他们派人去叫警察。"

"是同一个福里斯特医生吗？"

"正是他。"

"他们让你走了吗？"

"没有，是我自己逃走的。"

"有人帮你逃走吗？"

"有。"

"是谁？"

往事在脑中渐渐再现。卫兵已经离开了大门，现在好像没什么可怕的了。安娜的哥哥帮助了他。他看到了那个年轻人的兴奋的脸，感到自己的手指关节被敲了一下。他不愿意出卖那个年轻人。他说："我记不得了。"

矮胖子叹了口气。"这件事不应该由我们来办，比维斯。"他说，"咱们最好把他交给 59 号。"他给一个叫普伦蒂斯的人打了电话。"我们把他交还给你，"他抱怨道，"你们怎么老是把这种人交给我们呢？"说完，他和比维斯带着罗，穿过一个四周都是灰色高楼的宽敞院子。几辆有轨电车在泰晤士河河堤上驶过，鸽粪落在堆得到处都是的沙袋上，使周围带上了一种田园气息。他毫不在乎他们两个人把他夹在中间——显然是怕他逃跑。他仍然是自由人，他没有犯过杀人罪。他的记忆力正在逐渐恢复。他骤然说："他要的是那块蛋糕。"他笑起来了。

"把你的蛋糕留给普伦蒂斯吧，"矮个子没好气地说，"他是这儿的现实主义者。"

他们来到另一排楼房的一间屋子，这间屋子跟刚才那间几乎完全一样。一个身穿花呢西服、蓄着爱德华式八字胡的男人坐在室内，他仅仅坐了个椅子边，仿佛那张椅子是根顶端可以打开的手杖。"这位就是我们登报寻找的阿瑟·罗先生。很幸运，我们使他恢复了记忆。这是一种什么样的记忆啊！我们完全可以开个诊所了。让他说说科斯特被杀的情况吧，你一定会有兴趣听的。"

"有意思，"普伦蒂斯带着中年人惯有的那种彬彬有礼的口气说，"不是我的那个科斯特吧？"

"正是他。还有，他死的时候，一位名叫福里斯特的医生在旁边。"

"是我的那个福里斯特医生吗？"

"好像是。这位先生曾是他的病人。"

"我不坐了。你喜欢古怪的人。我不喜欢。我把比维斯留给你吧，你也许需要有个人做记录。"矮胖子朝门口转过身去说，"祝你做个好梦。"

"你真够朋友，格雷夫斯。"普伦蒂斯说。他向前欠了欠身，像是要拿出一瓶好酒。优质花呢的气味越过桌面飘过来。

"那个疗养院好不好？你愿意说说吗？"

"只要不跟医生吵架。"

"哈哈……那当然。还有呢？"

"你如果是狂暴型病人，那就有可能住进病号楼。"

"妙极了，"普伦蒂斯先生一面说，一面捋着他那两撇长长的八字胡，"我们深感敬佩……你没什么要抱怨的吗？"

　　"他们对我很好。"

　　"嗯，也许是这样。那里住的都是自愿入院的病人，要是有人提出控诉的话，我们就能有机会到那儿去看看了。我已经等了好久啦。"

　　"病人一旦进入病号楼，那就太晚了。如果你没疯，他们会很快把你弄疯。"罗在苦苦思索中一时忘记了斯通这个人。他想起了门后传出的那个疲倦的声音，感到非常内疚。他说："他们现在把一个人关进了病号楼，但那个人并不是狂暴型病人。"

　　"你和我们的福里斯特医生意见不一致吗？"

　　"那个人自称看见医生和波尔——波尔看护——在波尔的房间摸着黑做什么事情。那人告诉他们说，他正在寻找一扇可以当射孔用的窗户。"罗停了片刻，"他有一点疯，但并不厉害，不是狂暴型。"

　　"说下去。"普伦蒂斯先生说。

　　"他认为德国人占领了池塘中的一个小岛。他说他看见他们在挖战壕。"

　　"然后他就对医生说了？"

　　"是的。"罗恳求他说，"你不能把他弄出来吗？他们给他穿上了紧身衣，其实他不会伤害任何人……"

　　"这个，"普伦蒂斯先生说，"我们必须慎重考虑。"他用挤奶似的动作捋着胡子。"对这件事情我们必须进行全面考虑，是不是？"

"他会真的变疯的……"

"他真可怜。"普伦蒂斯先生用不能令人信服的口气说。他彬彬有礼的谈吐中带着一些冷酷无情。他把话题一转："那么波尔呢？"

"有一次他来到我屋里——我记不得这件事是多久以前发生的了——他向我要那块我赢来的蛋糕。但是发生了一次空袭。我有一个想法，觉得他想杀死我，因为我不愿意把那块蛋糕交给他。那是真正用鸡蛋做的蛋糕。你认为我也疯了吗？"他焦急地问。

普伦蒂斯先生若有所思地说："我不会那么说你。生活是很奇怪的，嗯，很奇怪。你应该多读点历史。你知道蚕是被人放在空心的手杖中偷运出中国的。谁也不能确切说出，钻石走私贩在什么地方做黑市交易。现在，我正在寻找——哦，极其迫切地寻找一样东西。它也许比一块钻石大不了多少。一块蛋糕……很好，不是吗？但他没有杀你。"

"我的记忆中有许多空白。"罗说。

"他是在什么地方找到你的？"

"我不记得了。在我的一生中，有许多年头的事我仍然记不起来。"

"我们很容易忘掉给我们造成痛苦的事情。"普伦蒂斯先生说。

"我真希望自己是个罪犯，那样的话，这儿就会有我的档案了。"

普伦蒂斯先生从容不迫地说："我们谈得很好，很好。现在，让我们回到凶杀案——科斯特的凶案上来。当然，他们制造这起假凶杀案的目的很可能是把你藏起来，使你不至于到我们这里来。但后来的情况如何呢？显然，你没有藏起来，但也没有来找我们。那么，你当时知道什么呢……或者，我们当时又知道些什么呢？"他把双手平放在桌子上说："这个问题真妙。人嘛，几乎可以用代数式来表示。请把你刚才对格雷夫斯讲的话统统告诉我。"

罗把他刚才记起来的事情又叙述了一遍：一个拥挤的房间，灯关掉了，一个声音在说话，一种恐惧感……

"格雷夫斯认为这些没意思，我敢这么说。"普伦蒂斯先生说，他抱住自己的瘦骨嶙峋的膝盖，轻轻摇晃着，"可怜的格雷夫斯，他只对铁路搬运工干出的桃色案件感兴趣。在我们这个部门里，每人都有他们自己古怪的兴趣。所以他不信任我们，确实不信任我们。"

他开始翻阅案卷，看样子就像用一种可笑的动作翻阅家庭相册。"你是研究人性的吗，罗先生？"

"我不知道我是干什么的。"

"比如说，这张脸……"

这就是那张罗先生看到它时犹豫了片刻的照片。他犹豫起来了。

"你认为这个人是从事什么职业的？"普伦蒂斯先生问。

这个人的上衣口袋里斜插着一支铅笔，是一件寒酸的上衣。他露出一副随时准备受挫的神态，眼镜周围布满了表示他有学问的皱纹。罗仔细观察了一阵这张照片后，他的疑团全部解开了。"他是一个私人侦探。"罗说。

"你算说对了。这个不知道名的小个子隐匿了他的那个字母不多的名字……"

罗微笑了:"我猜他叫琼斯。"

"你不要去想他叫什么,罗先生。你和他——就让咱们叫他琼斯吧——有某些相似之处。你们俩都不见了,但是你回来了,比维斯,那个雇用他的机构叫什么名字?"

"我不记得了,先生,我可以去查出来。"

"算了。我只记得一个叫克利福德的侦查处。但那个机构不叫这个名字。"

"是不是叫奥索太克斯?"罗问,"我曾经有一个朋友……"他停住了。

"罗先生,想起来了吧,是不是?是的,他的名字是叫琼斯,他确实是奥索太克斯侦查处的人,你怎么会到那里去的呢?即使你自己不记得,我们也能告诉你:因为你当时认为有人想杀了你——为了一块蛋糕。你在游园会错误地赢得了那块蛋糕,真是个误会!因为一位叫贝莱的太太把蛋糕的重量告诉了你。你去找到了贝莱太太的住处,是从自由母亲基金会(如果我所知道的这个稀奇古怪的名字没有错的话)打听到的。琼斯在后面跟着,主要是监视他们,也监视你。但是,你用某种办法把他甩掉了,罗先生。琼斯再也没有回来。当你第二天打电话给雷尼特先生的时候,你说警方因一件凶杀案要抓你。"

罗坐在那儿,他的一只手捂住了眼睛。是在回忆往事吗?是想把往事忘掉吗?与此同时,那个声音在继续仔细、准确地往下说：

"在那以后的二十四小时内，就我们所知，伦敦没有发生凶杀案，只有琼斯遭到了不测。你显然知道什么事，也许你什么都知道。我们在报纸上登启事要你来，但你没来。直到今天，你留着与以前显然不同的一脸胡子来到这里，说是你失去了记忆，但至少还记得你因凶杀案而受到指控。但是你挑出的那张照片上的男人我们确定还活着。对于这一切，罗先生，你有什么想法？"

罗说："我等着戴手铐。"他苦笑了一下。

"你不要责怪我们的朋友格雷夫斯。"普伦蒂斯先生说。

"生活果真像这样吗？"罗问。普伦蒂斯先生带着一种很感兴趣的神情向前探出身子。他仿佛随时准备放弃细节，以便保证整个说法站得住脚。他说："这就是生活。我想，人们会说生活就是这个样子。"

"我可不是这样去想象生活的，"罗接着说，"你看，我只是个初学者，刚刚开始生活，正在设法找到我的道路。我以前曾经认为生活要简单得多，堂皇得多。我想孩子们对于生活就是这么想的。小时候，我听说过斯科特船长写最后几封家信的故事，听说过奥茨跟暴风雪搏斗的故事。我现在忘记了是谁在做镭试验的时候失去了双手，但我记得达米恩一直和麻风病人打交道……"他在灰色的宽阔的苏格兰场这间闷热的小办公室里，回忆自己过去的生活。影影绰绰的往事变得清晰起来。追忆是令人欣慰的。"有一本书，名叫《黄金事迹书》，是一个叫永格

1 《黄金事迹书》（A Book of Golden Deeds）夏洛特·M.永格出版于1864年的小说。

的女人写的……还有《小公爵》……"他继续说，"如果你突然离开原来的天地，来干现在的工作，你会感到不知所措。什么琼斯，蛋糕，病号楼，可怜的斯通……还有那个名叫希特勒的人的胡言乱语……你们案卷中的那些令人讨厌的照片，那些残忍、荒谬的事件……这好比派一个人带着错误百出的地图踏上旅途。你要我做任何事情都行，我已经准备好了。但你要记住，我不知道我在走一条什么样的路。所有人都在慢慢变化，懂得了一些事情。这都是战争和憎恨造成的——真怪。我没料到这一点。我猜想，我的最好的结局是被绞死。"

"是的，"普伦蒂斯热切地说，"是的，这是一桩很有意思的案子。我可以向你说明一切。"他出乎意料地用了一句俚语，"这是个烂疮疤。但我们当然已经把它医好了。"

"我感到害怕的是，"罗说，"我不知道在我恢复记忆之前这件事是怎么办妥的。今天我到伦敦来的时候，没料到会有这么多的麻烦事。没有比这件事更奇怪的了。上帝才知道我自己是什么货色。也许我是杀人凶手吧？"

普伦蒂斯先生又把案卷打开，迅速地说："噢！我们不再认为你杀了琼斯。"他好像是在墙上发现了某种令人不悦的东西，马上离开了墙壁，边走边说："问题在于，是什么东西使你失去了记忆力。关于这一点，你知道吗？"

"我只知道我听说的那些。"

"你听说了什么？"

"我听说一枚炸弹爆炸了。于是我有了这个伤疤。"

"当时只有你一个人吗？"

在他还没来得及住嘴前，脱口而出道："不。"

"谁跟你在一起？"

"一个姑娘。"现在太晚了，他不得不把她牵涉进来，说到底，如果他不是凶手，那么姑娘的哥哥帮他逃走这件事又有什么关系呢？"她叫安娜·希尔夫。"名字虽平淡，但他心里觉得甜滋滋的。

"你为什么和她在一起？"

"我想我们在相爱。"

"你是这样想的吗？"

"我记不得了。"

"关于这件事情，她说些什么？"

"她说我救了她的命。"

"她是'自由母亲基金会'的人。"普伦蒂斯思索着，"她对你讲过你是怎么到福里斯特医生那儿去的吗？"

"别人不许她提这事。"

普伦蒂斯先生扬起一边的眉毛。

"他们要——他们是这样告诉我的——让我的记忆力自然地、慢慢地恢复。不用催眠法和精神分析法。"

普伦蒂斯先生对罗笑了笑，在椅子上微微摇晃着身子。你感到他仿佛是在一场进展顺利的设计赛的间隙让自己理所当然地休息一会儿。"对，不能那样，那样不行，如果你的记忆力恢复得太快的话……当然，随时有可能被送进病号楼。"

"你还是把前后经过都告诉我吧。"

普伦蒂斯先生捋着小胡子，他有亚瑟·贝尔福[1]的那种怡然自得的神态。你会觉得他自己也知道这点。他有自己的风度，他觉得这样的生活更轻松。他给自己选择了一种风度，犹如作家选用一种写作技巧。"你当时是'王室纹章'的常客吗？"

"那是一家旅馆吗？"

"你记得的事挺多嘛。"

"嗯，这很容易猜到。"

普伦蒂斯先生闭上眼睛。这也许是一种感情的流露，但又有哪个活人能不流露出自己的感情呢？

"你干吗要问'王室纹章'旅馆的事呢？"

"因为还有件事搞不清楚，"普伦蒂斯先生说，"我们的时间太少了。"

"干什么的时间？"

"到大海里捞针的时间。"

3

没有人会说普伦蒂斯先生神通广大。倒是会说，开枪射击这件事超出了他的能力范围。走出家门进汽车，走出汽车进办公室——这就是他在一天中走的最大距离，你不能指望他走得更远。然而，到了办公室后的几个小时里，他却显得十分神通广

---

1 亚瑟·贝尔福（Arthur Balfour，1848—1930），曾担任英国首相。

大，甚至让他持枪猛射也不在话下……

他刚才说出那句莫测高深的话，就像踩高跷一般僵硬地挪动着两条长腿，话音未落便走出了房间。只剩下罗一个人和比维斯待在一起。时间过得真慢。早晨的灿烂霞光所做的允诺是虚假的，窗外下起了不合时节的冷雨，灰蒙蒙的，如同一片尘土。过了好久，才有人给罗端来一盘吃的东西，几块凉馅饼，一杯茶。

比维斯不爱讲话，好像他的话会被用来作为证词似的。罗只有一次想打破沉默。他说："但愿我知道这件事情的前后经过。"他看着比维斯那个时张时合的嘴，一个牙齿很长、形状酷似捕兔笼的嘴。"这是官方秘密。"比维斯一边说，一边直愣愣地盯着眼前的那堵空墙。

突然，普伦蒂斯回来了。他迈着僵硬又蹒跚的步子走进房间，后面跟着一个穿黑衣服的男人。此人气喘吁吁，双手在胸前捧着一顶圆顶硬礼帽，像是端着一捧水。他进门站定，两眼盯住罗说："他是个坏蛋。我毫不怀疑。他蓄着胡子我也能把他认出来。乔装打扮没用。"

普伦蒂斯先生咯咯一笑。"好极了。"他说，"全对上号了。"

拿礼帽的人说："他拎着一只箱子进来，要把它留下。但我接到过指示。我对他说，他必须在屋里等待特拉佛斯先生。他不想等，他当然不想等，因为他知道箱子里装的是什么……后来准是出了个岔子。他没有等到特拉佛斯先生，但那个可怜的姑娘却几乎死于非命……等到那阵混乱过去以后，他不见了。"

224

"我不记得以前曾经见过他。"罗说。

那个男人激动地挥着礼帽。"我可以到任何法庭上去作证，就是他。"

比维斯目瞪口呆地看着这种情景。普伦蒂斯又咯咯地笑了。"没时间了，"他说，"没时间吵嘴了。你们俩以后会互相认识的。现在我需要你们俩。"

"你能否向我吐露一点？"罗恳求道。他想知道自己经历的一切，知道别人为什么指控他杀了人，以便从这个愈来愈乱的线团中理出头绪……

"先上车吧，"普伦蒂斯先生说，"上了出租车，我会解释的。"他朝门口走去。

"你不去控告他吗？"那个男人问。他上气不接下气地跟在后面。

普伦蒂斯先生头也不回地说："以后，以后，大概……"然后他又闪烁其词地问："控告谁？"

他们走出庭院，来到诺森伯兰德大街，广阔的路面是石子铺的。警察行了个礼。他们钻进一辆出租车，沿着千疮百孔的河堤驶出。保险公司大楼没有玻璃的窗户，钉着木板的窗户，陈列着一盘紫红色口香糖的糖果店的橱窗……——从他们眼前掠过。

普伦蒂斯先生低声说："我只要求你们两位先生举止要自然，咱们将到市中心的一家服装店去，我要在那儿做套衣服，需要去量尺寸。我先进去，几分钟后，罗进去，最后，戴维斯进去。"他伸出一只指头，用指尖碰碰放在那个陌生人膝上的圆礼帽。

"不过，先生，这一切是怎么回事？"戴维斯问。他慢慢挪动身子，使自己离开罗。普伦蒂斯先生缩着双腿，坐在他们对面的一个附加座位上。

"别担心。你睁着眼瞧吧，看看店里有没有你认识的人。"当出租车绕过丹麦圣克莱门教堂的断垣残壁时，他那诙谐的眼神消失了。他说："那个地方将被包围起来。你们别害怕……"

罗说："我不怕。我只想知道……"他的目光射向车外，看看这个遍体鳞伤、疮痍满目的伦敦。

"情况确实严重。"普伦蒂斯先生说，"我不知道严重到什么地步。但可以说，这件事关系到咱们大家。"说完这句发自肺腑的话之后，他颤抖了一下，然后笑了一声。他疑惑地捋着他那把末端像丝一般柔软的胡须，略带忧伤地说："你们知道，总有一些短处需要掩盖起来。敦刻尔克战役以后，假如德国人知道英国的短处……英国还有不少短处，倘若他们知道真实情况……"

圣保罗教堂的废墟展现在眼前，这座天主教堂跟庞贝一样，已经成了断垣残壁。普伦蒂斯先生说："这没什么，没什么。"他慢慢说下去，"我说过那儿没危险，也许我说错了，如果我们的路子对头，那当然就会有危险，是不是？他们认为，嗯，值得为这事付出一千条性命的代价。"

"如果我有点什么用处就好了，"罗说，"对我来说，这件事太稀奇了，我以前没想到战争是这样子。"他看着凄惨的废墟。当基督郁郁而泣时，耶路撒冷想必也是这种样子……

"我也不怕。"那个拿礼帽的人用自卫性的尖厉语调说。

"我们正在找一小卷胶卷。"普伦蒂斯先生说，他用手抱住瘦骨嶙峋的膝盖，身体随着汽车的颠簸而抖动。"它大概比线团的木芯要小很多，比你们放在莱卡相机里的胶卷要小。尼恩一定已经在报上看到，有人在议会里就某些文件失踪了一小时提出质问。这个问题被当众搁置了起来。这就使任何人也不能去损害一个大人物的信誉了。这样，公众和报刊也不至于把我们的线索搅乱。我之所以把这件事告诉你们两位，只是因为——嗯，如果消息泄露出去，我们可以随时把你们投进监狱。这件事发生了两次：第一次，胶卷藏在了一块蛋糕里，应该由某人从游园会上取走。但是，你赢得了这块蛋糕。"普伦蒂斯先生对罗点了一下头，"暗号送错了人。"

"是贝莱太太搞错了吗？"罗说。

"现在她已受到监视，"他一边挥动那双看上去不中用的瘦手，做出一些模棱两可的手势，一边继续说下去，"那次尝试失败了。一颗炸弹击中了你的住处，毁掉了蛋糕盒所有的东西。大概是这颗炸弹救了你的命。但他们不喜欢你想把事情弄个水落石出的做法。他们企图恐吓你，逼你藏起来。可是由于某种原因，那样做还不够。当然，他们本想把你干掉，但后来发现你已丧失记忆，这就行了。这比杀死你好，因为你曾经藏了一段时间，他们可以说你是畏罪潜逃，因此可以把那颗炸弹爆炸的事和琼斯的死统统推到你身上。"

"但是，那姑娘又是怎么回事情呢？"

"咱们先不考虑这里面有什么神秘之处，"普伦蒂斯先生说，"也许因为她哥哥帮过你的忙。他们不免会受到报复。只不过现在还没时间顾得上这一切罢了。"他们来到了公寓大楼。

"我们知道的就是这些——他们必须等待下一次机会的到来。另一个大名鼎鼎的人物，另一个笨蛋。在这一点上，他跟第一个笨蛋一样——他到同一个裁缝那儿去过。"出租车停在一条市区街道的拐角处。

"我们从这里步行到那儿去。"普伦蒂斯先生说。他们下车时，马路对面的一个男人开始沿街走去。

"你带手枪了吗？"戴圆礼帽的男人紧张地问。

"我不知道怎么使用，"普伦蒂斯先生说，"假如出了那样的乱子，你们就卧倒。"

"你没有权利把我卷进这种事。"

普伦蒂斯先生猛地转过身来。"哦，是的，"他说，"非常正确。在现在这种时候，人们连自己的生存权利也没有。老兄，你是受命于国家的。"他们三人站在人行道上。银行里的通信员头戴大礼帽，手捧着上了锁链的盒子，在他们面前走过。快要迟到的速记员和职员午饭后匆匆赶去上班。这儿看不见废墟，仿佛是太平盛世。普伦蒂斯先生说："要是那些照片弄出国，将会有许多人自杀……至少法国已经发生了那种情况。"

"你怎么知道照片还没有弄出国呢？"罗问。

"我们不知道。我们只是抱有这种希望，如此而已。我们很快就会知道最坏的消息，"他说，"你们看着我进去，让我和咱们需要的那个人在试衣室里待五分钟。然后，罗，你进去找我。我会让他站在我能看得见他的地方——在所有的镜子里看见他。接着，戴维斯，你数到一百下，然后也进去。你将看到一

228

件最巧的巧合。你是最后一招。"

他们看着这个穿着旧式服装的人直挺着身子沿街走去。他确实是应该到市中心的裁缝店里去做衣服的人——这个裁缝办事可靠,索价不高。他应该把这个裁缝推荐给他儿子。走了大约五十码后,他进入店里。一个男人站在旁边的一个角落里,点燃一支烟。一辆汽车靠到隔壁门口停下,一个妇女下车买东西,一个男子站在汽车旁边。

罗说:"我该走了。"他心跳得很厉害。他参加这次冒险活动,好像并不害怕,而像小孩似的觉得新奇。他用怀疑的目光打量着戴维斯:那人站在那里,脸颊神经质地抽搐着。罗说:"数到一百,你就跟着进来。"戴维斯一声不吭。"你明白了吗?数到一百。"

"哼!"戴维斯怒气冲冲地说,"这是在演戏。我与此无关。"

"这是他的命令。"

"他是老几?居然向我发号施令!"

罗不能停住脚步跟他争辩:时间到了。

战争对于裁缝业的打击很重。柜台上放着几匹劣等灰布,架子上空空如也。一个身穿礼服大衣、神情疲惫忧虑、满脸皱纹的男人说:"先生,我们能为你做些什么?"

"我到这儿来,"罗说,"是为了找一个朋友。"他朝那条狭窄的过道看了一眼。两边是装着镜子的小试衣间。"我想,现在正给他量尺寸。"

"先生,你请坐,好吗?"他说。"福特先生,"他接着喊道，"福特先生。"科斯特从一间试衣间里走了出来，脖子上挂着一条皮尺，翻领上别着一小串别针。他身体结实，一副大都市里的人的派头。那天晚上，当电灯重新亮起时，罗看见他已经死在椅子上了。这正像一块玩具拼板咔嗒一声放对了地方，本来令人不解的图案马上有了意思。罗一看到这个举止沉稳的人，便想起了一个从韦尔文来的人，即那位诗人以及安娜的哥哥。贝莱太太叫他什么来着？罗记得她是用几个字称呼他的——"我们的办事员"。

罗站起来，好像对方是个大人物，必须循规蹈矩地向他致意。但这位举止沉稳、叫人肃然起敬的人似乎没有认出罗。"什么事？布里奇斯先生。"这是罗第一次听到他开口说话，他以前干的一切都是为了装死。

"这位先生来见另一位先生。"

他的目光慢慢移到罗身上停住。那双灰色的、沉静的大眼睛没有露出认识罗的迹象。难道有必要使那双眼睛久久地隐藏在这片灰色的阴影中吗？"我快要量完那位先生的尺寸了，如果不介意的话，请等两分钟……"两分钟，罗想，到那时另一个人就回来收拾你。

福特先生——现在就算他叫这个名字吧——慢吞吞地走向柜台。你觉得他做的每件事情都是经过深思熟虑的。他的服装剪裁得很得体，他的动作极有分寸，没有任何古怪之处，也没有叫人捉摸不定的地方。但是，在他的外表下却隐藏着一些古怪得出奇的地方。当初罗亲眼看见福里斯特医生用手指去摸那种看起来像血的东西。

柜台上放着一部电话。福特先生拿起话筒拨号。号码盘对着罗。罗仔细看着他的手指去拨哪个字母。他拨的是B、A、T，三个字母。罗觉得自己看清了。但是后来他漏看了最后一个数字。当福特先生再拨那个数字时，罗突然颤抖起来，因为他看见福特先生正用一种平静和意味深长的目光盯着他。他对自己没有信心了。他希望普伦蒂斯先生快来。

"喂，喂，"福特先生说，"这里是波林和克罗斯韦特服装店。"

一个头戴圆礼帽的男人拖着不情愿的脚步沿着橱窗朝门口走来。罗放在膝上的双手握得紧紧的，忧心忡忡的布里奇斯先生背对着他们，把一匹匹布弄整齐。他那双手软绵绵的，像是在对《裁缝和剪裁师》这本书提出尖锐批评。

"衣服今天上午送去了，先生，"福特先生说，"我相信它没有耽误你的行期。"他在电话里用平静和无动于衷的声调表示他的满意心情。

"非常感谢你，先生。我本人对最后一次试衣感到十分满意。"福特先生把眼光移到叮当作响的门上，戴维斯正傻里傻气地朝店里看。"哦，是的，先生。我想你穿过一次后，衣肩就会合适了……"普伦蒂斯先生精心策划的计谋全部失败了，那个人一直保持冷静。

"特拉佛斯先生。"戴维斯惊叫了一声。

福特先生小心用手捂住话筒说："对不起，先生，你说什么？"

"你是特拉佛斯先生。"这时，戴维斯看到对方的目光既清澈又平静。他有气无力地又说了一句："对不对？"

"不对，先生。"

"我认为……"

"布里奇斯先生，你来量下这位先生的尺寸？"

"好的，福特先生。"

福特先生的那只手放开话筒，他平静、坚定、命令般地对电话继续说："不，先生。最后我发现我们不能再试那条裤子了。这不是因为服装配给票的问题，不是的。我们不能再次从厂方拿到那种式样的裤子了，一条也没有了。"他的视线再次和罗相遇，他打量着罗，就像一只盲人的手轻轻抚摸着罗的脸。"先生，就我本人而言，我没希望了，一点希望也没有了。"他放下话筒，顺着柜台走了几步。"你来接待他们一会儿吧，布里奇斯先生……"他拿起一把裁缝剪刀。

"好的，福特先生。"

他没有再说什么，从罗面前经过时也没有再看他一眼。他慢条斯理地沿着过道往前走，脸上露出庄重、老练的神色，但步子十分沉重。罗迅速站起来，认为应该采取某种行动，说句话，这样整个计划才不至于以失败告终。"科斯特，科斯特。"罗对着那个人的背影喊道。只是在此时，罗才感到那个手拿剪刀的人冷静和自信得出奇，他还发现那人打量他的脸孔时用的是一种异样的目光……当这个给顾客试样的裁缝拐弯走进一间试衣间时，罗高喊了一声"普伦蒂斯"以示警告。

但普伦蒂斯先生并没有从那间试衣间里出来。他穿着胸口敞开的丝绸衬衫，出乎意料地从过道的另一端走来。"什么事？"他问。但罗已经走到那间试衣间门口，硬要进去。他回过头，看见了布里奇斯先生的那张吃惊的脸和戴维斯的那双瞪得大大的眼睛。"快，"他说，"你的帽子。"他抓过那顶硬顶圆礼帽，用它打穿了门上的玻璃。

罗透过门上的碎玻璃看见了科斯特兼特拉佛斯兼福特。他坐在顾客坐的扶手椅子里，面对着三面大镜子，身体向前微倾。他的喉咙已经被那把紧紧夹在他的膝盖中间的裁缝剪刀戳破。这是古罗马式的自杀。

罗想：这一次我确实杀死了他。他的耳边仿佛重新响起了那个平静的、令人肃然起敬的、命令般的声音——那个声音对着电话说："就我本人而言，我没希望了，一点希望也没有了。"

第二章 斩尽杀绝

你们最好还是投降吧。

——《小公爵》

1

贝莱太太失去了往日的尊严。

普伦蒂斯先生和罗乘车直奔坎普登山，让戴维斯连同他那顶弄坏的圆礼帽留在店里。普伦蒂斯先生感到忧虑和沮丧。"事情不妙。"他说，"我们要的是会说话的活人。"

罗说："我当时感到很吃惊，真想不到一个裁缝会有这样的勇气……只是童话里那个杀死巨人的裁缝才能和他相提并论。我想，你会说这个人算得上是个巨人。我不知道这是什么道理。"

他们在风雨中驱车穿过公园时，普伦蒂斯先生突然高声说："怜悯是一种可怕的感情。人们所怀的爱情是一种激情，而怜悯则是所有激情中最坏的一种。它和性欲不一样，不会随着我们的死亡而消失。"

"这毕竟是在打仗。"罗带着某种兴奋的语气说。对他来说，虚情假意的陈词滥调如同一块普通的硫化矿石，在一个小孩子的手中裂开了，露出闪闪发光的岩心。他正在参加……

普伦蒂斯先生怀着好奇心奇怪地看着他。"你难道没有怜悯心吗？青少年不会产生怜悯心。怜悯是一种成年人的感情。"

"我觉得，"罗说，"我以前的生活是淡泊、单调、乏味的。因此现在这一切都使我兴奋。现在，由于我知道我不是凶手了，我可以去享受……"他没有再说下去，因为看到了他依稀记得的那幢梦境般的房子：小小的花园里杂草丛生，灰色的雕像已经剥落，小铁门吱吱作响，窗帘全都放了下来，好像死了什么人。门敞开着。家具上还留着拍卖标签。"我们同事也逮捕了她。"普伦蒂斯先生说。

此地一片寂然。一个穿深色衣服的男人站在门厅里，他一定是参与了这次逮捕的人。他给普伦蒂斯先生打开一间屋子的门，他们走了进去。不是罗隐约记得的那间客厅，而是一间摆满劣质椅子的小餐室，里面还有一张大得过分的餐桌和一张书桌。贝莱太太坐在餐桌那端的一把扶手椅里，绷着一张灰白色的脸，戴着一顶黑色的无檐帽。那个男人站在门口说："她什么也不说。"

"你好，夫人。"普伦蒂斯先生用一种献殷勤似的怡然自得的口气向她打招呼。

贝莱太太一言不发。

"我给你带来了一位客人，夫人。"普伦蒂斯先生说，他向旁边靠了靠，让她能看见罗。

当你发现自己给别人造成了恐怖时，你会感到焦虑不安。无疑，有些人对这种别开生面的经历感到心碎。但罗却觉得很可怕，好像他突然发现自己会忍心去干一件凶残的事情。贝莱太太开始气喘了，她坐在餐桌的首席，露出一副古怪的神情，仿佛在一个嘉宾满座的宴会上咽下了一根鱼刺。她肯定是在极力控制自己，这个突如其来的打击使她的喉部肌肉绷得紧紧的。

只有普伦蒂斯先生还能在这种气氛下应付自如。他绕过餐桌，高高兴兴地拍了一下她的背。"你喘不过气来啦，夫人。"他说，"你憋得慌。你会好起来的。"

"我从来没见过这个人，"她呻吟道，"从来没有。"

"怎么回事？你还给他算过命哩，"普伦蒂斯先生说，"不记得了吗？"

她那双老年人的充血的眼睛里，闪过一线绝望的希望之光。她说："如果你们这么大惊小怪，只是为了算命那件小事……我算命是为了慈善事业。"

"当然，我们明白这点。"普伦蒂斯说。

"还有，我从来不算将来的事。"

"啊，要是我们能知道将来是什么样子……"

"我只算一个人的性格。"

"还有蛋糕的重量。"普伦蒂斯先生说。希望突然全部破灭。现在再要保持沉默已经太晚了。

"还有你们那个小小的招魂术表演。"普伦蒂斯先生继续欢快地说，就好像他们俩是在开玩笑。

"那是为了科学。"贝莱太太说。

"你们那一小伙人还聚会吗？"

"每星期三。"

"缺席的人多吗？"

"他们都是私人朋友。"贝莱太太含糊其词地说。好像又转到安全的话题上去了，她举起一只抹了香粉的胖手，整了整帽子。

"科斯特先生现在……很难再来参加了。"

贝莱太太谨慎地说："当然，我现在认出这位先生来了。我被他的胡子搞糊涂了。那是科斯特先生开的一个愚蠢的玩笑。我对此一无所知。我离开他们很远，很远。"

"很远？"

"我已经到了死后升天的人那儿。"

"噢，是的，是的。科斯特先生不会再开这种玩笑了。"

"他开那个玩笑，用意是善良的，我相信这一点。也许他对那两个陌生人不满……我们这个小团体是非常内向的。而科斯特先生从来就不是一个真正的信徒。"

"但愿他现在是一个真正的信徒了。"看来，此时此刻，普伦蒂斯先生并不担心自己缺乏那种被他称之为激情的怜悯心。他说："贝莱太太，你大概想和他取得联系，问问他为什么要在今天上午割断自己的喉咙吧。"

贝莱太太瞪大了眼睛，陷入了难堪的沉默中。电话铃打破了沉默。书桌上的电话不停地响着，挤在这间小屋里的人很多，但谁也没有赶快去接电话。往事一幕幕跃入眼际，犹如一个失眠者的纷乱思绪……这样的情形以前也有过。

"等一等，"普伦蒂斯先生说，"你去接电话吧，夫人。"

她重复了一遍："割断自己的喉咙……"

"这是他唯一能做的事，如果他活着的话，就会被绞死。"

电话铃响个不停，好像远处有个什么人打定主意要弄清楚，为什么这间房间里的人不接电话。

"你去接电话吧，夫人。"普伦蒂斯先生又说了一句。

贝莱太太的素质和那个裁缝不一样。她顺从了，费劲地站起来，嘟嘟囔囔地走到电话跟前。她在书桌和墙壁之间伫立了片刻，帽子滑向一边，遮住了一只眼睛。她说："喂，你是谁？"

房间里的三个男人都屏息静气地站着，一动也不动。突然，贝莱太太好像恢复过来了。她好像感到了自己的力量——此时此刻她是唯一能说话的人。她转过脸，嘴巴凑近话筒说："是福里斯特医生。我该对他说什么？"她用充满恶意和机警的目光看着他们。她装模作样的本事不到家，反倒暴露了她的笨拙。普伦蒂斯先生夺过她手里的话筒，把电话挂断。他说："这帮不了你的忙。"

她气呼呼地说："我只不过问问你们……"

普伦蒂斯先生说："从苏格兰场叫一辆快速汽车来。上帝才知道，这里的警察在干些什么！这个时候他们应该到这所房子来了。"他告诉另外一个人说："看住这位太太，别让她割断喉咙。她对我们还有别的用处。"

他像一阵旋风似的走遍了这所房子的每个角落，搜索了每个房间，走到哪里就破坏到哪里。他脸色发白，怒气冲冲。他对罗说："我为你的朋友担心。他叫什么名字？是叫斯通吗？"他又说："这条老母狗。"这话出自一位具有爱德华七世时代风度的人之口，真叫人不可思议。贝莱太太的卧室里有许多瓶面霜，全部被他用指头搅过。他用怀着恶意的愉快心情，亲手把她的枕头撕开。床头柜上放着一本小开本的淫书，名叫《东方之爱》，书旁有一盏罩着桃红色灯罩的台灯。他撕掉书的封面，打碎陶瓷灯座。他在听到一辆小汽车的喇叭声后才停止破坏。他对罗说："我要你跟我在一起，为了辨明他们的身份。"他一步三级下了楼。贝莱太太在客厅里哭泣。一名警察给她沏了一杯茶。

"不要胡来。"普伦蒂斯先生说。他好像决心给他心软的助手们做出一个干事彻底的榜样。"她没事。如果她不说，你们就把这所房子里里外外搜个遍。"他仿佛已经被仇恨，或许还被绝望控制住了。贝莱太太刚要喝那杯茶，他一把夺过杯子，把茶水泼在地板上。贝莱太太冲他嚷道："你没权利……"

他厉声说："太太，这是你最好的茶具吗？"他看着那只华丽而俗气的普鲁士蓝茶杯，稍微停顿了一下。

"把它放下。"贝莱太太恳求道，可是他已经把茶杯对准墙上砸去。他对那个警察解释道："茶杯柄中间是空的。咱们不知道那些胶卷到底小到什么程度。你们要彻底搜查。"

"你会为这些事吃苦头的。"贝莱太太嘟嚷道。

"哦，不，夫人，吃苦头的将是你。给敌人送情报是要上绞刑架的。"

"对妇女不用绞刑。在这场战争中，不绞死妇女。"

"夫人，也许——"普伦蒂斯在过道里回过头对她说，"我们绞死的人比报纸上告诉你的要多。"

2

　　路途漫长，气氛抑郁。失败感和担忧使普伦蒂斯先生的心情十分沉重。他蜷缩在小汽车的一角，忧郁地哼着曲子。他们驶过肮脏不堪的伦敦市边缘地带前，夜幕就降临了，他们到达村镇的第一道篱笆前，天就已全黑。回头看，只能看见一片被灯光照亮的天空，一道道明亮的光柱犹如街巷，一块块耀眼的光斑恍若广场，仿佛天上是有人居住的世界，而地上只是一片没有人间烟火的黑暗莽原。

　　路途漫长，气氛抑郁。一路上，罗由于同伴的缘故，克制了自己的激动心情。危险和行动使他陶醉。他向往多年的生活正是这个样子。他正在一场大搏斗中发挥作用。当他再次见到安娜时，就可以对她说，他在反对她的敌人的斗争中出了一臂之力。他并不为斯通感到十分担心。他年幼时读过的惊险小说中，没有一本书的结尾是令人难过的，也没有一本书会怜悯失败的一方。书中描写的破坏性场面只不过是为英雄人物的个人历险提供的背景材料，他们的真实性并不大于一本宣传画册中的照片，一幢遭到破坏的楼房，三楼一间屋中有一张破破烂烂的铁架床，说明文字是"这种房间不行"，而不是"我们再也不在这个房间里和这幢楼房里睡觉了"。他忘却了受过的苦，所以他不理解受苦是怎么一回事。

　　罗说："那儿毕竟还没有出事。当地的警察……"

普伦蒂斯先生忧伤地指出："英国是个非常美丽的国家，有诺曼底式的教堂，古老的墓地，绿色的村庄，小旅店，精致的小花园和住宅。英国的卷心菜每年获奖……"

"可是这个地方的警察……"

"这儿的警察局长二十年前在印度陆军中服役，是个好样的。他在品尝葡萄酒方面是个行家，说起他那个团里的事来口若悬河。你可以指望他为慈善事业捐一笔钱。警长嘛……是个好人，但在市警察局干了几年后被辞退了，连退休金也没有。后来他碰上了一个机会，赶紧来到这个镇里。你要知道，他为人正直，尽管赛马赌博商向他行贿，他却没有为了晚年生活而接受贿赂。当然，在一个小城镇里，警察没有多大必要老监视着别人。无非是有人醉后乱跑一气，或者是小偷有几桩小偷小摸事件。巡回法官赞赏这个城镇没有发生大案件。"

"你了解这些人吗？"

"我不了解这些人。但是，如果你了解英国，你就可以猜出一切。后来，突然有那么一些机敏的、反常的、肆无忌惮的、野心勃勃的、受过教育的罪犯来到这个太平的地方——即使在战时，这儿也是风平浪静。不久，全镇都知道有个人犯了罪，但这儿的人仍然认为他根本不是罪犯，他既没偷东西，也不酗酒嘛。即使他杀了人，这儿的人也不会相信，因为这儿已经五十年没有发生凶杀案了。"

"你打算到这儿寻找什么东西？"罗问。

"只寻找一件咱们急于找到的东西：一小卷胶卷。"

"他们可能已经翻拍了许多份了。"

"有这种可能。但他们没有太多的渠道把胶卷送出国。咱们要找到想把胶卷偷运出去的人……以及这件事情的组织者。至于其他,那就没有关系了。"

"你认为福里斯特医生……"

"福里斯特医生。"普伦蒂斯先生说,"是个牺牲品……噢,他无疑是个危险的牺牲品,但他不是让别人当牺牲品的人呢。他是被利用、受胁迫的。当然,这并不等于说他不是递送文件的人。如果他真是传递秘密文件的人,那咱们就幸运了。他跑不了……除非当地警察……"失败者的懊丧表情又出现在他脸上。

"他可能会溜掉。"

"没有那么容易,"普伦蒂斯先生说,"这些人中,逍遥法外的并不多。你记住,现在要出国,必须有一个很好的借口。只要当地警察……"

"这件事真有这么重要吗?"

普伦蒂斯先生忧郁地说:"战争开始以来,我们已经犯了这么多错误,而他们犯的错误却很少。也许这是我们犯下的最后一个错误。为了信任一个像邓伍迪那样掌握一切秘密的人……"

"邓伍迪?"

"我不应该把这件事情说出来,但忍不住啦。你听说过这个名字吗?他们要把这件事掩盖起来,因为他是一个有身份的老头子的儿子。"

"没有,我从来没有听说过他的事……我想,我从来没听说过他的事。"

一只猫头鹰在一片黑暗的平地上空尖叫。平地安着电灯，微弱的灯光刚刚能够照到近处的篱笆。往前不远，灯光消失在茫茫夜色中。这种灯光仿佛是描在地图上尚未勘测部分周围的彩色边线。

再过去一点，在一个不知名的角落中，一位妇女正在分娩，老鼠围着粮食口袋乱窜，一个老人奄奄一息，两个人在灯下初次见面。黑暗中的每件事都是十分重要的，他们的奔波无法与之相提并论。气势汹汹的无用追踪，每小时四十五英里的高速驱车疾驶——一般人的自然天性几乎无法忍受。罗渴望回到原先那个世界里去，回到那个由家庭、子女和恬静的爱情构成的世界。那儿可以和邻居共同分担不可名状的恐惧和忧虑。他想到了安娜，暗自向她保证：当他突然不想再体验这种难得的经历时，他对她的思念将像情窦初开时一样强烈。

"如果咱们在这儿一无所获，"普伦蒂斯先生说，"咱们的处境就会变得很糟糕。"他那个由于绝望而略显佝偻的身躯表明他已心灰意懒，甘愿就此罢休了。

一个人在远处上下挥动手电筒。"他们在搞什么名堂？"普伦蒂斯先生说，"大肆张扬……他们不相信外地人没有指南针能找到通过他们这个城镇的路。"

他们顺着一堵高墙缓缓行驶，最后在一所大门上刻着纹章的房子前面停下。这个地方使罗感到陌生，这儿的某些东西他以前只是从屋里向外看过，现在他在室外一看，完全变了样。例如，这棵尖梢指向天空的雪松，就跟从前看见的样子大不相同，那时树干上有一片阴影。一个警察站在车旁边说："先生，贵姓？"

普伦蒂斯先生出示了名片。"情况——都好吗？"

"不完全是这样，先生。你在里面会见到警长的。"

他们离开汽车，穿过大门走到里面。他们这一群人行动诡秘，满腹狐疑。他们没有摆出长官的架势，由于长途行车，他们动作呆滞，精神不振。他们看样子就像是一群受尊敬的观光者，由管家做向导，参观一户人家的私人别墅。那个警察不停地说："请走这边，先生。"他一直用小手电筒表示方向，其实这儿只有一条路。

以这种方式重返旧地，罗觉得很奇怪。偌大的一所房子悄然无声，喷泉也沉默了。准是有人关上了调节水流的龙头。只有两个房间亮着灯。这就是罗在出奇的平静中舒舒服服地躺了几个月的地方。由于一颗炸弹的奇特作用，他在这里的经历居然和他童年时代衔接起来了。他能想起来的生活有一半是在这里度过的。现在他像一个敌人一样回来了，他感到羞愧。他说："如果你不介意的话，我希望不至于看见福里斯特医生……"

拿着手电筒的警察说："你不必担心，先生，他身体很好。"

普伦蒂斯先生没听他们说。"那辆小汽车是谁的？"他问。

他不是指停在路边的一辆福特 V-8，他指的不是这辆，而是一辆挡风玻璃上布满裂纹和污渍的破旧小汽车，公路两旁的荒芜田地里停着上百辆这样的汽车。花上五英镑，这辆车就是你的，你就可以把它开走。

"那辆车，先生，是牧师的。"

普伦蒂斯先生严厉地说："你们是在聚会吗？"

"噢，不是，先生。不过，他们中间的一个人还活着，我们想，应该让教区牧师知道。"

"事情好像已经发生了。"普伦蒂斯先生闷闷不乐地说。刚才下了一场暴雨，警察打着手电，带着他们走过坑坑洼洼的沙石路，踏上石头台阶，来到大厅门口。

在休息室里，漆得油光发亮的书架上放着几份画报，当初斯通少校常在一个角落里叹气，两个精神病人常常冲着棋子发火。现在，约翰斯坐在一把扶手椅里，双手捧着脑袋。罗向他走去，叫了一声："约翰斯。"他抬头看了一眼，说道："他是个了不起的人……一个了不起的人……"

"怎么啦？"

"我杀死了他。"

3

这场大屠杀犹如发生在伊丽莎白时代。在看到斯通的尸体前，只有罗一人的心情是平静的。那些尸体躺在它们被发现的地方。被紧身衣箍住的斯通躺在地板上，身旁有一个浸过麻醉剂的棉球。由于他双手乱动，进行过绝望的挣扎，他的身体是扭曲的。"他没有得到逃命的机会。"罗说。罗曾经像一个犯了校规的学生那样，怀着激动的心情沿着这条过道逃走，在同一条过道里，他透过敞开的大门，看出了一些名堂，变得成熟了。他懂得，现实生活中的历险跟小说里面的情况不是一回事，结局不会总是欢乐的。他产生了一阵强烈的怜悯心，觉得必须采取某种行动，不能听之任之，无动于衷。他那颗天真无邪的心在斗争着，他既担心毫无意义地活着，又害怕糊里糊涂地死去。他慢吞吞地说："我想要……我多么想要……"他感到冷酷与怜悯一起在他心中苏醒过来，这两种感情是久经考验的老朋友。

一个陌生的声音说："咱们应该为他不再觉得痛苦而感谢上帝。"这种自鸣得意的、不合时宜的蠢话听起来很刺耳。

普伦蒂斯先生说："你是什么人？"但随后又勉强地表示了歉意，"对不起，我还以为你是教区的牧师呢。"

"是的。我叫辛克莱。"

"这儿没你的事。"

"我在这儿有事。"辛克莱先生纠正他的话，"他们叫我来时，福里斯特医生还活着。他属于我的教区。"接着他又略带微怒地补充道，"你知道，我们是获准在战场上履行职责的。"

"对，对，我想是这样。不过我们还没有验尸呢。门口那辆车是你的吗？"

"是的。"

"那么，如果你不介意的话，就请先回家等着吧，我们办完事后……"

"当然可以。我不想碍事。"

罗观察着他，他裹着一身黑衣服，像一个圆筒，圆形的领子在电灯下闪闪发亮，那张和蔼可亲的脸上有着智慧的闪光。辛克莱先生慢吞吞地对罗说："我们以前见过面吧？"他用一种古怪和大胆的目光直愣愣地盯着罗。

"没有。"罗说。

"你以前大概是这里的病人吧。"

"是的。"

辛克莱先生带着神经质的热情说："瞧，一定是这样。我觉得肯定在什么地方……我敢说是在医生的一次社交晚会上。晚安。"

罗转身离去，又一次想起那个不再觉得痛苦的人。罗记得那人曾急匆匆地走进泥泞的池塘，接着又像一个受惊的孩子似的逃到菜园里。他一直相信有人算计他。但他毕竟并不是一个无可救药的疯子。

他们必须跨过福里斯特医生的尸体。这具尸体横陈在楼梯脚。医生陷入了第六个圈套：置他于死地的不是对国家的爱，而是对自己同伴的爱——这种爱在受人尊敬的、崇拜英雄的约翰斯心中奇异地燃烧起来，变成了行动。医生对约翰斯过于信任，没想到一个人出于恐惧是会对他所尊敬的人下毒手的，他更愿意杀死他所尊敬的人，而不是把这个人交给警方。当约翰斯闭上眼睛，扣动了那把从斯通少校手中没收过来在抽屉里锁了好几个月的手枪扳机时，他的目的不是消灭这位他所尊敬的人，而是使自己免受没完没了的法院诉讼的折磨，免遭检察院的不留情面的指控，免得被极端无知的法官和随便凑起来的十二人陪审团的胡言乱语所侮辱。他对同伴的爱不允许他在干掉斯通一事中袖手旁观，这种爱决定了他要为自己的拒绝合作付出什么代价。

从罗逃走的那天起，福里斯特医生一直表现出惴惴不安。

他坚持不叫警察，真使人感到莫名其妙。另外，他似乎对斯通的命运感到忧虑。他避开约翰斯跟波尔密谈，那天下午还往伦敦打了一个长途电话……约翰斯拿着一封信上邮局，发现门外有一个卫兵。在村子里，他看见一辆从镇上开来的警车。他开始怀疑……

在回来的路上，他遇到波尔。波尔一定也看出了名堂。最近几天来的想象和怨恨一起涌进约翰斯的脑海。他坐在休息室里，心急如焚。他不明白，种种迹象为什么会变成一种信念——医生正在计划弄死斯通。他记得他经常和医生一起从理论上探讨安乐死。他和医生看法不一，医生对纳粹分子屠杀老人和患了不治之症者的事情几乎无动于衷。有一次医生说："这正是任何国营医疗机构迟早会遇到的事。如果你要活着留在由国家开办和发薪的机构里，你就必须承认国家在必要的时候厉行节约的权力……"有一次，波尔和福里斯特医生正在谈话，他闯了进去，他俩的话声戛然而止。他变得愈来愈不安和忧虑了，好像这所房子将遭遇到不测。人们走在过道里会有一种毛骨悚然的感觉。在喝茶的时候，福里斯特医生对"可怜的斯通"发表了几点看法。

"可怜的斯通怎么啦？"约翰斯厉声责问。

"他非常痛苦，"福里斯特医生说，"长了个肿瘤……我们能为他求得的最大善举就是让他死去。"

薄暮时分，约翰斯心神不安地走进花园。月光下的日晷如同一具搁在玫瑰园门口的裹着尸布的尸体。突然，他听见斯通在大声喊叫……他的脑子更加糊涂了。他明白过来后，径直奔进自

恐怖部　251

己的房间，拿出一支步枪。他把钥匙放错了地方，最后在自己的口袋里找到了——约翰斯就是这样的人。他听见斯通又嚷了一声，便穿过休息室，跑进侧厅，向楼梯奔去。过道里有一股难闻的氯仿气味，福里斯特医生警惕地站在楼梯下。神色警惕的医生厉声问道："你要干什么？约翰斯！"约翰斯仍然以为医生的狂热已使他不可救药地走上了邪路。没有别的办法了：约翰斯朝医生开了一枪。波尔歪扭着肩膀，露出一脸自负和邪恶的表情，在楼梯顶上转身就走。约翰斯在盛怒之下又朝他开了一枪，因为他认为他已经动手晚了。

　　警察当然马上就来到了门口。他去迎接他们，因为仆人们这天晚上显然都被差走了。在他读过的许多凶杀小说中，都有这样的含义十分明显的情节。这次他身临其境，目睹了惨状。福里斯特医生还没断气，当地警察认为，别的措施已无济于事，只有去请教区的牧师……这就是事情的全部经过。这个一度被认为是人间天堂的地方，一个晚上竟有这么多人丧生，真是空前绝后的景象。即使来一队轰炸机，也不会比这三个人更能扰乱这里的安宁了。

　　搜索开始了。这所房子的上上下下都被搜遍。又派来了一些警察。从后半夜到清晨的几个小时中，楼上房间里的灯开了又关，关了又开。普伦蒂斯先生说："哪怕我们找到一张照片……"但什么也没找到。在漫长的夜间搜查中，罗有一次无意中来到迪格比曾经睡过的那间屋子里。现在他觉得迪格比是个陌生人——一个举止粗野、过着寄生生活、由于对一切都茫然不知而自得其乐的陌生人。只有对痛苦有所了解，才能给幸福

252

下一个正确的定义。这间屋子的书架上放着托尔斯泰的著作，书上有被橡皮擦掉的铅笔痕迹。有知识是了不起的……所谓知识，并不是福里斯特医生充分掌握的那种抽象知识，也不是那些以高不可攀、美不可及的表象去迷惑人的理论，而是具体的、有感情色彩的、平平常常的人类知识。罗再次把托尔斯泰的著作打开："原先在我看来是美好和高尚的东西——爱祖国，爱自己的人民——已变成使我感到反感和可怜的东西。原先在我看来是丑恶和可耻的东西——背叛祖国和世界主义——现在对我来说反倒成了美好和高尚的东西。"在楼梯口，一颗子弹打中了医生的腹部，他的理想破产了。这位理想主义者遭到了一个杀人凶手的暗算。罗不相信他们曾经狠狠讹诈过他。他们仅仅利用了他的美德，他那知识分子固有的傲慢，以及他那种对人性的抽象的爱。一个人不能爱人性，只能爱人民。

"什么也没找到。"普伦蒂斯先生说。他拖着两条僵直的瘦腿，低着头，绝望地穿过房间，把窗帘拉开一点。此时，天上只有一颗星星还能看见，其余的星星已经从渐渐明亮的天幕上消失了。"浪费了这么多时间。"普伦蒂斯先生说。

"三人死亡，一人进了监牢。"

"他们可以找到十几个人来代替。我要的是胶卷和他们的头子。"他说，"他们一直用波尔房间里的那个盆盛显影液。他们大概就在那儿冲洗了胶卷。我想他们一次只印一份照片。他们把他们信任的人缩小到尽可能小的范围内。只要底片还在他们手里……"接着，他又抑郁地说，"波尔是个一流摄影师。他专门研究蜜蜂生活史。他的研究文章写得很漂亮。我看过几篇。现在我希望你到那个小岛上去。也许咱们会在那里找到几件令人不愉快的东西等你去辨认……"

他们站在斯通站过的地方。前面亮着三盏小红灯，池塘四分之三的水面上笼罩着一片无穷无尽的黑暗。池塘犹如黎明前的港口，而这三盏灯便是驶来的三艘小汽轮。普伦蒂斯先生蹚水过去。罗在后面跟着。九英寸厚的淤泥上有一层薄薄的水。那三盏红灯是标志灯，就是晚上用来表明路面中断的那种标志灯。三名警察正在小岛中央挖掘着。那儿很难找到一块两人能同时立足的地方。"这就是斯通看到的现象，"罗说，"他看见有人在挖洞。"

"是的。"

"你指望挖到什么？"罗没有说下去。挖地的那几个人露出了某种紧张的神态。他们把铁锹戳进地里时，动作非常小心，仿佛生怕弄破什么易碎的东西。他们看来不大情愿把土块翻过来。沉沉夜色笼罩着的这个场景使罗想起了一件事——一件令人伤感的遥远的往事。他想起母亲从他那里拿走的一本书，书中有一幅维多利亚时代的色调低沉的版画：深夜，几个披着斗篷的男人在墓地里挖墓坑，月光照在一把铁锹上，反射出一道寒光。

普伦蒂斯先生说："你忘掉了某一个人——原因还不清楚。"

铁锹一下一下地挖着，他等得越来越心焦。他怕看见某种使人厌恶的东西。

"你怎么知道应该在哪里挖呢？"

"他们留下了痕迹。干这事他们是外行，我想，这就是他们

254

如此害怕斯通发现什么名堂的原因。"

一把铁锹在松软的泥土里发出难听的嘎吱嘎吱声。

"小心。"普伦蒂斯先生说。用那把铁锹挖掘的人停了下来，擦去脸上的汗水。其实夜里天气很冷。接着，他把铁锹慢慢从土里拔出，看了一眼铁锹的刃口。"在这边再挖一次，"普伦蒂斯先生说，"轻点，别往深处挖。"其他人停止挖掘，在一旁观看，但你可以感到他们并不想看。

那个继续挖掘的人说："行了。"他把铁锹直立在土里，用手指轻轻地把土扒开，像是在栽菜秧。他舒了一口气说："是有一个盒子。"

他手持铁锹柄猛一使劲，把盒子从地里撬了出来。这是一个通常用来存放杂物的木盒，盒盖钉得不紧。他用铁锹刃撬开盒盖，另一个人把灯凑到跟前。一件件杂七杂八的东西从盒里拿出来了，像是连队里一个士兵死后由连长寄回家的遗物。但有一个不同之处：没有信件和照片。

"这些东西他们无法烧掉。"普伦蒂斯先生说。

这些东西用一般的火焰是烧不掉的：一个钢笔套，另外还有一个金属套子，大概是用来套铅笔头用的。

"在一所到处都是电器设备的房子里，"普伦蒂斯先生说，"烧掉东西并不容易。"

一只怀表。他打开沉甸甸的表背，大声念道："F.G.J惠存，1915年8月3日，我们的银婚日。N.L.J赠。"下面另有一句："送给我亲爱的儿子，以缅怀乃父。1919年。"

"一块很好的走得很准的表。"普伦蒂斯先生说。

接着又拿出两块带褶的金属臂章，几个从吊袜带上摘下来的金属纽扣，一整套纽扣——内衣上摘下来的小珠母扣，外衣上摘下来的样子难看的褐色大扣子，短裤纽扣，衬裤纽扣，长裤纽扣。人们绝不会相信，一个男人的一套替换衣服上竟要用这么多纽扣。还有马甲上的纽扣，衬衣上的纽扣，袖口上的纽扣，一副裤子背带上的金属暗扣。上帝的一个可怜造物便这样给打扮得颇为像样了，就像一个洋娃娃似的。你把这个洋娃娃拆开后，它会使你得到满满一盒子五花八门的暗扣、带扣和纽扣之类的东西。

盒子底部有一双沉甸甸的老式靴子，靴底钉着大鞋钉。由于在人行道上走得太多，在街头站得太久，鞋钉已经磨损。

"我不知道，"普伦蒂斯先生说，"他的其他东西他们是怎么处理的。"

"他是谁？"

"琼斯。"

第三章 几个号码全不对

这是一条很滑的、危险四伏的、不断颤动的路。

——《小公爵》

1

罗逐渐恢复正常了。随着每一小时过去，他的思维越来越接近他的真实年龄。他的记忆一点点地得到恢复。他的耳朵又听到雷尼特先生的声音在说："我同意琼斯的看法。"他的眼睛又看到电话机旁边的一个碟子里放着一个香肠卷饼。怜悯心油然而生，但他的不成熟却在拼命挣扎。冒险精神在和理智斗争，前者仿佛能使他得到幸福，而后者很可能与不幸、失望和败露连在一起……

他的不成熟使他没有把在科斯特任职的那家服装店里知道的电话号码讲出来。他知道分局代表号是 B.A.T，前三个数字是271，只是最后一个数字没看清。这个电话号码可能毫无价值，也可能价值很大。不管到底有无价值，他把这个号码秘藏在自己心头。普伦蒂斯先生试过几回，但失败了。现在轮到他来露一手了。他打算像一个孩子似的对安娜自夸："这是我干的。"

清晨四点半左右，一个名叫布拉泽斯的男青年来找他们。从他的雨伞、小胡子和黑帽子来看，他显然是在按照普伦蒂斯先生的模样打扮自己。也许在今后的二十年中，这副打扮将被许多人模仿：它使人看不出年龄的差异，看不出悲伤、失望和无可奈何的痕迹。普伦蒂斯先生有气无力地把侦查报告交给布拉泽斯，带着罗驱车回伦敦。他把帽子往下拉了拉，盖住眼睛，舒舒服服地往车里一坐，说道："我们失败了。"汽车沿着月光照耀下的坑坑洼洼的乡村小道向前疾驰，不断溅起泥浆。

"关于这件事，你打算怎么办呢？"

"去睡觉。"也许对他这种情趣高雅的人来说，这话显得过分直截了当。他眼皮也不抬地补充道："你知道，我们应该避免自高自大。在今后的五百年里，对于编写大英帝国衰亡史的历史学家来说，这个小小的插曲根本不值一提。他们将大书特书其他事件。你、我，还有可怜的斯通，甚至在脚注里也不会提到。通篇都是经济、政治、战争。"

"你认为他们把琼斯怎么样了？"

"我想咱们永远也不会知道。战时有许多尸体无法辨认。许多尸体，"他睡眼惺忪地说，"等着送进电炉焚化了事。"他突然打起呼噜来，真叫人感到意外和震惊。

他们到达伦敦市内时，路上已有赶早上班的工人了。在工业区的马路上，男男女女从地下室里走出，而衣着整洁的老年人则拿着公文包和折叠伞钻出公共防空洞。在戈威尔大街上，人人都在擦玻璃，一座楼房在冒烟，如同一支晚宴后忘记被吹灭的蜡烛。战争还在进行，他们不久前却站在池塘中央的小岛上听着铁锹挖土的声音，一想到这些，不禁使人觉得奇怪。一张通告使他们改变了行车路线。一条拦路的绳子上挂着几块手写广告牌:"巴克利银行,请洽……""康沃利斯牛奶厂,新址如下……""马奎斯鲜鱼餐厅……"。在一条长长的、安静的、空荡荡的人行道上,一个警察和一个民防队员一边溜达,一边懒洋洋地聊天,像两个在庄园里巡视的猎场看守人。一块木牌上写着:"此处有尚未爆炸的炸弹。"昨晚他们走的就是这条路,但现在这条路已经变得面目全非了。无疑,人们在几个小时里干了许多事——张贴通告,改变交通路线,了解伦敦发生的微小变化。他注意到人们脸上的欢快神色。你会产生这么一种印象:这是全国性节日的开始。他猜想,这仅仅是因为人们发现自己还活着的缘故,道理很简单。

普伦蒂斯先生嘴里咕哝了一阵,醒了过来。他把海德公园附近一家小旅馆的地址告诉了司机。"假如这个旅馆还在的话。"他说。他在为罗安排房间时,跟经理磋商了很久。直到他在汽车里向罗挥手说:"以后我会打电话给你的,老兄。"罗才意识到他的殷勤是有目的的。罗被安排在一个他们随时可以找到他的地方,一个万无一失的鸽子笼似的客房里,他们需要他的时候,可以马上把他拽出来。如果他企图离开这儿,马上就会有人去报告。普伦蒂斯先生只借给他五英镑——你靠五英镑是走不远的。

罗吃了一顿简单的早饭。煤气管道显然挨了炸,气不足,火焰不旺。女服务员告诉他说,只能闻到一点煤气味儿,连壶水都烧不开,也无法烤面包。但有牛奶,还有现成的烤面包片、普通面包和果酱。这是一顿乡村风味的早餐。饭后,罗到海德公园里散步。太阳刚升起,空气还带有凉意。他开始吹口哨,他只会吹一首曲子。他为自己不是凶手而感到悠闲自在和心旷神怡。一度被遗忘的岁月不像当初在福里斯特医生私人疗养院的头几个星期中那样使他懊恼了。他想，他又作为一个成年人在生活中发挥作用了。这是多么好呀。他像一个煞有介事的孩子似的，走进贝斯沃特餐馆，朝公用电话间走去。

他在旅馆里换了一些硬币。他兴冲冲地投下两枚硬币，开始拨号码。一个轻松的声音说："卫生面包公司听候您的吩咐。"他把电话挂上。这时他才开始认识到面临的困难：他不可能指望凭借第六感觉弄清楚科斯特当时是跟哪个人通话。他又拨了一个号码：传来一个老年人的声音。"喂。"他说，"对不起，请问你是谁？"

"你要找谁？"那个声音固执地说——这已是一个耄耋老人，他的声音已经失去性别特点，你分不清是男人的还是女人的声音。

"这里是电话局。"罗说。他在不知所措的时候，突然有了这个念头，似乎早就存在于他的脑子中，随时可以冒出来。"昨晚空袭，我们正在检查所有电话用户的线路是否通畅。"

"为什么？"

"自动装置乱了。区电话局挨了炸。你是韦尔斯亲王路的伊萨克斯先生吗？"

"不，不是。我是威尔逊。"

"啊，你看，根据我们拨的号码，你应该是伊萨克斯先生。"

他又把电话挂上了。他并不是个聪明人。即使是卫生面包公司，里面也可能藏着科斯特先生的那个顾客。说不定刚才跟他通话的那个人就是。但是，不，他不相信，因为他再次想起装作裁缝的科斯特用哀伤和淡淡的声音对着电话说："就我个人而言，我没希望了，一点希望也没有了。"就我个人而言——科斯特强调的是这几个字。他竭力让对方明白，这场斗争只是对他一个人来说结束了。

罗继续投进硬币。理智告诉他，这样做是没有用处的，唯一的办法是把这个秘密告诉普伦蒂斯先生。但他仍旧相信，电话会使他得到某种灵感，通过对方的话，他能猜出是谁的意志和凶残造成了这么多人的死亡——可怜的斯通在病号楼里窒息而死，福里斯特和波尔在楼梯上中弹身亡，科斯特用剪刀刺破脖颈，还有琼斯……想要靠拨电话，以便探明事情的原委，这当然是不可能的。他拨了第三个号码，这次听到的是一个毫无特色的声音："这里是威斯敏斯特银行。"

他突然想起来，科斯特先生当时并没有要某个人来听电话，而是拨完号码后一听到有人回答，就开始说话。这意味着跟他通话的不是一个商店——在那种地方，他一定要讲出名字，让一个雇员来接电话。

"喂。"

电话里的声音使他不可能提出任何问题。"噢，欧内斯特，"这个声音滔滔不绝地说，"我知道你会打电话来的。你这个有同情心的家伙。我猜想戴维斯已经把明妮过世的消息告诉你了。昨晚空袭时真叫人害怕。我们听到她在外面喊我们的声音，但是，我们当时无能为力。我们不能离开防空洞。接着，一颗薄壳炸弹掉了下来——准是一颗薄壳炸弹。三所房子被夷为平地，还炸出一个大坑。今天早餐连明妮的影子也看不见。戴维斯当然还抱着希望。但是，欧内斯特，我后来得知，在她的隐蔽室里出现的惨状令人不忍目睹……"

罗听得直发呆，但是他有事要做。他挂上了电话。

电话间里越来越闷热。他已经用完了一先令的硬币。还有四个号码没拨，其中会有一个说话声是他熟悉的。

"这里是梅夫金路警察局。"他拿着电话筒，靠在墙上休息一会儿。还剩三个数字没有拨了……他的脸上汗津津的。他刚把脸擦干，汗珠又冒了出来。他突然感到一阵惊恐。发干的嗓子和怦怦乱跳的心脏向他预示：这一次听到的声音会是非常可怕的。已经死掉五个人了……他听到一个声音说："煤气灯和焦炭公司"。他的心情顿觉轻松。他这时仍然可以走出电话间，把事情留给普伦蒂斯先生去办。再说，他怎么知道他寻找的那个声音不是卫生面包公司的人或者欧内斯特的朋友呢？

但是，如果他这时才去找普伦蒂斯先生，他会发现自己很难做出解释。在这几个非常宝贵的钟头里他为什么没有把这一情况讲出来呢？他毕竟不是孩子，而是一个中年人了。他已经做了一些事情，他必须继续干下去。但是，当汗水流进了眼睛的时候，他又犹豫不决起来。还有两个数字没有拨：百分之五十的机会。他要试一下，如果那个数字没有给他带来任何东西，他就走出电话间，从此作罢。在科斯特先生的服装店里，也许他看错了号码。要不就是糊涂了。他勉强把手指头伸进已经熟悉的电话盘中：B.A.T.271……接下来拨哪个数字？他用袖子在脸上擦了把汗，然后拨了一个数字。

第四部

健全的人

第一章　旅程的终结

非得我——而且只有我一个人。

——《小公爵》

1

　　电话铃不住地响。他可以想象得出，这个恼人的小电话机所在的空房间是什么样子。这个房间也许属于一位去城里办事的姑娘，或者一个正在店里的商人。它也可能属于一个赶早去大英博物馆看书的人。总之，这个房间的主人是清白无辜的。没人接的电话铃声使他感到愉快，他一直听着。他已经尽力而为了。让它去响吧。

　　不过，这个房间的主人也许是个罪犯？他在短短几小时内干掉了这么多人。一个罪犯的房间会是什么样子？房间也像狗一样，带有它主人的某些特色。一间房间是为某种目的服务的，为了舒服、好看、方便而布置起来的。这间房间肯定布置得无可挑剔。警察要是来搜查的话，绝不会发现任何秘密。托尔斯泰的书上不会留下没擦干净的铅笔痕，不会揭示出某种个人风格。这间屋子是按照司空见惯的中等趣味布置起来的：一架无线电收音机，几本侦探小说，一幅凡·高的《向日葵》的复制品。电话铃不断响着的时候，他相当高兴地想象着这一切。餐柜里不会有什么特殊的食品，手帕下不会藏着情书，抽屉里不会放着空白支票簿。餐椅上有标记吗？不会有任何人送的礼物——一间孤独的房间，每样东西都是从一个标准商店里买来的。

突然，一个他熟悉的声音有点上气不接下气地接了电话："喂，是谁？"他把电话撂下，同时心想，要是她这时在楼梯底下或者在街上，根本听不到电话铃响就好了。如果他没有拿着电话想入非非这么久，他就永远不会知道这是安娜·希尔夫的电话号码。

他茫然走出贝斯沃特餐馆。他有三种选择——明智和诚实的是报警，其次是一言不发，第三是自己去看看。他毫不怀疑，这就是科斯特拨的号码。他想起她一直知道他的真实姓名，他想起她说过这么一句有意思的话——到疗养院里看他是她的"工作"。但他也不怀疑其中必有蹊跷，拿着那本从休息室里带来的电话号码簿——他有许多事情要做。他花了好几个钟头才找到那个号码。他的目光上下骚动，差点漏了这个号码。巴特西区，亲王大厦16号，然后是一个说明不了任何问题的名字。他凄然一笑，心里想：当然，罪犯愿意租原先住过人的家具齐全的房子。他在床上躺下，闭上了眼睛。

一直到下午五点多，他才能强迫自己干点事。于是他机械地行动起来。他不愿再想下去了：在听见她亲口说话之前，想又有什么用？一辆19路汽车把他带到了奥克利大街的尽头，然后他搭上了一辆49路来到阿尔伯特桥。他过了桥，什么也没想。正是退潮的时候，仓库下面全是淤泥。有人在泰晤士河堤上喂海鸥。这景象使他感到一种莫名其妙的哀伤，他匆匆往前走，不考虑它。西下的夕阳使难看的砖墙染上了一层玫瑰色。一条孤零零的狗东闻西嗅地蹿进公园。一个声音说："喂，阿瑟。"他停住脚步。一个人正站在一幢公寓楼的大门口，一头乱蓬蓬的灰发上扣着一顶贝雷帽，身上穿着民防队员的粗布制服。那人疑惑地说："你是阿瑟，对不对？"

罗回伦敦后，许多往事已渐渐回忆起来——这座讲堂，那家商店，通过纳茨区的皮卡迪利大街。他几乎没有注意到这些往事作为他的人生经验的一部分又恢复了原先的地位。但另一些往事却需要苦苦挣扎一番才能回想起来。在他的脑海的某一部位，有一个这些往事的敌人，它总想阻止它们跃入他的回忆。这个敌人常常得胜。在咖啡馆、街角和商店里，他会冷不丁看到一张熟悉的面孔。这时，他马上把目光躲开，赶紧往前走，像是看见了一次车祸。这位向他说话的人也属于这一类，可你总不能像匆匆离开一家商店那样匆匆离开一个人。

"上次你没留胡子。你是阿瑟吧，对吗？"

"是的，阿瑟·罗。"

那人看上去有点窘迫，仿佛受了侮辱。他说："那次你来看我，你真好。"

"我记不得了。"

那人露出痛苦的表情，他的脸颊发青，如同碰伤的肿块。"是举行葬礼那天。"

罗说："对不起，我出了次事故，记忆力丧失了，现在刚刚开始恢复一部分。你是谁？"

"我是亨利——亨利·威尔科克斯。"

"我当时到这儿来——是为了参加葬礼？"

"我太太死了，我想你大概在报上读到了有关消息。他们授给她一枚勋章。我后来有点不安，因为我忘了你让我兑张支票的事。葬礼是怎么回事，你是知道的。要考虑的事太多。我想我也是晕头转向了。"

"我那时干吗来麻烦你？"

"噢，肯定是一件很要紧的事。我一下子忘了。后来我想：我还会见到你的。可我再也没看见你。"

罗抬头望着他们对面的公寓。"就在这儿吗？"

"是的。"

他的目光越过马路，投向公园的门口：一个人在喂海鸥，一位公务人员拎着个手提箱。他觉得马路在脚下旋转起来。他说："当时有送葬队伍吗？"

"全邮局的人都来了。还有警察和消防队。"

罗说："是的。我当时不能去银行兑支票。我估计警察以为我是凶手。可能我要逃走就非得有钱，所以我就上这儿来了。我事先并不知道要出殡。我一直在考虑那起谋杀案。"

"你想得太多，"亨利说，"事情一完就算过去了。"他抬起头欢快地望着送葬队伍当时经过的这条大街。

"可这次战争不会完，这你是知道的。我现在知道了，我不是凶手。"他解释道。

"你当然不是，阿瑟。你的朋友以及那些还算不上朋友的人，都不相信你是凶手。"

"当时很多人都在议论吧？"

272

"嗯，这很自然……"

"我当时不知道。"他的思绪转到别的方面去了：泰晤士河的堤岸，悲苦的感觉，然后是那个在喂鸟的小个子男人，手提箱……他的回忆断线了。接着他想起了旅馆职员的面孔，想起了他在那条永远走不到尽头的走廊上行走：一扇门开了，安娜在那儿。他们分担了危险，他坚信这点。总会有个解释的。他回想起她对他说，是他救了她的命。他怔怔地说："那么，再见。我得走了。"

"没有必要为一个人悲伤一辈子，"亨利说，"那太要命了。"

"是的。再见。"

"再见。"

2

那套住宅位于三层。他希望楼梯永远也走不完。按铃时，他盼着屋里没人。一只空奶瓶放在门外那个光线昏暗的小平台上，瓶子里塞了张条子。他拿出那张条子，上面写着："劳驾，明天只要半品脱。"门开了，他手中还拿着这张条子。安娜绝望地说："是你！"

"是我。"

"每次铃响我都怕是你。"

"你怎么知道我会找到你？"

她说："总有警察。他们现在监视着这个办公室。"他跟她进了屋。

在经历了这么多怪事以后，他曾经想象过再次见到她时将会是什么样的情景。但现在却并非如此。他们觉得很紧张，心情十分沉重。门关上后，他们俩也觉得不自在，好像他们共同认识的形形色色的人就在周围。他们俩低声说话，以免惊动旁人。他说："我是通过观察科斯特拨电话间接得知你的地址——他在自杀前给你打了个电话。"

"太可怕了，"她说，"我不知道当时你在那儿。"

"'一点希望也没有了。'这是他说的原话，'就我个人而言，我没希望了。'"

他们站在一个窄小、难看的门厅里，似乎不值得费劲再往前走了。这种样子更像离别，而不是重逢——一次伤心得不顾体面的离别。她穿着那天在旅馆里的那条蓝色长裤。他已忘记她是多么瘦小。她的围巾在脖子上打了个结，一看就知道她正在独自伤心，对罗的到来毫无准备。他们的周围是铜盘、暖炉、小摆设、一个旧栎木柜和一只雕满爬山虎的瑞士布谷鸟座钟。他说："昨天晚上不好。我也在那里。你知道福里斯特医生死了吗？波尔也死了。"

"不知道。"

他说："你感到遗憾吧？你的这么多朋友送了命。"

"不，"她说，"我感到高兴。"他这时才开始觉得有希望了。她温柔地说："我亲爱的，你脑子里是一锅粥，你的头脑不管用了。你不知道谁是你的朋友，谁是你的敌人。他们总是这样干的，对不对？"

"他们利用你来监视我，对不对？他们让你到福里斯特医生那儿去，看我是不是开始恢复记忆。然后他们要把我像可怜的斯通那样关进病号楼。"

"你说得对又不对，"她不耐烦地说，"我认为咱们俩现在没法说清楚。我确实是在帮他们观察你。我和他们一样不希望你恢复记忆。我不愿意你受到伤害。"她焦急地问，"你现在全部都记起来了吗？"

"我记起了很多事情，学到了很多东西，足以知道自己不是凶手了。"

她说："感谢上帝。"

"但你当时就知道我不是凶手，对吗？"

"对，"她说，"当然。我当时就知道，但我的意思只是……嗯，我很高兴你现在知道了。"她慢吞吞地说，"我喜欢你快快活活的。你应该是这种样子。"

他尽可能温柔地说："我爱你。这你是知道的。我想让自己相信，你是我的朋友。那些胶卷在什么地方？"

一只毛色斑驳的鸟从模样古怪的雕花钟里忽地蹦了出来，"咕咕"叫了两声，算是半点钟。罗在布谷鸟报时的时候心想，他们俩又面临着一个夜晚。这个夜晚是否也包含恐怖呢？门咔嗒一声关上了，她简明扼要地说："胶卷在他那儿。"

"他是谁？"

"我哥哥。"他手中还拿着那张给送奶人的条子。她说："你很喜欢进行调查，是吗？我第一次见到你时，你是到办公室里来打听一块蛋糕的。当时你决心刨根问底。现在你已经全部搞清楚了。"

"我还记得，他显得极为热心，把我领进了那座房子……"

她抢先讲出了他要说的话："他布置了一次假谋杀案，使你蒙受了不白之冤，然后又帮你逃跑。可是后来他觉得把你杀掉更安全。都怪我不好，因为你告诉过我，你给警察局写了一封信，而我却讲给他听了。"

"为什么？"

"我不想让他仅仅因为吓唬了你一下而遭到麻烦。我从没想到他会做得这么绝。"

"但我拎着那箱书到旅馆去的时候，你不是在那个房间里吗？"他说。他搞不明白。"你也差点被害死。"

"是的。你看，他没忘记我往贝莱太太那儿给你打过电话。是你告诉他的。我那时就不再站在他那一边了——我不想跟你作对。他让我去见你——劝你不要发那封信。然后他就坐在另一套客房里等着。"

他嗔怪地说："不过，你现在倒活得好好的。"

"是的，"她说，"我还活着，这应该感谢你。我甚至又被他重新试用了——他不到万不得已的时候是不会杀死他的妹妹的。他把这称为家庭感情。我只是因为你的缘故才对他构成了危险。这儿不是我的祖国。我为什么要让你恢复记忆呢？你没有记忆时很幸福。我对英国无所谓，我只希望你幸福，仅此而已。糟糕的是他很明白这些。"

罗固执地问："这并不说明问题。我为什么没被他杀死呢？"

276

"他很少下毒手，"她说，"他们全都很少下毒手。你要是不了解这点，就永远不会了解他们。"她用嘲讽的口气，像背公式似的说道，"在最短的时间内对最少的对象造成最大的恐怖。"

　　他糊涂了，不知道该怎么办。他在学大多数人早就学会的人生课程：事情从来都不按人们的预想发生。这不是一种激动人心的冒险。他也不是英雄。这甚至也可能不是悲剧。他想起了那张给送奶人的字条。"他要走了？"

　　"是的。"

　　"当然是带着胶卷走的。"

　　"是的。"

　　"咱们俩不能让他走。"他说。这个"咱们俩"就像法语中的"你"第一次使用时那样，包含了一切内容[1]。

　　"好的。"

　　"他眼下在哪儿？"

　　她说："在这儿。"

　　这就像费了九牛二虎之力去推门，结果却发现它只是虚掩着。"这儿？"

　　她猛地一摇脑袋。"他在睡觉。他和邓伍迪夫人就毛衣的事缠了一整天。"

　　"他一定听见我们说话了。"

　　"噢，不会的，"她说，"他听不见，他睡得很死。那是为了节约时间。睡得要熟，时间要短……"

---

1 讲法语时一男一女互称"您"表示疏远、客气，互称"你"则表示亲密。——译者注

"你怎么这么恨他？"他惊讶地说。

"他把一切都搅得一团糟，"她说，"他很漂亮，脑瓜子很聪明。但他所干的一切，只是为了造成恐怖。"

"他的卧室在哪儿？"

她说："隔壁是客厅，再过去就是他的房间。"

"我能打个电话吗？"

"不安全。电话在客厅里，他卧室的门半开着。"

"他想上哪儿去？"

"他已获准去爱尔兰——为'自由母亲基金会'办事。获得批准很不容易。你的朋友们干得很彻底。是邓伍迪夫人帮了他的忙。你知道，他对她捐出毛衣向来是十分感激的。他今天晚上的火车。"她说，"你准备干什么？"

"我不知道。"

他无可奈何地朝四周扫了一眼。栎木柜上竖着一只沉甸甸的铜烛台。它的表面磨得锃亮，还没有沾上烛泪。他拿起烛台。"他当初想杀死我。"他用微弱的声音说。

"他正在睡觉，这将是一次谋杀。"

"我不会先动手的。"

她说："小时候，每当我蹭破膝盖，他总是对我那么体贴入微。孩子们老是蹭破膝盖……生活真可怕，真诡谲。"

他把烛台放下。

"不，"她说，"把它拿着。你可不能受到伤害。他只不过是我的哥哥而已，对不对？"她问道。她心中隐隐作痛。"拿着，求求你。"他没动手去拿烛台，于是她自己把烛台拿了起来。她绷紧着脸，表情严峻，既像耍小孩脾气，又像在演戏。她看上去就像一个扮演麦克白夫人的小女孩。真想不让她知道这些事全是真的。

她把烛台举得笔直，在前面带路，像是在进行排练。只是在夜晚才点蜡烛。除了她，这套住宅里的一切全都叫人害怕。这使他比以往任何时候都更感到他们俩在这儿是陌生人。这些笨重的家具肯定是由一帮子人搬进来的。它们是由一个官方买主廉价买来的，也可能打电话订的货——秋季家具目录第56A套。一束花、几本书、一张报纸和一只有窟窿的男袜表明这儿有人住。是这只袜子使罗不忍心下手。这使他想起了他和那个多年前就已经认识的人在一起度过的许多漫长的夜晚。他第一次想到："将要死的是她哥哥。"间谍和凶手一样，是要被绞死的，在这种情况下，两者毫无区别。他在屋里睡觉，而外面正在搭绞刑架。

他俩悄悄穿过这间毫无特色的客厅，向那扇半开着的门走去。她伸手轻轻把门推开，退后几步站着，让他看清里面。这是一位妇女饭后让客人看她熟睡的孩子时一贯采用的姿势。

希尔夫没穿外套，仰面躺在床上。他的衬衣领子敞着。他沉浸在宁静的梦乡中。由于毫无自卫能力而显得纯洁无瑕。几缕淡黄色的金发耷拉在他脸上，似乎他是一个做完游戏后躺下睡觉的幼童。他显得很年轻。他躺在那儿，和躺在近旁的血泊中的科斯特以及穿着紧身衣的斯通并不属于同一世界。人们几乎相信："这是宣传，仅仅是宣传，他是不会干出……"罗觉得他的外貌很美，比他妹妹的脸蛋还漂亮，因为安娜的眉毛会由于悲痛或怜悯的表情而受损。看着这个熟睡的人，他感到了虚无主义的力量、魅力和吸引力：对一切都默然置之，不依循任何规则，也不去爱。生活变得简单了……希尔夫入睡前一直在看书，床上摆着一本书，他的一只手还捏着那本翻开的书：他像一个年轻学生的坟墓。你弯下腰去就能看见洁白的书页上有一首诗——这是为他挑选的墓志铭：

奥尔菲欧在此安眠。他的身躯已无法辨认。

何必希冀别的虚名。倘若此处传出歌声，准是奥尔菲欧在低吟……

他的手指遮住了这首诗的后面部分。

他似乎是世界上唯一的暴力来源，他一旦睡着，到处便是一片安宁。

他们俩望着他。他醒了。人们将醒未醒时，往往原形毕露。有时他们哭着叫着从噩梦中醒来，有时他们左右翻身，又是摇头，又是抓被子，好像害怕从梦中醒来。希尔夫醒了。他的眼睛眯了一下——当保姆拉开窗帘，当光线射进室内时，小孩子也是这样眯起眼睛的。他随即睁大双眼，十分克制地看着他们俩。这双浅蓝色的眼睛完全意识到局势的严重，一切都不必解释。他微笑了，罗发现自己也以微笑作答。这是事到临头时孩子们常用的伎俩：认输，招认一切。于是全部过错就减轻了，责备他也就没有道理了。当你发现爱自己的敌人比记住他干的坏事要容易得多的时候，这就意味着你投降了……

罗轻声说："那些胶卷……"

"那些胶卷，"他坦率地笑道，"是的，在我这儿。"他肯定知道什么都完了——包括他的生命。但他仍然保留着那种嘲弄的神态和那些过时的俚语，那些俚语使他讲话听起来像是一种拍子混乱的伴舞轻音乐。"我承认，"他说，"我把你引进了狼窝，现在我没辙了。"他望望紧握在妹妹手上的烛台风趣地说，"我交。"他仰面往床上一躺，仿佛他们三个人刚刚做完一个游戏。

"胶卷在哪儿？"

他说："咱们做个交易吧，公正交易。"他似乎是在建议用外国邮票换太妃糖。

罗说："我没必要做任何交换，你完了。"

"我妹妹很爱你，是不是？"他不肯认真对待这个局面，"你自然是不想干掉自己的内兄的，对吗？"

"可你先前企图干掉你的妹妹。"

他用不能令人信服的语调无动于衷地说："噢，那是出于一种可悲的需要。"他突然咧嘴一笑，仿佛书箱和炸弹事件跟在楼梯上绊了别人一脚一样无关紧要。他像是在责怪他们缺乏幽默感，这种事情他们根本不该往心里去。

"咱们应该明智点，做个文明人，"他说，"达成个协议。你把烛台放下，安娜，我即使想伤害你，在这地方也干不成。"他继续躺在床上，并不打算起来，像要以此表明他是无能为力的。

"没有达成协议的基础，"罗说，"我现在要那些胶卷，然后警察要你。你跟斯通或者琼斯可没有讲什么条件呀。"

"我对那些事一无所知。"希尔夫说，"我不能对我的手下

人做的事情负责，是不是？那样是不合情理的。罗。"他问，
"你读诗吗？这儿有首诗，看来正好适用于眼前的情况……"他
欠身坐起来，先把书拿起，然后又把它放下——他手里出现了一
把枪。他说："老实待着别动。你瞧，还是有点可谈的。"

罗说："我奇怪你的枪是藏在什么地方的。"

"现在咱们可以理智地进行讨价还价了。咱们的处境都不
妙。"

"我仍然不明白，"罗说，"你有什么可以讨价还价的。你
不会真的认为可以把我们俩全打死，然后逃到爱尔兰去吧？这
几堵墙薄得像纸一样。人家知道你是房客。警察会在港口等着
你。"

"不过，如果我反正是要死，那就干脆杀个痛快，你说
呢？"

"那就会违反你的少下毒手原则。"

希尔夫半认真地思考了下罗的反驳，然后冷笑道："没关
系。你不认为那样将很壮观吗？"

"我将想尽一切办法阻止你。如果我被杀，那也是很有用
的。"

希尔夫惊叫道："难道说你的记忆力全恢复了？"

"我不知道这和我的记忆力有什么关系。"

"关系很大。你过去的历史是骇人听闻的。我仔细调查
过，安娜也调查过。原先我曾在波尔那儿听说过你是个什么样
的人，但我还有许多不明白的地方，经过调查后我全搞清楚
了。我知道你住在什么样的房间里，你的为人如何。你丧失记忆

后，我认为你是那种很容易对付的人。但结果却不行。你有那么多关于崇高、英雄、自我牺牲、爱国主义的幻想……"希尔夫朝他笑笑，"跟你做个交易吧。用我的生命安全换你的过去。我可以告诉你，以前你是什么人。绝不骗你。我会把一切资料都给你。当然，用不着那样做。你自己的头脑会告诉你，我不是在凭空捏造。"

"他在撒谎。"安娜说，"别信他。"

"她不想让你知道，对不对？你不觉得奇怪吗？你看，她要的是现在的你，而不是过去的你。"

罗说："我要的是胶卷。"

"你可以自己去看报纸，那上面写着关于你的事，那时你可有名了。她怕你知道后会觉得她配不上你。"

罗说："你要是把那些胶卷交给我……"

"再把你过去的历史告诉你？……"

罗的激动心情似乎感染了他。他的肘部微微一动，往别处瞥了一眼。只听安娜的腕骨咔嗒一响，她朝哥哥扔出了烛台，希尔夫的枪掉在床上，她拿起枪说："没必要跟他做交易。"

他痛得缩成一团，不停地呻吟。他的脸色惨白。他们兄妹俩的脸色都很苍白。一刹那间罗以为她会跪在哥哥面前，让他的脑袋枕在她肩上，把枪塞进他的另一只手中……"安娜，"希尔夫嗫嚅道，"安娜。"

她说："威利。"她的双脚有点晃晃悠悠。

"把枪给我。"罗说。

她看着他，似乎他是个陌生人，根本不该待在这间屋子里。

她的耳中塞满了床上传来的呻吟声。罗伸出手，她慢慢向后退，直到和她哥哥站在一起。"出去，"她说，"在外面等着。出去！"他们俩在痛苦中如同一对孪生兄妹。她举枪对准罗，悲愤地说："出去！"

他说："别让他哄住你。他曾经想杀死你。"可他见了眼前这两张酷似的脸后，这话显得毫无力量了。他们已相似到了仿佛有权利把对方杀死的程度。这只是自杀的一种形式而已。

"请别说了，"她说，"没任何好处。"他们俩的脸上都渗出了汗珠。罗感到无力了。

"只要你答应，"他说，"不让他跑走。"

她耸耸肩说："我答应。"他走后，她关上门，并且上了锁。

在此后的很长一段时间中，他听不到任何动静，只有一次传出了关餐柜的声音和瓷器的叮当作响声。罗猜想她正在包扎希尔夫的手腕。希尔夫可能不会轻举妄动了，再也不能逃跑了。罗意识到，如果他愿意的话，他现在可以给普伦蒂斯先生打电话，让警察来包围这套住宅。他已经不再渴望荣誉了，他的冒险精神已经消失殆尽，只剩下一种人人皆有的痛苦感。但他觉得自己被她的许诺束缚住了。如果生活还要继续下去的话，他就得相信她的诺言。

一刻钟总算挨过去了，屋里一片昏暗。卧室里有过一阵轻微的说话声，他感到不安。希尔夫在哄她吗？他体会到一种痛苦的嫉妒感。他们兄妹长得这么像，而他则被当作陌生人关在门外。他走到窗前，把挡光的窗帘拉开一点，看着外面越来越暗的公园。他还有许多事情需要回忆——这个想法向他袭来，如同希尔夫的含糊其词的语调中包含的威胁一样烦人。

门开了，他放下窗帘。这时他才发现天色已有多么黑。安娜直挺挺地走到他跟前说："拿去吧，你已经得到了你想要的东西。"由于她竭力忍住不哭，她的脸变丑了。但这种丑比任何美都更强烈地吸引着他。他思忖道，并非共同的幸福使人们相爱，而是共同的不幸使他们互相依恋。他仿佛刚刚发现这一点。"你不是想要这些吗？"她问，"我给你拿来了。"

他伸手接过那一小卷胶片，但没有一点胜利的感觉。他问："他在哪里？"

她说："你现在不需要他了，他没用了。"

"你为什么让他走？"他问，"你答应过的。"

"是的，"她说，"我答应过的。"她用手指做了个小小的动作，把其中的两个交叉在一起。他以为，她是要说明自己为什么爽约。

"为什么？"他问。

"噢，"她模棱两可地说，"我得讨价还价。"

他开始小心翼翼地拆胶卷。他只想露出一点点。"可他没什么可以讨价还价的。"他说。他把胶卷放在掌心，伸到她面前。"我不知道他答应给你什么，但不是这个。"

"他发誓说，这就是你要的东西，你怎么知道不是？"

"我不知道他们翻拍了几份。这可能是唯一的一份，也可能另外还有一打。但我知道底片只有一卷。"

她伤心地问："不是这卷吗？"

"不是。"

3

罗说："我不知道他有什么可讨价还价的。他食言了。"

"我认输了，"她说，"什么事我一经手就会搞砸，是吗？你想干什么就干什么吧。"

"你得告诉我，他眼下在什么地方。"

"我一直以为，"她说，"我能同时拥有你们两人。我不在乎世界上会发生什么事。这个世界已经坏得不能再坏了，然而地球，这个野蛮的地球，却还存在着。而人们，你，他……"她在最近的一张椅子坐下——一张漆得油光发亮的难看的硬椅。她的双脚够不到地板。她说："帕丁顿车站，七点二十的车。他说他再也不会回来。我想你应该安全了。"

"噢，"他说，"我自己会当心的。"但当他望着她的眼睛时，他得到的印象是自己并未真正被她理解。他说："他将在什么地方得到那卷底片？他们肯定会在港口搜寻他的。"

"我不知道。他走时什么也没带。"

"没带手杖吗？"

"没有，"她说，"什么也没带。他就穿了件外套，连帽子也没戴。我估计底片在他的口袋里。"

他说："我得去车站。"

"你现在为什么不把这些事情留给警察去干呢？"

"等我找到合适的人，做出解释，火车已经开走了。要是我在车站找不到他，就给警察局打电话。"一个疑惑产生了。"如果这是他告诉你的，那他肯定不会在那儿。"

"他没告诉我，我不相信他对我说的话。这是原定的计划，是他能逃离这儿的唯一希望。"

他正在迟疑时，她说："为什么不让他们在目的地等着火车到达呢？你为什么要自己独揽一切呢？"

"他没准会在半路上下车。"

"你不能这样去。他有武器。我让他带着枪。"

他一下子笑了出来。"上帝呀，"他说，"你把事情弄得一团糟了，对不对？"

"我想让他有机会……"

"在英国的腹地，你有枪也没什么用，除了杀几个可怜鬼。"她看起来是这样的瘦小和忧伤，他再也发不起火来了。她说："枪里只有一颗子弹。他不会把它浪费掉的。"

"你待在这儿吧。"罗说。

她点点头："再见。"

"我很快就回来。"见她没回答，他又说了一句，"那时，生活会从头开始。"她没把握地笑了笑，似乎需要得到安慰和保证的是他，而不是她。

"他不会杀死我的。"

"我并不怕这个。"

"那你怕什么呢？"

他用一种中年人才有的温存，抬眼望着他，好像他们俩的爱情已发展到了后期。她说："我怕他会对你乱说一气。"

他从门口朝她笑了笑。"噢，我不会听他的。"可是在下楼梯时，他却想到，他没有听懂她的意思。

探照灯在公园上移动，光斑像云朵似的在天空中飘浮。它使天空显得很小，你可以凭着亮光测出它的大小。人行道上能闻到屋里做饭时散发出来的味道，人们赶早吃晚饭，以便为夜间的空袭做准备。一个民防队员正在掩蔽所外点燃一盏防风灯。他对罗说："该点黄灯[1]了。"火柴老是被吹灭——他不习惯点灯，有点着急了。在空荡荡的人行道上独自值了许多次夜，他想找个人说说话。但是罗在赶路，他不能等。

桥对面有个出租车站，那儿还有一辆车。"你要上哪儿？"司机问。他抬头望着天空，望着几颗星星间的探照灯光柱，望着一只肉眼刚能察觉的形体模糊的气球。"噢，好吧。"他说，"我冒个险吧。反正那儿不会比这儿更坏。"

"也许那儿不会遭到空袭。"

"黄灯已经点燃了。"司机说。接着，破旧的发动机便吱吱嘎嘎地开动起来了。

他们穿过斯隆广场和骑士桥，驶进公园，然后沿着贝斯沃特路向前奔驰。几个人匆匆赶路回家，公共汽车在站点前迅速驶过。预备警报拉响了，酒馆里还很挤。有人从人行道上叫这辆出租车。红色信号灯亮了，他们的车子停下。一位头戴圆顶硬礼帽的老先生匆匆打开车门，准备上车。"噢，"他说，"对不起。我以为车里没乘客。你们是去帕丁顿吗？"

---

1 黄灯是预备警报灯。

"上车吧。"罗说。

"赶七点二十分的火车。"陌生人气喘吁吁地说，"算我运气好，还能赶上。"

"我也赶这班车。"罗说。

"预备警报拉过了。"

"我也听见了。"

夜色越来越浓，他们的车子吱吱嘎嘎地往前开。"你昨晚在路上挨炸了吗？是降落伞投下的薄壳炸弹。"老先生问道。

"没有。我想没有。"

"我们附近落下了三枚炸弹。我记得是在快拉紧急警报的时候。"

"我想是的。"

"预备警报拉过有一刻钟了。"老先生说，他看着表，仿佛在测定正在两个车站之间运行的一列快车的到达时间。"啊，好像开枪的声音。大概在港湾那边。"

"我没听见。"

"最多再过十分钟，他们就要拉警报了。"老先生手里拿着表说。这时汽车正驶进普雷德街。他们拐入一条有掩蔽物的小路，停了下来。有月票的人穿过灯火管制的车站，匆匆逃离每夜必有的死亡威胁。他们手提小公文包，默默无言地朝郊区火车站走去。脚夫们站在那儿看着这些人离开，脸上露出一副仿佛是自命清高的神色：他们为自己是合法的轰炸目标而自豪——这是一种坚守阵地的人的自豪。

一列长长的、黑黢黢的火车停在一号站台上。关了门，车厢里的大部分窗帘放了下来。这对罗来说像是小说里的情景，但也是他所熟悉的情景。他只要看上一次，这种情景便像炸毁的街道那样不知不觉地留在他的记忆中。这就是他所知道的生活。

在站台上要认出车厢里的人是不可能的，车厢的每个隔间都有自己的秘密。即使窗帘没放下，蓝色灯泡发出的微光也无法照亮坐在灯下的人。他觉得希尔夫一定会买头等票。作为一个流亡者，他靠借钱过日子，可是作为邓伍迪夫人的知心朋友，他肯定会阔气地旅行。

罗沿着车内过道来到头等隔间。人并不多。持月票者当中只有那些胆子大的人才会在伦敦待到这么晚。他每来到一个隔间门口就探头探脑地观望一番。回答他的是那些蓝色幽灵的不安的目光。

这是一列很长的火车。等他到达最后一节头等车厢时，乘务员已经把车门关上了。他已经习惯于失败，所以当他轻轻推开一个隔间门，看见希尔夫时反倒吃了一惊。

希尔夫并非独自一人。一位老太太坐在他对面。她让他撑着毛线帮她缠线。他的手裹在一块给海员做靴子用的上了油的粗皮革里面。他的右手僵直地伸在外面，缠着纱布的手腕马马虎虎地上了夹板。老太太用文雅的动作一圈又一圈地缠着毛线。这种情景既滑稽可笑又叫人伤心。罗可以看见那个藏着沉甸甸的手枪的口袋。希尔夫看见了他，朝他投来不鲁莽、不惊奇也不包含危险的目光。希尔夫感到他和老太太们待在一起时总是显得那么柔弱。

罗说："你不想在这儿谈话吧？"

"她是聋子。"希尔夫说，"一点也听不见。"

"晚安，"老太太说，"我听见预备警报拉响了。"

"是的。"罗说。

"真糟糕。"老太太边说边缠线。

"我要底片。"罗说。

"安娜应该再留你一会儿。我告诉过她要给我留下足够的时间动身。那样的话，"他抑郁而绝望地补充道，"对我们双方都有好处……"

"你欺骗她的次数太多了。"罗说。他在希尔夫身旁坐下，看着毛线上上下下转圈子。

"你准备干什么？"

"等火车开，然后采取行动。"

突然，近处发出了枪声——一声，两声，三声。老太太呆呆地朝上看着，仿佛听见一个细微的声音打扰了她的宁静。罗把手伸进希尔夫的口袋，匆匆把枪拿到手。"你要是想抽烟的话。"老太太说，"尽管抽好了，不用管我。"

希尔夫说："我认为我们应该把事情谈清楚。"

"没什么可谈的。"

"你知道，光抓到我而得不到胶卷是没有用的。"

罗说："胶卷本身无关紧要。紧要的是你……"但他转而又想：胶卷还是很要紧的，我怎么知道他还没有把它们转移掉呢？如果胶卷藏起来了，那他一定跟另一个间谍商量过该藏在什么地方……即使被一个不相干的人发现，也会酿成大祸。他说："咱们以后再谈吧。"警报的可怕尖叫声响彻帕丁顿上空。此时又从很远的地方传来低沉的炮声——"嘭""嘭""嘭"，就像棒球击在手套上发出的声音。老太太还在不停地缠线。他想起安娜说的"我怕他会对你乱说一气"。他看见希尔夫突然对毛线微笑起来，似乎生命还有力量激发出他内心的野性的欢乐。

希尔夫说："我还是准备跟你做笔交易。"

"你也没任何东西可交换的。"

"你也没多少东西，这你自己明白，"希尔夫说，"你不知道胶卷在哪里……"

"我很想知道警报什么时候能完。"老太太说。希尔夫撑着毛线的手腕活动了一下。他说："你要是把枪还给我，我就给你胶卷……"

"既然你能把胶卷给我，这就证明它们准在你这儿。我没有必要跟你讨价还价。"

"好吧，"希尔夫说，"如果你想以这种方式进行报复，我也没法阻拦你。我原以为，或许你不愿把安娜牵连进去。是她放我跑的。你记得……"

"噢，"老太太说，"咱们快缠完了。"

希尔夫说："他们也许不会绞死她。当然，那还得看我说些什么。她可能只需在拘留营里待到战争结束——然后是驱逐出境，要是你们打赢的话。从我的观点来看。"他冷冰冰地解释道，"她是个叛徒，这你是知道的。"

罗说："先把胶卷给我，然后咱们再谈。""谈"这个字仿佛意味着他已投降。他痛苦地想：他如果要救安娜，就必须编出一串谎话，去骗普伦蒂斯先生。

火车高吼了一声，开始摇晃起来。老太太说："咱们终于出发了。"她往前屈下身子，使希尔夫的手从毛线里脱了出来。希尔夫以一种奇怪的渴望心情说道："他们在那儿玩得多开心呀。"他像一个正在向同龄人的各种游戏告别的垂死病人，没有畏惧，只有遗憾。他未能亲自在搞破坏活动方面创造一个纪录。只死了五个人。跟那边的人干的事情相比，简直算不了什么。他坐在灯光昏暗的电灯下，思绪却飞向了远方。他的精神朦朦胧胧地在大开杀戒的地方游移。

"把胶卷给我。"罗说。

希尔夫的脸上突然掠过一丝笑容，罗大吃一惊。看来希尔夫还没有完全丧失希望。什么希望？逃跑？继续破坏？他做出一个亲密的动作，伸出右手按着罗的膝盖。他说："我会比许诺的再多给一些。你愿意恢复自己的记忆吗？"

"我只要胶卷。"

"在这儿不行。"希尔夫说，"我总不能在一位女士面前现出原形吧，你说呢？"他站起身来，"咱们最好还是离开火车。"

"你要走吗？"老太太问。

"我的朋友和我决定，"希尔夫说，"到城里去过夜，看看有趣的场面。"

"怪事，"老太太呆呆地说，"乘务员老跟你瞎说。"

"你真是太好了。"希尔夫一边说，一边朝她鞠了一躬，"你的好意使我深受感动。"

"噢，我现在可以自己织毛衣了，谢谢。"

希尔夫似乎已心甘情愿地承认自己的失败。他果断地沿着站台往前走，罗像个仆从似的跟在后面。拥挤的人群已经被他们俩甩在后面。希尔夫没有机会逃跑。透过没有玻璃的橱顶，他们可以看见防空火力网的小红星像火柴似的一会儿划着，一会儿熄灭。汽笛长鸣一声，列车徐徐开出黑暗的车站。它像是在偷偷摸摸地离开这儿。只有他们两人和几个搬运工看着火车开走。茶点室已经关门，一个喝得醉醺醺的士兵独自一人坐在空荡荡的站台上，双手支着膝盖呕吐。

希尔夫在前面走，他走下台阶，进入厕所。这儿一个人也没有——连服务员也钻进防空洞了。枪声噼啪作响，跟他们俩做伴的只有一阵阵消毒剂的气味、几个浅灰色的脸盆和几张关于提防花柳病的小布告。他曾用豪言壮语设想过的历险计划在这个男厕所里寿终正寝了。希尔夫对着镜子抚平自己的头发。

"你在干什么？"罗问。"噢，告别。"希尔夫说。他脱下外衣，像是要去洗个脸，然后把衣服扔给罗。罗看见衣服标签上用丝线绣着"波林和克罗斯韦特服装店"几个字。希尔夫说："你可以在衣肩上找到胶卷。"

衣服的肩部缀着垫肩。

"要刀子吗？"希尔夫说，"可以用你自己的这把。"他拿出一把学生用铅笔刀。

罗拆开衣肩，从垫肩中取出一卷胶卷。他撕开包装纸，看见了底片的一个角。"对了，"他说，"就是这个。"

"把枪还给我吧！"

罗慢吞吞地说："我什么也没答应你。"

希尔夫十分焦急地说道："可是，你会把枪还给我的，是吗？"

"不。"

希尔夫忽然惊恐起来。他又用起了古里古怪的过时俚语，"你这是糊弄我。"

"你才骗人成性呢。"

"明智一点，"希尔夫说，"你认为我要逃跑。可是火车已经开走了。你以为我如果在帕丁顿车站把你打死就能跑得了吗？跑不了一百码就会被逮住的。"

"那么你要枪干什么？"罗问。

"我要到远方去，"他低声说，"我不想挨打。"他急切地向前探出身去，背后的镜子映照出他那一头蓬乱的漂亮头发。

"我们不毒打犯人。"

"不吗？"希尔夫说，"你真的这样相信吗？你认为你们和我们大不一样吗？"

"是的。"

"我不相信有这种差别。"希尔夫说，"我知道他们怎么处理间谍。他们以为能叫我开——他们会强迫我开口的。"他又绝望地说出那句讲过多次的充满稚气的话，"我要做笔交易。"很难相信他是这么多人死亡的罪魁祸首。他急切地往下说："罗，我要让你恢复记忆，别人谁也不愿意做这件事。"

"安娜会愿意的。"罗说。

"她永远也不会把事实真相告诉你。嘿，罗，罗，她放我走就是为了不让我……因为我说过要把事实真相告诉你。她想保持你现在这样子。"

"事实真相这么糟吗？"罗问，他感到害怕，又不可抑制地感到好奇。迪格比在他耳畔悄悄说，你现在可以成为一个健全的人了，安娜的声音则向他发出警告。他知道这是一生中最重要的时刻：有人主动提出把他所遗忘的那些岁月，把他那二十年中经历的果实归还给他。他必须把肋骨压向两边，使胸腔有足够的地方来容纳这么多外加的东西。他凝视着前方，仿佛看见了这么几个字——"私人接待时间为……"在意识的尽头，大堤在轰响。

希尔夫朝他斜了一眼。"糟？"他说，"有什么糟的——它十分重要。"

罗抑郁地摇摇头："枪不能给你。"

希尔夫忽然大笑起来，笑声中包含着歇斯底里和仇恨。"我是在给你一个机会。"他说，"你刚才要是把枪给了我，我也许会为你感到遗憾，但我会对你感激不尽。我也许只会用枪自杀。可现在。"他的头在这面廉价镜子前上下晃动，"我要免费告诉你。"

罗说："我不想听。"他转身走开。一个身穿老式咖啡色上衣的矮个摇摇晃晃地从台阶上走下来直奔小便池，他的帽子压得很低，直到遮住了耳朵，也许是借用酒精水准器戴到头上去的。"一个糟透的夜晚，"他说，"一个糟透的夜晚。"他脸色苍白，露出吃惊和不愉快的表情。当罗踏上台阶时，一颗重磅炸弹落下，激烈地推动着四周的空气。小个子匆匆扣好纽扣，蜷缩在一个角落里。他仿佛要走到更远的地方去。希尔夫坐在洗脸池边，带着凄然和怀旧的微笑听着这一切，像是在听一个即将生离死别的朋友的诀别声。罗站在台阶的最下面一级上等着。爆炸声在他们头顶上轰响，小矮个儿在便池前愈加缩成一团。爆炸声渐渐减弱了。然后他们脚下的地面因爆炸而轻轻震动。又是一片寂静。台阶上落了许多尘土。紧接着落下了第二枚炸弹。他们等着，保持着拍照的固定姿势：一人坐，一人蹲，一人站。这枚炸弹要是落得再近一点，就会炸死他们。但这次也平安无事，声音慢慢变小。在稍远的地方发出另一声爆炸。

"但愿他们能停止轰炸。"穿咖啡色上衣的人说。所有的便池开始往外溢尿。台阶上尘土飞扬，像是一团团烟雾。一股灼热的金属气流掩盖了氨气的味道。罗踏上台阶。

"你到哪儿去？"希尔夫说。他尖声叫道："是上警察局吗？"他见罗不回答，便离开洗脸池。"你不能走——你还没有听我说你妻子的事。"

"我妻子？"他走下台阶。他现在不能走，已经遗忘的岁月仿佛正在洗脸池中等着他。他绝望地问道："我结过婚吗？"

"你结过婚，"希尔夫说，"你现在还没想起来吗？你毒死了她，"他又开始大笑，"你的艾丽丝。"

"一个可怕的夜晚。"穿咖啡色上衣的人说。除了在头顶上方轰响的沉重而不规则的爆炸声外，他的耳朵什么也听不见。

"你因谋杀罪而受过审判，"希尔夫说，"他们把你送进一所疯人院。这些你在所有的报纸上都能看到。我可以把日期告诉你……"

小矮个儿突然转向他们，摊开双手，做出一个哀求的手势，凄凄楚楚地说："我还能到达温布尔登吗？"一道雪白耀眼的强光照亮了外面的尘土。美丽的照明弹的亮光透过车站没有玻璃的屋顶，把里面照得雪亮。罗并非首次遇到空袭。他听到过珀维斯太太拿着铺盖跑下楼。《那不勒斯湾》那幅画挂在墙上，《老古玩店》搁在书架上。吉尔福德街伸出灰暗的双手欢迎他。他又回家来了。他想，那枚炸弹将毁掉什么？也许大理石拱门附近的那家花店将不复存在，也许阿德莱德高地上的雪利酒店或者魁北克街的街角将被炸毁，我曾在那个街角等待过那么多小时，那么多年……还有许多东西会被毁掉，然后和平才会到来。

　　"去吧，"一个声音说，"上安娜那儿去。"他的目光投进一个亮着暗蓝色灯光的屋子，落到一个人身上，这人正站在洗脸池边朝着他笑。

　　"她希望你永远也不会回想起来。"他想起一只死老鼠和一个警察。他四处张望，恍惚看见在拥挤的法庭里人们脸上露出一种令人可怕的怜悯表情，法官低着脑袋，但罗可以在他那只拿着一支钢笔的衰老的手上看到怜悯。他想对他们说："别可怜我。怜悯是残忍的。怜悯是摧毁性的。当怜悯在爱的周围徘徊时，爱是不安全的。"

　　"安娜……"那个声音又说话了。另一个声音带着一种对遥远往昔的无限悔恨心情，在意识的边缘说："我也许可以赶上六点十五分的车。"可怕的联想接二连三。教会曾经使他懂得苦行赎罪的价值。但苦行赎罪只对某些人有价值。他觉得，不管他做出何种牺牲，他都无法赎回自己的罪，使死者复生。死者是罪人所不可企及的。他对拯救自己的灵魂没有兴趣。

"你要去干什么？"一个声音说。奔波了这么久，他的脑子已经恍恍惚惚。他好像正沿着一条走不到尽头的长廊，到一个名叫迪格比的人那儿去。那人跟他长得酷似，但两人却有迥然不同的往事。他能听见迪格比的声音说："闭上你的眼睛……"他仿佛看见几个摆满鲜花的房间，仿佛听见自来水龙头往下滴水的声音，仿佛觉得安娜正紧张、戒备地坐在他身旁，保护他的无知状态。他嗫嚅道："当然，你有个哥哥……我记得……"

另一个声音说："越来越安静了。你不觉得吗？"

"你要去干什么？"

眼前的情景好似儿童杂志里奇妙的插图：你从正面定睛一看，发现画的是一瓶花，可是改变一个角度，你便会看见许多人的脸部轮廓。这两幅画面交替闪现。霎时间，罗清清楚楚看见，希尔夫此时的模样就像当初躺在床上睡觉一样——潇洒的身躯，没有任何粗暴的痕迹。他是安娜的哥哥。罗走到房间那头的洗脸池旁。为了不让那个穿咖啡色上衣的人听见，罗压低嗓门对希尔夫说："好吧，你可以把枪拿走。给你。"

他匆匆把枪塞到希尔夫手里。

"我想，"一个声音在他后面说，"我要趁机猛干一场。我真的想这样干。你说呢，先生？"

"走开，"希尔夫厉声说，"走开。"

"你也是这样认为的。没错。大概是这样。台阶上响起一阵疾步奔跑的脚步声。然后又是一片静寂。"当然，"希尔夫说，

"我现在可以把你打死。但我何必这么干呢？这等于给你帮了忙。我将落入你们的暴徒手中。尽管我很恨你，但我不想打死你。"

"嗯，是这样？"罗对希尔夫的话没有多加考虑。他的思想徘徊在两个人之间：一个是他爱恋的，一个是他怜悯的。他好像觉得自己把这两个人都毁了。

"当初一切都很顺利，"希尔夫说，"就是你莫名其妙地闯了进来。你为什么要去算命呢？你是没有未来的。"

"不对。"他现在总算把游园会末尾的情况清晰地回忆起来了。他记得自己在一个个游艺摊之间走来走去，欣赏着音乐，他曾梦想过一种纯洁的生活……贝莱太太坐在帘子后面的一个小摊里……"你恰好说出了那句暗语，"希尔夫说，"'别算我的过去，请算算我的未来。'"

还有辛克莱。罗认真回想着停在一条湿漉漉的砾石路上的那辆旧车。他当时应该去给普伦蒂斯打电话。辛克莱可能有一份照片……

"最后又冒出个安娜。天晓得为什么会有一个女人爱你？"希尔夫厉声叫道，"你上哪里去？"

"我得给警察局打电话。"

"你就不能给我五分钟的时间吗？"

"噢，不行，"罗说，"不行。这是不可能的。"恢复记忆的过程已告完成，他现在已是迪格比想成为的人——一个健全的人了，此时，他的头脑中包含着过去曾经包含过的一切。忽然，威利·希尔夫轻轻发出一种像是呕吐的怪声。他赶紧朝厕所走去。他那只包扎着的手伸在外面。石砌的地板很湿。他滑了一下，但马上又站稳了。他拉了一下厕所门：门当然是锁着的。他似乎不知如何是好，好像需要躲到门背后藏起来，或者钻入地洞，不让别人看见……他转身哀求道："给我一便士。"到处响起解除警报的汽笛声。四面八方都发出声音，甚至连小便处的地板也仿佛在他脚下哀鸣。氨气朝他涌来，犹如梦中的回忆。希尔夫脸色苍白，神情痛苦，恳求罗怜悯他。又是怜悯。罗掏出一便士扔给他，然后走上台阶。等他走到台阶顶部，就响起了一下枪声。他没有回转身去：让别人去发现希尔夫的尸体吧。

4

一个人外出一年归来后，很可能在随手把门关上的时候觉得自己从来没有离过家。但也可能出现这种情况：某人离家才几个小时，回来后却发现一切全变了样，以致觉得自己是个外人。罗现在知道，这当然不是他的家。吉尔福德街才是他家所在地。他曾经希望安娜待在哪里，哪里便有和平。当他第二次上楼时他明白了，他们活着的时候永远也不会有和平。

他从帕丁顿步行到巴特西，一路上，他有充分的时间进行思考。他在上楼之前早就知道自己该怎么办了。约翰斯那句关于"恐怖部"的话又回到他的脑际。现在他觉得，当初他成了这个部的编内人员。但这不是约翰斯所指的那个规模很小的部，其目的只限于发动一场战争或改变一部宪法。恐怖部的范围像生活一样宽广，而所有热爱生活的人都属于生活。一个人有所爱，也有所惧。而迪格比恰恰忘记了这一点：他欣赏着鲜花，阅读着《小说月报》，心中充满了希望。

门还像他离去时那样开着。一个念头涌进脑际，希望顿时充斥心头：她也许在空袭时跑了出去，从此失踪了。要是一个男人真心爱一个女人，他就不能指望她会把自己的一生和一个杀人凶手联系在一起。

可是她却在屋里。不是在他离开她的地方，而是在他们一起望着希尔夫睡觉的那间卧室里。她伏在床上，两手紧握。他喊了一声："安娜！"

她在枕上转过头来。她刚才哭过，脸上像孩子似的充满懊丧的表情。他觉得自己十分爱她，心中充满无限的柔情蜜意。他认为必须不顾一切地保护她。她曾经希望他是清白无辜的，希望他能得到幸福……她爱过迪格比……他必须把她所需要的东西给她……他轻声说："你哥哥死了。他开枪自杀了。"她的面部表情没变，好像这事根本无足轻重——所有那些狂暴、野蛮和青年人的狂热都已消逝。她觉得不值一提。她只是焦急地问："他对你说了什么？"

罗说："我还没走到他跟前，他就死了。他一看见我就知道完了。"

她脸上的焦虑表情消失了，但还有一种他从未见到过的紧张神态———一种永远保持戒备，千方百计保护他的神态……他在床沿坐下，把手搭在她的肩头。"亲爱的，"他说，"亲爱的，我多么爱你。"他代表他们俩在心中暗暗发誓，一辈子装作不知道他的过去。但只有他一人知道他在发着这种誓。

"我也是，"她说，"我也是。"

他们一动不动，默默地坐了好久。他们已经到了苦难的尽头，像是两个终于登上山顶、看见了危机四伏的旷野的探险家。他们一辈子必须谨小慎微，三思而行，他们不得不像提防敌人似的互相提防，因为他们彼此爱得极深。他们知道一旦把过去的事说破将会多么令人害怕。他想，一个人活着吃够了苦头，也许就算在死者面前赎了罪。

他试着说了一句："亲爱的，亲爱的，我真幸福。"他听见她马上用无限温柔的声调，做出了合适的回答："我也是。"他觉得，人们毕竟是可以夸大幸福的价值的……

马上扫二维码，关注"**熊猫君**"

和千万读者一起成长吧！

图书在版编目（CIP）数据

恐怖部 / (英) 格林 (Greene,G.) 著；钱满素, 秦
文华译. –– 南京：江苏凤凰文艺出版社, 2018.9
书名原文: The ministry of fear
（读客全球顶级畅销小说文库）
ISBN 978-7-5399-7970-0

Ⅰ.①恐… Ⅱ.①格… ②钱… ③秦… Ⅲ.①长篇小
说—英国—现代 Ⅳ.①I561.45

中国版本图书馆CIP数据核字（2014）第295155号

中文版权©2018读客文化股份有限公司
经授权，读客文化股份有限公司拥有本书的中文（简体）版权
图字：10-2014-453号

书　　名　恐怖部

著　　者　（英）格雷厄姆·格林
译　　者　钱满素　秦文华
责任编辑　丁小卉　姚　丽
特邀编辑　许明珠　姚红成
责任监制　刘　巍　江伟明
策　　划　读客文化
版　　权　读客文化
封面设计　读客文化　021-33608311
出版发行　江苏凤凰文艺出版社
出版社地址　南京市中央路165号，邮编：210009
出版社网址　http://www.jswenyi.com
印　　刷　北京中科印刷有限公司
开　　本　880mm x 1230mm 1/32
印　　张　9.75
字　　数　204千
版　　次　2018年9月第1版　2018年9月第1次印刷
标准书号　ISBN 978-7-5399-7970-0
定　　价　62.00元

如有印刷、装订质量问题，请致电010-87681002（免费更换，邮寄到付）